PASSION ET OUBLI D'ANASTASSIA LIZAVETTA

JUAN CARLOS MONDRAGÓN

PASSION ET OUBLI D'ANASTASSIA LIZAVETTA

roman

TRADUIT DE L'ESPAGNOL (URUGUAY)
PAR GABRIEL IACULLI

ÉDITIONS DU SEUIL
*27, rue Jacob, Paris VIe*

Titre original : *Pasión y olvido de Anastassia Lizavetta*
ISBN original : 950-49-1190-0

Éditeur original : Editorial Planeta Argentina S.A.

ISBN 978-2-02-097521-6

www.editionsduseuil.fr

... mais une situation qui se produit au début du roman renvoie toujours à quelque chose d'autre qui s'est passé ou qui va se passer, et c'est cette autre chose-là qui fait le risque, pour le lecteur et pour l'auteur, d'une identification avec moi...

ITALO CALVINO,
Si par une nuit d'hiver un voyageur

1

ttmu tgmmmmm ssshhhunttt jok jok jok jok uq uq schasshh ubkirt ubkirt ion ion katum atumm tumm tum tum ummm um m… Voici la véritable histoire, racontée par moi-même, de la tragédie domestique où ma chère cousine Anastassia Lizavetta joue le rôle principal. Ce que nous venons d'entendre est un bruit d'ascenseur, celui de la tour L de la résidence du parc Posadas, dressée au cœur de la ville. La tragédie commence par ce bruit particulier et lointain que je ne manque jamais d'entendre quand je pense à elle, à sa solitude psychique. C'est une impression très forte, presque physique. Pour reconstruire les événements douloureux qui se sont déroulés il y a quelques semaines et en écrire une chronique approximative, j'ai décidé de m'installer provisoirement dans l'immeuble du drame. J'aurais voulu que ce soit dans son appartement afin de mieux m'imprégner de ce qui s'y est passé, mais les médecins, les nouveaux locataires et le bon sens m'en ont dissuadé.

Dans ma tête retentit ma première phrase, le bruit de l'ascenseur du souvenir – dont le mécanisme s'ébranle après plusieurs heures de repos. Ce bruit est immédiatement reconnaissable, d'autant qu'il vient rompre le silence nocturne de la tour L où je suis arrivé à me concentrer pendant quelques heures, m'efforçant de faire corps avec cette journée et de la réanimer avec mes mots. Le monstre est là, glissière sonore aux câbles d'acier tout gras et poisseux de crasse par manque d'entretien. Les moteurs fatigués qui ne s'arrêtent jamais tout à fait doivent rendre fous les locataires dont la chambre à coucher jouxte la cage de l'ascenseur et dont l'oreille sensible capte le langage discret des murs mitoyens, des conduites d'eau, des convulsions de la nuit.

Ce n'est pas seulement un de ces bruits d'engrenages fatigués qui réveille Anastassia Lizavetta cette nuit-là. Elle n'a pas besoin de consulter le radio-réveil posé sur la table de chevet ; il doit être cinq heures, cinq heures trente tout au plus. Peu importe, quelque chose de terrible va arriver, en ouvrant les yeux elle a compris qu'elle venait de tuer le sommeil. Elle vient de faire le dernier rêve de sa vie, du moins le croit-elle, et elle décide de rester au lit à songer, comme cela lui arrive lorsqu'elle se réveille en sursaut sans que son corps y soit pour rien. Ce soir, après une aussi courte nuit et une longue journée de travail, elle sera une véritable loque à l'heure du dîner ; mais elle n'en est pas encore là, à cet épuisement complet ; il s'en faut, sans compter les tracasseries habituelles, de toute la journée de ce jeudi, si particulier dans la vie de ma cousine.

Ce matin-là, dans lequel je tente de me couler comme si j'avais pu être témoin des faits, elle a trente-deux ans. Parfois, comme alors, elle pense que la vie qui promettait d'être excitante et heureuse a brutalement pris fin un matin quelconque, engluée dans les résidus d'autres nuits, sans même qu'elle s'en aperçoive. Qu'elle n'y eût pas pris garde ou qu'il se fût agi d'un sale tour, d'un malheureux hasard, ma cousine avait parfois l'impression que ses souvenirs étaient vieux d'une bonne cinquantaine d'années, impression tout à fait étrangère à son âge, mais qui lui collait au corps et à la peau, oui à la peau. Elle était à cette période de la vie où l'on commence à se dire que la jeunesse s'est envolée sans que l'on ait eu le temps de dire ouf, et qu'il est trop tard ; à cet âge où l'on se sent devenir deux personnes en une. Nul n'avait prévenu ma cousine que la jeunesse passe aussi vite. Autrefois, les grandes personnes lui disaient que la jeunesse, c'est dans la tête mais attendaient en douce son âge adulte pour railler son ingénuité et lui souhaiter la bienvenue parmi elles. Mûrir, c'était avoir soudain conscience des années perdues et envoyer l'expérience au diable. Les jours se ressemblent, dieu merci, on s'habitue gentiment à la routine, on l'organise à son image en cherchant à maintenir la tête hors de l'eau. Jusqu'au jour où arrive ce que l'on n'avait jamais osé imaginer. Sans même s'en rendre compte, ma cousine menait depuis longtemps une vie des plus « normales ». Sa mère lui aurait dit, si entre elles la communication avait été aisée, si cette conversation avait pu avoir lieu avant sa mort, et surtout si elle n'était pas restée muette quand sa fille avait eu besoin d'elle, qu'elle devrait remercier un dieu, une vierge miraculeuse de l'avoir débarrassée de la peur de la misère, fantasme qui la poursuivait depuis l'enfance et hantait ses cauchemars d'adolescente. « J'ai peur de tomber dans la misère », confiait ma cousine à sa mère quand elle se réveillait en sursaut, comme aujourd'hui. Ma malheureuse tante, qu'elle repose en paix, ne savait pas quoi lui répondre mais pensait : « Toi, ma petite Anastassia Lizavetta, tu vas beaucoup souffrir dans la vie », ce en quoi elle avait raison.

2

Si au moins le jour se levait sur la ville alors qu'elle se réveille et que j'écris ces lignes, si nos deux nuits pouvaient se confondre comme mes pensées se confondent avec les mots ; au point d'intersection de ces deux instants éloignés l'un de l'autre, il manque le bruit des camions verts vidant les poubelles sorties sur les trottoirs et celui des voitures démarrant sur les parkings. Comme elle ne voulait pas se réveiller avant l'aube et l'irruption bruyante des bennes à ordures municipales, Anastassia Lizavetta, pour s'épargner la vision de ce spectacle affligeant, a pris des somnifères avant d'aller se coucher, avec l'espoir qu'ils atténueraient les premières annonces de l'insomnie. Peine perdue. Le mécanisme qui lui commande de se réveiller avant que la normalité reprenne ses droits l'a emporté sur les médicaments.

La famille dort à poings fermés. Un régiment pourrait traverser la chambre à coucher sans réveiller son mari ni son fils qui, à côté, dort d'un sommeil confiant. Depuis quelque temps, ils évoquent la possibilité de lui donner une petite sœur. Un tel projet rend plus inexplicable encore ce qui est sur le point de se produire. Père et fils dorment, c'est Anastassia Lizavetta qui ne va pas bien car son apparente équanimité diurne dissimule un déséquilibre émotionnel que j'ai remarqué trop tard, ce que je ne cesse de me reprocher. L'écriture de ces lignes est peut-être l'expiation d'un aveuglement affectif, d'une ignorance dont je me sens coupable, une façon de me racheter.

Elle pense que l'âge est peut-être la cause de ces réveils intempestifs. Sans doute devrait-elle consulter son médecin de famille, commencer un traitement contre l'insomnie, faire quelque chose. Ce n'est pas normal que le bruit d'un ascenseur, qui n'est peut-être même pas celui de la tour L, la réveille avant l'heure, trouble son repos et la livre à ses pires fantasmes. Avant de déménager, elle a dit à son mari : « On pourrait attendre un peu, je ne pense pas que ce soit une bonne idée d'acheter un appartement au deuxième étage d'un immeuble aussi haut. » Mais les arguments de son mari étaient imparables. Un appartement dans le parc Posadas et à ce prix-là était une occasion qui ne se représenterait jamais. Aussi la décision d'acheter leur avait-elle semblé opportune. Ce n'est que depuis quelques mois qu'elle se réveille trop tôt, quand l'ascenseur se remet en marche après plusieurs heures de silence, comme si sommeil et moteur entretenaient une relation aberrante.

L'expérience de ces derniers jours me l'a montré : l'ascenseur de la tour L fait un bruit qui peut être désagréable, surtout aux premières heures du jour. Quelque chose, dans le grand mécanisme, j'entends par là le cerveau de ma cousine, s'est peut-être détraqué ce matin-là. Elle m'a dit un jour qu'elle avait parlé à son mari de ces réveils intempestifs ; celui-ci lui avait répondu qu'elle ne devait pas être la seule, que dans ces tours on devient sensible à l'excès, et que ça lui passerait sans même qu'elle s'en aperçoive. Il aimait ma cousine depuis le jour où on les avait présentés l'un à l'autre, mais il ne comprenait pas l'importance qu'elle accordait aux moindres riens qui la contrariaient ; pour lui, ce n'étaient là que les petits grincements de la vie quotidienne. Ma cousine s'est toujours beaucoup souciée des détails. Les habitués du parc Posadas, les amis, la famille, les relations de travail le lui disaient : « On voit que toi tu veilles aux détails. » Elle souriait et songeait : « Bien sûr, je n'ai pas mieux à faire que combiner au mieux les brimborions de la vie… jusqu'au jour où quelque chose cassera comme un câble d'ascenseur. »

Au début, quand sa journée de travail à la Caisse de crédit ne commençait qu'à midi, père et fils quittaient la maison à huit heures moins le quart et ma cousine demeurait seule, avait ses matinées pour elle, comme si elle était encore une jeune fille célibataire et sans enfant. Elle avait pensé consacrer ce temps à faire de la gymnastique – dans sa jeunesse, elle avait été une bonne sportive – mais la routine matinale qui envahissait tout, les minuties qui exigeaient de l'ordre avaient fini, même dans sa solitude, par grignoter les heures qu'elle aurait pu s'octroyer. Comment une aussi petite famille pouvait-elle donner autant de travail ? Son mari l'aidait, certes, mais il suffisait d'une paire de chaussettes sales par terre, d'un cahier jeté sur le canapé, d'un morceau de pain laissé sur la table de la salle à manger pour rompre l'harmonie et rallumer le flambeau du train-train. Broutilles sans importance, certes, mais on admirait ma cousine précisément pour cela : son souci du détail ; on remarquait au premier coup d'œil qu'elle veillait à tout jusqu'à l'obsession, et on se disait que si un jour elle ne tournait plus rond ce serait à cause d'une vétille qui aurait semé le désordre.

Éveillée, elle se retourne dans son lit par intermittences, féline, en prenant garde de ne pas réveiller son mari, sans trouver l'apaisement. Ce matin quelque chose d'inhabituel l'oppresse. Le mois de mars touche à sa fin, annonçant l'automne, alors que le printemps s'annonce au moment où je couche ces mots sur le papier. Ce matin-là, la canicule pèse avec une intensité inhabituelle. Peut-être se croit-elle encore en février, comme si la Terre avait perdu l'habitude de tourner.

Avant-hier, ils ont laissé le ventilateur en marche toute la nuit et dormi sous un simple drap. Il y a quelques instants, ma cousine dormait encore, nue. Après le premier passage de l'ascenseur, qu'elle reconnaît quand la cabine monte vers les étages supérieurs de la tour L, elle glisse la jambe gauche hors du lit, la laisse pendre un instant pour recevoir la fraîcheur de la nuit. Elle a dû avoir un rêve érotique car elle est mouillée, comme si elle avait été l'actrice d'un de ces fantasmes que seul le rêve tolère ; elle n'a pas l'idée de réveiller son mari comme elle le faisait au début de leur mariage après l'un de ces rêves ; depuis, elle a compris que ces excitations ne regardent qu'elle. Elle se rapproche du bord du lit et comme sa jambe gauche pend, elle y sent battre son sang à un rythme incontrôlable. Elle humecte de salive le bout des doigts de sa main droite, prête à caresser ses mamelons en érection. Ma cousine a des seins splendides (plus d'une fois j'ai fait tout mon possible pour la voir nue) ; dès son adolescence, elle pouvait les soupeser des deux mains. Mais l'excitation se concentre entre ses jambes et ses mains se préparent à descendre doucement de la poitrine au ventre.

Les réactions de son corps risquent d'être violentes, aussi tarde-t-elle à se décider. Si elle choisit enfin de se caresser, ce n'est pas pour profiter du temps dont elle dispose, mais pour se réveiller tout à fait, chasser les craintes que suscite le réveil et assouvir ses sens, exacerbés à cette heure indue. Anastassia Lizavetta semble gagnée par l'urgence, pressée de finir ce qu'elle a commencé. La caresse rapide et efficace va l'aider à dissiper l'angoisse provoquée par le bruit de l'ascenseur qui revient en cet instant précis. Ma cousine se dit que la scène érotique rêvée a sans doute été très intense pour que seul cet endroit précis de son corps s'en souvienne. « Tu es encore baisable », songe-t-elle, car elle sait que ses rondeurs, celles-là mêmes que jadis je cherchais à voir à tout prix, font partie des choses qui comptent, chez elle, même si les invités ne les remarquent pas au premier coup d'œil.

Le demi-sommeil a assez duré et il est très tôt. Tout à fait réveillée, elle renifle ses doigts par habitude, décide de se lever et d'aller aux toilettes sans avoir joui. Elle se sent vaguement coupable d'avoir voulu le faire et ainsi retardé le moment de commencer sa journée. Elle ne regarde pas par la fenêtre. Je suppose que le jour se lève et que ma cousine préfère ignorer combien de temps elle est restée au lit à se demander si elle allait s'adonner au plaisir solitaire, s'accorder encore quelques minutes de sommeil, ou se lever comme elle a fini par s'y résoudre en pensant qu'elle a pris la mauvaise décision, ce qui veut dire qu'elle commence la journée privée d'amour, privée d'orgasme et en proie à un sentiment d'abandon.

3

L'appartement était grand, confortable et répondait à leurs besoins. Quatre pièces en tout, living compris, et comme ils travaillaient tous les deux et pensaient pouvoir le rembourser sans difficultés même avec l'arrivée d'un deuxième enfant, ils avaient signé un prêt qui devait faire d'eux les propriétaires de leur logement aux abords de la vieillesse.

« On pourra toujours déménager plus tard et avec un peu de chance renégocier le crédit », avait dit son mari, toujours vague et imprécis quand il s'agissait de projets à moyen terme. Je n'ai jamais compris ce que ma cousine trouvait à cet homme ; pour moi, c'était quelqu'un d'inintéressant, d'insipide, dont on pouvait fort bien se passer. Quand elle me disait qu'elle l'aimait, je ne la croyais jamais tout à fait.

À l'instant où elle passe de la moquette de la chambre à coucher au carrelage du salon lui vient à l'esprit une réminiscence de son enfance, qui s'efface aussitôt pour céder place à une vague impression de déjà-vu liée à un désir sensuel pressant, un avertissement, peut-être. Puis elle va à la cuisine, ouvre le réfrigérateur, examine l'intérieur comme si elle en découvrait le contenu alors qu'elle le connaît par cœur, prend la bouteille de lait demi-écrémé et boit au goulot. Elle a de légères brûlures d'estomac. Sans doute a-t-elle mal digéré le dîner de la veille, à moins qu'un méli-mélo de désirs et de souvenirs ne la rende nerveuse. La nervosité lui fait toujours mal à l'estomac. Elle allume une cigarette au brûleur de la gazinière pour ne pas avoir à chercher les allumettes, porte à ses lèvres les deux doigts qui tiennent le filtre, comme si elle suivait les indications d'un photographe, frotte le bord de l'ongle de son pouce à celui de son annulaire et reste quelques instants immobile devant la fenêtre. Si elle habitait au douzième étage, elle regarderait dehors avec une certaine indifférence, ou peut-être avec un sentiment de domination ou d'agréable solitude. Mais à rester là, debout, à la fenêtre du deuxième, si près des passants et des livreurs, elle risque d'être prise pour une nymphomane. L'idée ne lui déplaît pas. L'espace d'un instant, elle imagine un homme les yeux levés vers elle, attiré par ses formes, et elle recule jusqu'à sentir le bord de la table contre ses fesses, prend une chaise et s'assied. Comme quelques minutes auparavant, cette intimité avec elle-même l'agace.

Ce matin, ma cousine est impatiente ; il semble que quelque chose se soit déclenché. Elle écrase la cigarette à moitié consumée dans le cendrier, l'écrase longuement jusqu'à ce que la masse formée par la cendre, le papier et les brins de tabac colle à ses doigts. Puis elle contemple l'évier. La veille, ils ont regardé un film jusqu'à point d'heure et laissé la vaisselle sale dans l'évier. Comment ma cousine pourrait-elle songer à faire quelques exercices d'assouplissement, tributaire comme elle l'est de ce que l'on appelle couramment, non sans une pointe de mépris, les tâches ménagères. C'est toujours elle qui prépare le petit déjeuner pour eux trois, à l'exception du pain que son mari se charge de glisser dans le toasteur. Elle aime que ses deux hommes retrouvent le monde avec optimisme et le ventre plein. Ce matin, il est à peine six heures, trop tôt pour passer à la préparation rituelle du petit déjeuner, mais l'excitation érotique qu'elle a gardée pour elle et l'agressivité avec laquelle elle a écrasé sa cigarette lui ont ôté toute envie de se recoucher. Elle se sent bizarre, ses gestes sont inhabituels, et elle a dû avoir un rêve étrange pour s'imaginer qu'elle ne pourra plus jamais dormir ; elle a renoncé à se masturber, mais l'envie de montrer ses seins à la fenêtre persiste et elle a maintenant les mains moites.

À l'aube, le temps passe lentement, les minutes semblent interminables. Il y a longtemps qu'elle n'a pas éprouvé le sentiment d'être une autre, et une rage sourde monte en elle contre ce qu'elle pourrait être tentée de faire, là, dans l'immédiat, un geste inattendu et définitif qu'elle pourrait regretter. Pour la énième fois depuis des mois elle a ouvert les yeux avant que la radio programmée pour les réveiller ne leur rappelle dans quel monde misérable ils sont condamnés à vivre. Elle aime bien écouter la radio à cette heure-là, entendre une voix rompre le silence, des paroles s'intercaler entre sommeil et veille, entre les heures inconscientes de la nuit et le temps de la journée presque chronométré, du moment où l'on se brosse les dents à celui où l'on éteint la lampe de chevet. Cette accumulation absurde de gestes imposés que l'on appelle une journée, toutes ces broutilles qui n'admettent pas le moindre changement sous peine de déséquilibrer l'ensemble emprisonnaient ma cousine dans l'apparente normalité du quotidien. C'est l'idée que je me suis faite ces dernières semaines, depuis que j'habite ici. Mais sa routine a aujourd'hui été bousculée par des énergies incontrôlables, ma cousine a été arrachée au manteau de la nuit comme elle ne l'avait encore jamais été ; elle s'est réveillée très tôt en proie à des sensations qui ne cadrent pas avec ce qui, la veille, a été décidé pour elle.

La vaisselle dans l'évier – mais pas seulement la vaisselle – la rappelle à la réalité. À vrai dire, pour des raisons qui demanderaient des années d'éclaircissement, la seule idée de la masturbation lui répugnait, dans sa vie de tous les jours, et faisait naître en elle des idées troubles qu'elle préférait écarter. Aujourd'hui, sans même s'être posé la question, elle se sent prête à commettre un acte répréhensible sans aucune angoisse, avec un naturel déconcertant. Elle allume une deuxième cigarette machinalement, aussi machinalement qu'elle frotte l'ongle de son pouce sur le bout de son annulaire. Ses doigts sentent bon le tabac et annoncent une odeur nouvelle. Elle trouve que rester dans la cuisine à ruminer c'est perdre son temps, et que se pencher à la fenêtre les seins à l'air ne vaudrait guère mieux. Elle décide de découvrir ce qui se passe dans l'appartement pendant qu'elle dort, avant que le réveil ne fasse entendre la voix d'une lointaine station de radio, et elle éprouve une sorte de saisissement quand elle ne reconnaît ni la place ni la dimension des objets dans sa propre cuisine. Ce n'est rien de très important, un désordre dans les petits détails, mais elle a pourtant l'impression qu'il ne s'agit plus de la même cuisine. Non, c'est plutôt comme si quelqu'un les avait imperceptiblement déplacés et qu'elle le détectait intuitivement ; comme si une autre femme – oui, il ne peut s'agir que d'une autre femme – était venue dans la cuisine pendant son sommeil. Elle se demande même si elle n'est pas en train de rêver qu'elle s'est réveillée plus tôt que d'habitude, si les deux cigarettes qu'elle vient de fumer à moitié et son envie d'exhiber ses seins devant la fenêtre ne seraient pas une de ces scènes oniriques et mystérieuses qui précèdent les informations radiophoniques annonçant le début de la journée.

C'est décidé, dans quelques secondes, quand elle aura fini sa cigarette, elle ira dans la chambre vérifier si elle se voit dormir, idée qui lui semble saugrenue mais excitante. Elle regarde de nouveau l'évier. À présent, elle est sûre d'avoir lavé les assiettes la veille au soir ; cette vaisselle sale ne devrait pas être là, elle se demande ce qui ne tourne pas rond. Elle flaire ses épaules. Leur odeur va peut-être lui fournir un indice, lui dire si elle rêve ou s'il y a quelque chose d'anormal dans la cuisine. Son corps en sueur lui confirme qu'elle n'est pas en train de rêver, mais qu'elle a dû faire un rêve dans lequel elle a été forcée de se défendre, ce qui l'a poussée à se réveiller pour échapper à ce dont elle n'a plus à présent le moindre souvenir. Rêve ou réalité, il est indubitable qu'un certain ordre a été altéré, peut-être définitivement ; pour mieux comprendre ce qui s'est détraqué, ma cousine tente de reconstituer ses réveils habituels.

Le plus souvent, quand elle se lève, elle va tout d'abord aux toilettes ; jamais elle n'est allée à cette heure fumer dans la cuisine et moins encore regarder par la fenêtre en se demandant si elle ne serait pas en train de dormir. S'ils habitaient un étage élevé, ils auraient au moins une vue différente sur la ville. Une fenêtre à un deuxième étage effarouche, empêche certains gestes intimes. Son mari disait que, depuis quelques années, les habitants du parc Posadas déménageaient au gré des orages domestiques, et qu'il suffirait d'attendre que leurs voisins les mettent au courant des départs, puis de saisir la première occasion favorable pour emménager dans les étages supérieurs. Il aurait préféré rester, si possible, dans la tour L, plus pratique pour aller faire les courses parce que le marché est à côté, les autobus à deux pas. « Moi je pourrais mourir ici », disait-il, avant d'ajouter : « Bah, on verra bien. »

La cigarette est à demi consumée, et le goût du tabac, à l'aube, est désagréable, même pour un gros fumeur. Sur la table de la cuisine, il y a une soucoupe du service à thé. Anastassia Lizavetta tend la main pour y écraser sa cigarette et à sa grande surprise y voit un mégot. La cigarette qui fume, au bout de ses doigts, est la première de la journée, elle en est sûre. Est-il possible qu'elle se soit levée pendant la nuit, qu'elle soit venue fumer à la cuisine en attendant que le sommeil revienne ? L'aurait-elle oublié ? Elle est certaine que ce mégot suspect n'est pas d'hier au soir, car elle vide toujours les cendriers avant d'aller se coucher.

Pour tenter de retourner au rituel matinal, elle se dirige vers la salle de bains, y entre, enfile son peignoir jaune, noue la ceinture devant le miroir, refaisant ainsi l'un des premiers gestes de chaque matin. Quand elle s'est reconnue dans la glace, elle dénoue la ceinture dont les extrémités glissent sur les côtés. Elle abaisse le siège de la cuvette des toilettes, lève le peignoir comme si c'était une grosse jupe de paysanne et attend, sans éprouver de brûlure ; l'infection de la semaine précédente n'est plus qu'un mauvais souvenir, et elle rejette quelques petites gouttes, comme si elle avait déjà uriné et évacué dans un demi-sommeil l'eau bue avant d'aller se coucher. Elle reste tout de même assise, mais rien ne vient. Les minutes passent et, comme chaque matin, elle récapitule tout ce qui l'attend pendant la journée, sans se poser de questions. Elle n'a guère le loisir de penser à elle, ce rêve dérangeant va s'achever et quand viendra le moment du réveil elle sera une autre femme : celle qui dort encore et va émerger du sommeil sans se douter que sa journée sera décortiquée, passée au peigne fin minute par minute, écrite par moi et commentée par les voisins.

Aujourd'hui pourrait bien être un autre jour : ce matin n'est pas comme les autres, on dirait qu'une sorte de décalage lui permet de se regarder vivre. Jamais elle ne s'est privée de parler avec ses amies des femmes otages d'elles-mêmes, du temps que prennent les tâches ménagères, en plus de la journée de travail. Maintenant, à la minute même où je tente de l'évoquer en dépit des bruits qui me perturbent et sans savoir si je vais y parvenir, Anastassia Lizavetta, assise sur la cuvette des toilettes, se croit prisonnière d'un rêve, rêve de tour, de forteresse, de labyrinthe ou de cachot, rêve de l'écriture du rêve. Dans deux minutes, c'est décidé, elle ira dans sa chambre dire à la femme endormie qu'aujourd'hui elle peut faire la grasse matinée. Elle, celle qui n'arrive pas à uriner et doute qu'elle ait fumé pendant la nuit, est prête à la remplacer pour quelques heures et à la laisser se reposer ; elle en a tellement besoin. Elle s'occupera de la maison. Voilà ce qu'elle va lui dire, à voix basse, pour que l'autre le sache dans son sommeil, de telle manière qu'elle l'entende comme s'il s'agissait d'un vrai rêve, sans quoi elle serait trop inquiète.

4

Dans la salle de bains, assise et bien décidée à poursuivre ce qu'elle a commencé, ma cousine prend au distributeur une feuille de papier. Machinalement, sans chercher à savoir si l'excitation persiste ou pas, elle s'essuie et se lève. Avant de tirer la chasse, elle se demande si l'autre, celle qui dort, regarde aussi le fond de la cuvette et elle craint que le bruit ne la réveille ; elle laisse doucement tomber le papier qui se transforme en une pâte violette.

Certaine qu'à cette heure-ci elle doit être plongée dans le sommeil, elle sort de la salle de bains vaguement étourdie et se retrouve tout à coup dans la cuisine, qui lui apparaît comme la partie la moins hostile de l'appartement ; retourner dans la chambre serait absurde, l'obscurité y est encore plus épaisse que tout à l'heure, bien qu'il n'y ait aucun nuage annonciateur d'orage – ils éclatent le plus souvent à cette heure matinale. Comme si le temps était revenu en arrière pendant qu'elle était dans la salle de bains, il manque quelque chose pour que l'activité du jour s'amorce quand Anastassia Lizavetta regarde par la fenêtre ; on n'entend plus aucun bruit dans le parc Posadas, les rangées de voitures de divers modèles garées sous les réverbères encore allumés forment un paysage fascinant. Dans la soucoupe, il y a un autre mégot, pas tout à fait éteint malgré la rage avec laquelle il semble avoir été écrasé. Elle frissonne en percevant une présence féminine tapie quelque part. Une femme, il ne peut s'agir que d'une femme.

« C'est toi ? » demande Anastassia Lizavetta. Personne ne répond.

5

Sa vie, y compris le secret de son existence et le mystère qui l'a entourée pendant des années, était contenue tout entière dans l'abîme entre ce qu'elle aurait voulu faire et ce qu'elle faisait – faille notoire proche de la dissociation. Mais dans le dérèglement temporel de ce matin-là, désir et réalité coïncidaient pour la première fois, comme s'il avait fallu une altération de la matière cosmique pour qu'elle se sente enfin satisfaite et que lui soit révélé son destin. La somme de ces anomalies semblait la forcer à être ce que réellement elle était, à montrer sa vérité cachée. Il n'est pas exclu que quelque chose qu'elle aurait aperçu de la fenêtre de la cuisine ait tout déclenché, mais je crois qu'il faut chercher ailleurs des raisons beaucoup plus profondes. C'est facile à écrire, sans doute, après ce qui s'est produit, mais il est certain que la vie de ma cousine tendait alors pour la première fois à la cohérence, balayait l'image brouillée d'une vie dédoublée, écartait toute confusion, toute ressemblance avec une autre vie vue à travers un prisme déformant. Même à présent, alors que le temps a passé, il serait impossible d'établir ce qu'elle a vraiment voulu faire. Il y a toujours, à côté de son probable dédoublement, un autre récit en suspens, fidèle mais indéchiffrable, déformé par les larmes, par quelques gouttes de café.

Reconnaître l'acte de ma cousine et le raconter signifie pour moi, qui ai décidé d'assumer cette tâche avec tendresse mais non sans appréhension, écarter les explications toutes faites. Des mots dictés par le devoir ou la nécessité seraient impuissants à expliquer la synthèse à laquelle elle était manifestement parvenue. À peine pourraient-ils rendre compte d'une coïncidence aux conséquences déconcertantes. J'éviterai donc toute enquête sur ses véritables intentions, afin d'écarter le piège du doute et les questions évidentes. En revanche, je m'engage à ne considérer que ses actes, à confier ce qui relève de la volonté à un pendule écarlate et à me concentrer sur ses oscillations.

Le pendule, c'est Anastassia Lizavetta. C'est elle que nous allons observer dès les premiers mouvements du récit afin de nous assurer que tout est vrai. À partir de maintenant, nos paupières sont lourdes, nous plongeons dans un sommeil profond, seul espace où ce qui va être écrit est admissible. Nous devons fermer les yeux pour mieux lire, croire ce que l'on nous dira, nous demander si nous sommes dans la triste réalité ou si nous avons franchi le seuil de l'illusion, pénétré dans l'atmosphère d'un hypothétique roman dont nous pouvons interrompre la lecture quand bon nous semble, ou si nous sommes confrontés aux péripéties d'un fait divers qui a alimenté les journaux pendant plusieurs semaines, ou encore si, le regard attaché au mouvement du pendule, nous sommes installés dans le monde de la magie, prêts à tout croire, à nous laisser convaincre par une fiction écrite à partir d'un fait réel et à obéir à la voix persuasive qui raconte l'histoire. Car nos paupières sont lourdes, pour avancer il faut nous identifier aux personnages et, convaincus que l'histoire en vaut la peine, accepter, comme au théâtre, de confondre représentation et réalité. Quant à moi, je devrais voir dans ce que ma cousine a accompli ce jour-là le geste d'un personnage de roman, ou admettre l'idée qu'aujourd'hui un autre que moi est en train d'écrire et que moi-même, lecteur hypnotisé, je découvre à mon grand étonnement qu'on peut dans certaines circonstances interpréter la volonté d'un autre, aussi terrible qu'elle soit. Je vais devoir le faire, si je veux mener ce récit à son terme. Il me faut trouver le courage d'être elle pendant quelques heures.

Impossible de savoir si elle a réellement fait ce qu'elle m'a raconté ou si ce que je raconte n'est que son interprétation de ce qu'elle a cru faire, différence sans doute déterminante au moment des faits mais insignifiante à présent que ceux-ci font l'objet d'une rédaction enfiévrée et acquièrent la dimension de la fiction. Lire les yeux fermés. Lire comme si nous écoutions l'histoire racontée par notre propre voix, la voix de notre pensée, celle qui désormais est indubitablement la sienne. Les phrases viennent comme un torrent dont chaque goutte serait un mot, le flux de la pensée la plus intime se confond avec le papier comme s'il recueillait un secret de famille. Dans mon cas, c'est on ne peut plus juste. Le récit ressemble au désarroi de ma cousine devant les cigarettes écrasées dans la soucoupe. Ce que je désire écrire cadre avec ce qui est finalement écrit ; il est rare que l'on parvienne à une telle concordance, que les mots surgissent d'un état second et semblent faire partie de nous-mêmes, provenir d'une logique qui n'appartient qu'à nous. Eux seuls peuvent éclairer l'identification d'Anastassia Lizavetta avec une personne dont elle ignore tout.

Pour le moment, l'ascenseur est encore au rez-de-chaussée, et je suis tenté d'écrire une autre histoire sur un autre membre de ma famille. Mais l'épisode banal du nombre de mégots, le reflet des seins de ma cousine sur les vitres de la fenêtre, dans la cuisine où je me suis projeté pour mieux lui donner corps, ainsi que l'intensité de son nom scandé des dizaines de fois me condamnent à écrire : « La femme voulut commencer les travaux ménagers avant le lever du jour au-dessus de la ville et ferma la porte de la cuisine pour ne pas réveiller sa famille. » Voilà ce que j'écris, plongé au cœur de la nuit sans personne auprès de moi pour partager mon secret, me permettre de prendre du recul par rapport aux actes de ma cousine. Mes paupières sont lourdes. A-t-elle éteint une des cigarettes ? Elle a ouvert le robinet d'eau chaude, j'en suis sûr, pour faire la vaisselle. Il est vrai qu'elle a fait un rêve inhabituel et que ce matin-là ne ressemblait à aucun autre, car elle a tout d'abord cru que même la clarté de l'aube n'était pas comme d'habitude.

Nue sous le peignoir entrouvert – elle a laissé sa culotte dans la salle de bains –, elle songe qu'elle doit ressembler à une prostituée en train de préparer du thé après une longue nuit de travail. Autour des aréoles, sa peau est irritée. Elle se dit que ces pensées sont indignes d'une mère qui prépare le petit déjeuner de son enfant. Mais elle ne peut empêcher ces pensées salaces de lui traverser l'esprit. Les fantasmes sexuels, son dernier refuge, lui rappellent que son corps est indépendant de ce que sa famille attend d'elle. L'eau est si chaude que de la vapeur monte jusqu'à son visage et trouble sa vue. Elle appuie son pubis contre le rebord glacé de l'évier et a l'impression que la surface métallique lui envoie des décharges électriques. Elle renonce à contempler son reflet sur la vitre de la fenêtre pour ne plus voir ses traits déformés par la vapeur et le petit jour. Elle préfère se concentrer sur le train-train domestique. Les immondices collées à la vaisselle empilée dans l'évier la renvoient à une dimension moins sensuelle de l'existence.

Pour dîner, ils ont mangé de l'entrecôte et de la purée. Le gras écarté avec la fourchette et de petits morceaux de viande sont restés dans les assiettes, disposés de manière facétieuse. Sur le grill posé à la verticale dans l'évier, il y a du sang carbonisé et des traces de sel, calciné lui aussi, résistants aux détergents ; l'évier est plein d'éclaboussures de purée, grumeaux jaunâtres et durs, résidus des composants chimiques des préparations instantanées. Il y a aussi des monticules compacts et informes de pelures de mandarine, de petits pépins blancs rejetés sur les assiettes, dont certains ont éclaté en séchant, des filaments blancs, des quartiers de pulpe à moitié mâchés. De la cafetière napolitaine elle sort un petit tas de marc, durci par la pression de l'eau dans le filtre. Ils ont dû manger des crudités parce qu'il y a des graines de tomate et des traces de vinaigrette au fond d'un saladier. Les couverts sont là, pêle-mêle, entre les assiettes, et un fond de tanin obscur imprègne encore deux verres. Sur le côté, comme toujours depuis qu'ils ont emménagé au parc Posadas – mais elle semble le découvrir –, il y a la poubelle et son sac noir qu'il faudra nouer et descendre à un moment de la journée, pour le jeter dans le conteneur de la tour L.

Soudain, elle découvre un petit pois. Un seul. Les autres ont été mâchés et digérés, à moins que, avalés par le conduit de l'évier, ils ne tapissent les canalisations de la tour L d'une couleur verte.

Tout le malheur se concentre en cet unique petit pois, comme si ma cousine apercevait tout à coup un bout de sein qu'on lui aurait tranché et qui aurait roulé dans la vaisselle sale. Elle éloigne son pubis de la zone immonde et pense que la journée va être très longue. En définitive, tout est comme tous les matins depuis qu'elle est mariée, encore qu'il y ait aujourd'hui quelque chose d'anormal, presque inquiétant, dans la présence insistante de ce petit pois et dans l'odeur de mégot froid, de cendre et de filtre jauni de la veille, odeur aigre qu'aucun fumeur ne pourrait supporter, odeur de cigarette à moitié consumée, rallumée dans le désespoir de l'insomnie avec un haut-le-cœur à la première bouffée, à cause du goût qui colle au palais après plusieurs heures passées sans fumer. Elle essaie de garder son calme, n'y parvient pas, vide le contenu du cendrier dans la poubelle, noue les liens en plastique du sac noir, laisse l'eau couler dans l'évier pour emporter les détritus et surtout le petit pois.

Dehors, le jour semble vouloir se lever une nouvelle fois. Ma cousine éprouve peut-être une brusque répulsion pour sa chair : elle ferme son peignoir avec rage, comme s'il s'agissait du sac-poubelle. Elle fait un double nœud à la ceinture pour empêcher son corps d'échapper à son contrôle pendant qu'elle lave la vaisselle. Ce matin, ses sensations paraissent bien excessives, comme si le laps de temps additionnel dû à son réveil intempestif lui faisait ressentir les choses habituelles avec une certaine répugnance.

Ces résidus en voie de décomposition ont-ils pu altérer son comportement ? Le petit pois a-t-il joué son rôle simplement parce qu'il était là, isolé, minuscule planète venue non pas du dîner de la veille mais d'une région mystérieuse, que le rêve a menée jusqu'à elle pour lui faire découvrir dans son comportement une certaine logique. N'a-t-elle pas fait cuire l'entrecôte et préparé la purée ? Quelqu'un n'a-t-il pas ouvert une boîte de petits pois ? Il y a un avant et un après la contemplation de ce grain vert. Il est une illumination, il ouvre une voie nouvelle à ma cousine, le petit pois est un pont entre ce qu'elle aurait dû faire et ce qu'elle a fait, un chemin découvert ou retrouvé par hasard. Comme si, à partir de la vision du petit pois, toutes les réactions de ma cousine avaient correspondu au projet de vie dont elle rêvait depuis des années et qu'elle déplorait de ne pouvoir réaliser.

6

Ce matin, sa vie tout entière se résume, elle le sait, à ce qu'elle doit faire dans l'immédiat et au temps qui la sépare de la prochaine cigarette – la troisième ? Toucher les objets recouverts de matière organique, ce qu'elle fait au moins une fois par jour, la dégoûte, peut-être parce qu'elle est seule et que quelque chose semble avoir changé ; le soir, quand elle lave ces mêmes assiettes et ces mêmes couverts, son mari et son fils sont là et le téléviseur est toujours allumé. « J'en ai pour dix minutes, » dit-elle, et elle sourit en lavant les cuillères qui à présent lui soulèvent le cœur. Avant le petit pois, c'était là une prolongation naturelle de sa journée de travail et en général son mari lui donnait un coup de main en essuyant les assiettes afin que ce détail de la vie commune soit vite réglé et que tout le monde puisse regarder le nouvel épisode de l'inspecteur Columbo. Le matin, en temps normal, ils écoutaient les informations à la radio, énumération de catastrophes entre deux annonces publicitaires louant les vertus des produits qu'elle utilise en ce moment même. Des messages censés transformer le lavage de la vaisselle en un petit moment de bonheur qu'elle aurait trouvé déplacé de critiquer. Mais aujourd'hui il est tôt et elle n'écoute pas la radio, il y a sûrement des malheureux à quelques mètres d'ici et plus encore aux antipodes du parc Posadas, et ils n'ont cure des problèmes de sommeil de ma cousine. Foutaises ! La seule chose qui compte, en cet instant, c'est sa bataille avec les immondices muettes, les objets souillés, la violence de sa besogne, tout un ensemble de signes qui attendent que ses mains passent à l'action. Elle éprouve du dégoût en comprenant que sa peau et sa conscience appartiennent à un seul et même corps opaque et désagréable ; elle se demande comment elle a pu accomplir pendant des années sans se poser de questions ce qui aujourd'hui la rebute ; comment elle pourrait continuer de le faire après l'illumination du petit pois.

C'était comme si Dieu avait pris l'apparence d'un petit pois pour clamer sa colère, comme si dans l'histoire de la création il lui avait assigné pour seule tâche de laver la vaisselle avec un détergent vanté par la publicité en menaçant, si elle désobéissait, de la frapper d'une malédiction terrible au vu et au su de tout le parc Posadas, qui apprendrait ainsi sa négligence ou, pis encore, saurait que ce matin elle a désobéi par caprice. Sa culpabilité démontrée, elle serait implacablement châtiée, pour que son refus d'obtempérer ne puisse servir de mauvais exemple au monde entier.

Résolue à briser l'enchaînement des faits qui la menace, elle allume encore une cigarette et tente de modifier l'embrouillamini des règles du jeu ; peut-être suffit-il de penser à autre chose qu'aux conséquences de son éventuelle désobéissance et d'envisager un changement radical, y compris dans son âme et dans son corps. Ma cousine s'éloigne du spectacle de l'évier plein de déchets parmi lesquels se détache, avec l'éclat de l'émeraude la plus pure tout juste arrachée aux entrailles de la terre, un petit pois perfide, solitaire et insolite. Elle se sent piégée. Sa situation est sans issue, son avenir dépend de ses mains – qu'elle doit inexorablement plonger dans l'évier. S'il lui faut fuir quelque chose, le chemin de la sortie passe par ces assiettes sales et le dépôt rouge que le vin a laissé au fond des verres.

Dans l'enchevêtrement de pulsions sexuelles et de fantasmes qui l'empêche de se concentrer, elle a conscience d'être une femme en même temps qu'elle en a honte. La ceinture du peignoir est bien serrée autour de la taille, mais à hauteur de la poitrine, au creux du sternum, le vêtement bâille et laisse deviner la naissance des seins. Elle se couvre d'un geste rapide avant que quelqu'un puisse la voir, et elle reste immobile, sans savoir que faire, avec la cigarette qui achève de se consumer entre ses doigts, brûlante. Elle a dû la tapoter trop énergiquement : la braise tombe avec la cendre. Alors, d'un geste qui se veut décidé, elle écrase le mégot dans le cendrier improvisé de la veille, les extrémités de son pouce, de son index et de son majeur touchent un amas de cendre froide et s'imprègnent d'une odeur de macération de vieux tabac. Écœurée, elle essuie sa main sur le peignoir à la hauteur de sa hanche, renifle ses doigts et ressent un besoin impérieux de se laver les mains. Comme toujours, elle ne trouve pas de torchon (où donc les fourrent-ils après s'en être servis ?), ceux qui traînent sont sales, elle relève le bas du peignoir, s'y frotte les mains, découvre les jambes superbes que j'admirais tant sur la plage où, adolescents, nous passions nos vacances.

Le temps semble détraqué ; les aiguilles de la pendule indiquent que seules quelques minutes se sont envolées. Les gants de ménage doivent être dans le coin, mais comme elle ne les utilise que rarement, allez savoir où elle les a mis. Rien dans les deux premiers tiroirs du placard. Impatiente, elle les laisse ouverts. Ma cousine est prête à mettre la cuisine sens dessus dessous, elle continue de chercher, mais elle a oublié l'ordre qu'elle fait elle-même régner, et c'est en fouillant, accroupie, dans la partie du bas, là où elle range les produits de nettoyage, le cirage, les chiffons découpés dans de vieilles serviettes, de vieilles chemises, de vieilles robes, qu'elle voit le paquet. Elle en était sûre, ils doivent être là depuis des lustres. Elle attrape rageusement le sac de cellophane, le déchire avec les dents et ne se sent rassérénée que quand elle les sent sous ses doigts : épais, presque rigides, granuleux pour assurer la prise, leur texture évoque quelque masque de monstre en latex. Elle les a enfin trouvés. L'énergie dépensée à fouiller dans le meuble aux chiffons l'a laissée sans force pour se redresser et elle se laisse glisser à terre devant la petite trappe ouverte sous l'évier qui a des allures de soupirail donnant sur le cloaque du quotidien où il est si facile de se perdre. Une odeur de cirage séché se mêle à celle de la graisse tenace qui réclame à grands cris un détergent. Elle regarde autour d'elle, le souvenir de la pile d'assiettes sales lui semble lointain, la fenêtre un horizon hors de portée, le paquet de cigarettes un appel au vice retrouvé après une cure de désintoxication.

Le monde et l'histoire de sa vie se bornent à ces gants bleus, plus rien n'existe en dehors d'eux ; il faut les mettre et essayer de se rappeler pourquoi elle les a si désespérément cherchés. Assise par terre jambes croisées dans une position ridicule, elle enfile un gant qui résiste à la pénétration. Sa main semble s'être détachée de son corps. Le corps est resté à la surface, la main gantée a plongé dans les ténèbres d'une eau profonde et noire. Son bras ne rattache plus la main à son corps, elle a été amputée sans l'être vraiment, comme si ma cousine avait voulu s'en débarrasser pour se punir d'un écart de conduite et l'avait volontairement laissée sombrer au fond d'un lac. Mais la main proteste, lui rappelle que ce n'est pas sa faute si ses doigts sont imprégnés de cendre, d'humeurs vaginales, de tabac de Virginie et de fibres de filtre jauni. Anastassia Lizavetta sait qu'elle ne peut plus compter sur cette main et elle s'en désintéresse. Revenir en arrière est impossible, elle ne pourrait pas ôter le gant de caoutchouc, même si on lui en donnait l'ordre. La situation a quelque chose de douteux, d'inabouti, d'indéfinissable, et ma cousine a l'impression d'avoir oublié un détail en cours de route et de ne pouvoir rebrousser chemin. Cette main, cette intruse cesse de la préoccuper, son autre main est libre et il reste un gant. Il n'est pas à la bonne taille, elle s'en rend compte en tenant devant ses yeux le gant aux horribles doigts bleus couverts de verrues. Une main sans ongles, une matière bleue allant du bout des doigts à la moitié de l'avant-bras qui, une fois enfilée, pourrait se propager comme un poison mortel à l'intérieur de la manche du peignoir et transformer son visage, ses hanches, ses seins en une prolongation du caoutchouc bleu antidérapant.

Mais aller au-devant de ce qui provoque sa peur est plus fort que la peur elle-même et ma cousine enfile le deuxième gant. La raideur des doigts facilite d'abord l'opération, ils entrent dans le gant, mais le dos et la paume de la main résistent. Il est clair qu'il y a un blocage, un court-circuit entre l'ordre donné et l'obéissance de la main, et que seule une force extérieure peut venir à son secours. Elle frotte la main sur le sol en tous sens sans résultat, porte le gant à demi enfilé à sa bouche, tire avec ses dents sur chaque millimètre de caoutchouc afin de forcer la paume à entrer, en fermant les yeux pour ne pas se désespérer de la lenteur de l'opération.

Elle ne distingue rien, mais les messages viennent de l'autre main, qui semble très loin, à dix, quinze, peut-être trente mètres de profondeur. Ma cousine perd la notion du temps et de l'effort ; à un certain moment, elle sent que sa main est au moins à soixante mètres au-dessous d'elle et elle ouvre les yeux. Il fait encore nuit, elle est étendue sur le sol où elle a rampé comme un animal, trempée de sueur à cause de l'effort et de la peur. En une seconde, elle se souvient de ce qu'elle a fait, se dit que c'est un cauchemar et qu'elle doit aller très mal. Elle se dit aussi que tout ça est bien compliqué, que de nombreuses tâches domestiques l'attendent et qu'elle a toute la matinée pour penser à ces sottises ; la femme de ménage vient aujourd'hui, elle va se charger du nettoyage, mais qu'importe, ma cousine a envie de s'activer et se lève, déterminée. Elle ne sent plus ses mains, seulement un fourmillement, ce doit être qu'elles sont vivantes et actives, mais loin d'elle. C'est bien mieux comme ça, elle va pouvoir faire couler l'eau chaude sans se brûler ni devoir la mélanger à l'eau froide, en finir au plus vite avec toutes ces immondices, résidus d'un jour à jamais perdu. Aujourd'hui, elle a mille choses à faire, demain lui apparaît comme une promesse généreuse qui la remplit d'optimisme, lui apportera peut-être un deuxième enfant, une petite fille, de préférence, pourquoi pas un amant hâbleur pour lui permettre de penser à autre chose qu'à la routine et à l'approche de la quarantaine, ou encore à un divorce prévu par les statistiques. Quelques varices prématurées et héréditaires, les premiers signes de cellulite que seul renvoie le miroir, l'alternance de petites joies éphémères et d'une résignation qui s'installe comme un nuage immobile, un manteau de déception, un bijou en toc ; voilà pour l'hypothétique lendemain, les choses terribles qui lui restent à vivre, parce que hier est à jamais perdu. Elle ne sera plus jamais la même. Plus jamais elle ne mangera la purée de la veille au soir, avec sa consistance particulière, qui n'aura rien à voir avec celle des purées qu'elle préparera désormais. Son temps biologique n'est déjà plus celui d'hier, son hier est maintenant du passé, il est englouti dans le marécage visqueux où finissent les morts et les choses disparues ; son hier n'est plus que de la matière fécale, un mégot dans un cendrier sale – à moins que ce ne soit une soucoupe –, une pile d'assiettes dans l'évier. Hier interdit tout espoir. Il lui faut se résigner, accepter le principe que « la vie s'en va » comme un petit pois dans une bouche d'évier.

Quand on ne connaît que la banalité du quotidien, la conscience de la mort ne surgit pas d'un contrôle médical au diagnostic douteux, ni d'un accident de la route, pas plus que de l'hypothétique fugue d'un enfant. La mort, c'est le souvenir d'hier : des restes de purée collés à la casserole, des traces de graisse sur la cuisinière, des filaments de viande carbonisés à la surface ondulée du grill, des pépins de mandarine fendus par le dessèchement. Hier, c'est le petit pois et ses incompréhensibles révélations. Pour ma cousine le mot vaisselle était insupportablement lié à un passé concret mais vide, persistant dans les objets utilisés la veille. Son malaise pouvait avoir sa source dans la survivance du jour précédent, et laver la vaisselle était un retour à un hier niant les altérations du présent. Exister dans une autre dimension du temps allait affecter chacun de ses actes.

Qui est responsable de ce qu'a fait ou voulu faire ma cousine ? L'Anastassia Lizavetta d'aujourd'hui ou celle d'hier ? Celle d'aujourd'hui a enfilé les gants, celle d'hier a posé la vaisselle dans l'évier, mais une troisième Anastassia Lizavetta, qui n'est ni celle d'aujourd'hui ni celle d'hier, mais qui naît sous ma plume, a favorisé la rencontre entre les deux premières. Par la suite, elle s'est dit qu'elle savait ; qu'elle savait, pendant qu'elle lavait les assiettes, ce qu'elle allait faire, sans pouvoir l'empêcher. Elle s'est convaincue que c'est la raison pour laquelle elle a voulu retarder le déroulement de la matinée en accomplissant lentement un geste automatique après l'autre, en lavant un verre puis une cuillère avec une perfection proche de la manie et beaucoup de détergent qui faisait mousser l'eau sale, tout en se gardant bien d'aller au fond des choses pour ne pas sentir leur inévitable odeur de mort.

7

Ce qui devait arriver arrive, et les mains plongées dans l'eau savonneuse, qui ont du mal à saisir les objets malgré la surface adhésive des gants, envoient leurs messages des profondeurs, soulèvent la bonde d'un mouvement brusque.

La saleté disparaît dans un tourbillon et un bruit de naufrage, il ne reste en suspension qu'un vestige de mousse sale qu'Anastassia Lizavetta rince avec le brise-jet en caoutchouc ; l'évier est propre, le petit pois a disparu avec les déchets de la veille, mais le couteau à viande est encore là. C'est un couteau coréen acheté l'hiver dernier grâce à une émission de téléachat. Son mari avait apprécié la démonstration de l'animateur au visage vaguement asiatique, ses mouvements vigoureux de prestidigitateur qui rappelaient ceux d'un maître d'arts martiaux. Il avait été étonné de voir comment de petits couteaux coupaient de grosses entrecôtes, et des couteaux à pain un annuaire de téléphone, parce qu'ils étaient fabriqués selon un procédé issu de la conquête spatiale qui garantissait des lames effilées jusqu'à la fin des temps. En passant la commande le mari avait redouté quelque escroquerie médiatique, mais les couteaux s'étaient avérés efficaces et solides. Ils s'en servaient tous les jours, comme ils se servaient des cuillères et des fourchettes reçues en cadeau de mariage.

Le couteau coréen lui semble très éloigné et pourtant ses mains le frottent vigoureusement pour le nettoyer et pouvoir le réutiliser. Elle laisse couler l'eau chaude jusqu'à ce que toute trace de mousse ait disparu. La lame posée en diagonale sur l'inox de l'évier suggère un étendard guerrier, le blason secret d'une secte poursuivie pour pratiques inhumaines. Sa main gauche est restée dans l'évier et elle ne peut l'en retirer, comme s'il y avait rupture entre les ordres donnés par son esprit et la main gantée retenue à soixante mètres de profondeur. Elle se dit que c'est stupide, que sa main, comprimée par le gant, est simplement engourdie. Elle veut la lever mais le gant rebelle refuse d'obéir. Quand finalement elle parvient à arracher sa main du champ magnétique de l'évier, elle porte le gant à sa bouche et mord rageusement le bout de deux doigts de caoutchouc, sans résultat, puis le coince entre ses genoux et tire de toutes ses forces. La ceinture se dénoue et le peignoir s'ouvre comme une fenêtre sous l'effet d'un courant d'air, exhibant le corps nu de ma cousine. Victorieuse, Anastassia Lizavetta lève le bras, contemple sa main rougie mais libérée de la pression du gant, remue les doigts pour leur rendre souplesse et mobilité, puis elle sourit. Il ne lui reste plus qu'à ôter l'autre gant. Mais pendant ce temps la main droite et bleue a saisi avec force dans l'évier le manche du couteau coréen, dans une position qui n'est pas celle que l'on prend pour couper un morceau de viande ou de pain.

« Mon dieu ! » s'écrie-t-elle les yeux fixés sur la main gantée.

8

À l'évidence, la combinaison fortuite de la main, du gant et du couteau annonce qu'il va arriver quelque chose, suggère qu'une femme a peut-être l'intention d'attenter à sa vie. Anastassia Lizavetta juge l'idée saugrenue. Jamais de telles pensées ne l'ont effleurée, pas même lorsqu'elle était adolescente, et elle écarte d'emblée cette hypothèse car elle croit à la force de la vie. Une femme qui souhaite faire un deuxième enfant, prend sa température chaque matin et compte les jours où elle est en état de procréer ne saurait attenter à sa vie. Mais alors, que fait ce couteau dans une main qui a cessé de lui obéir ? Elle tremble de peur en pensant aux deux endroits de l'appartement vers lesquels elle pourrait se diriger en brandissant cet ustensile, une vague idée lui vient à l'esprit, une pulsion s'empare d'elle et prend une ampleur qu'elle ne sait comment juguler, car elle n'a aucune stratégie à lui opposer. Une certaine indignation la gagne, moins forte cependant que son envie de se laisser guider par ses pas, et elle se met à pleurnicher.

À mesure qu'elle prend conscience de son état anormal, son désir d'agir augmente et, pour le réprimer, elle énumère mentalement tout ce qu'elle a l'intention de faire pendant la journée. Rien d'exceptionnel, rien d'ennuyeux non plus. Une chose ou deux qu'elle remet toujours à plus tard. Par exemple, acheter des petits-fours et se rendre chez sa sœur. Avant d'aller travailler ou après ? Il y a des années qu'elle est sans nouvelles de cette sœur qui vit à l'autre bout de la ville, si loin que se rendre chez elle c'est partir en voyage à l'étranger, vers une terre inconnue. Plus d'une fois elle a failli aller la voir mais, après le travail, elle rentre directement chez elle, même si elle n'en a pas très envie, pour être là quand son fils revient de l'école. C'est toujours la même chose : l'enfant laisse ses affaires traîner dans le séjour, ne referme jamais la porte du réfrigérateur, renâcle à faire ses devoirs et, si elle ne le surveille pas, regarde la télévision au lieu d'apprendre ses leçons. Toute à ses pensées, Anastassia sort de la cuisine. De sa main libre elle ferme son peignoir ; de l'autre, inutile de le vérifier, elle tient le couteau. D'un pas mesuré, elle se dirige vers sa chambre. Elle ne veut pas penser à ce qui pourrait arriver si ses pas la conduisaient vers celle de son fils pour s'assurer qu'il dort bien, qu'il ne s'est pas découvert, qu'il n'a pas froid. Elle croyait, en se levant avant le jour, à l'heure de la première cigarette, avoir fermé la porte de la chambre, mais elle constate qu'elle est entrouverte ; à l'intérieur, l'obscurité est à peine troublée par la lueur verte du radio-réveil dont elle a désactivé la programmation et le rai de lumière qui se coule entre deux lamelles des persiennes.

Elle franchit le seuil sans en avoir conscience, peut-être frappée d'une amnésie passagère ou, au contraire, à cause d'un trop-plein de souvenirs, et se retrouve subitement dans la chambre, en train de contempler son mari endormi. La prudence et la logique voudraient qu'elle s'en tienne là et se contente de se demander pour quelle raison inavouable elle a jusqu'ici partagé la vie de cet homme, ou pourquoi ce corps inerte éveille en elle la même crainte sourde que lui a inspirée le petit pois trouvé dans l'évier au moment où elle allumait sa première, ou peut-être sa deuxième cigarette. Oui, elle aurait dû en rester là, ne pas se demander ce qui est arrivé pour que sa vie soit ainsi et pas autrement. Pourtant, mue par une force pulsionnelle trop longtemps refoulée, poussée par la volonté d'en finir au plus vite, Anastassia Lizavetta s'approche du lit sans vraiment concevoir ce qu'elle s'apprête à faire. Plus tard, elle dira que quelque chose l'a forcée à passer à l'acte. Elle sait qu'un seul coup ne va pas suffire, qu'elle est trop maladroite pour atteindre d'emblée un endroit vital. Le réveil serait alors brutal et déclencherait un scandale, sans compter les explications qu'elle devrait donner et auxquelles elle ne veut même pas penser. Mieux vaut l'horreur dans le silence et l'obscurité que les justifications dans les cris et le sang. Alors la main bleue frappe une, deux, trois fois, puis cinq puis sept fois sans que le corps réagisse, et ainsi jusqu'à douze fois. Elle frappe jusqu'à en perdre sa couleur bleue, jusqu'à signer une trêve avec le corps du mari, immobile et déjà passé de vie à trépas. Un coup au moins a atteint le cœur, un autre le foie, deux le cou, sectionnant la carotide. Ma cousine a été aussi rapide qu'on peut l'être quand l'aliénation fait de vous quelqu'un d'autre. Elle a frappé et frappé encore pour chasser le remords, étonnée de se sentir curieusement calme devant le fait accompli. Quelques jours plus tard, elle me confiera qu'elle n'a rien senti de la sauvagerie que suggère cette scène d'horreur.

La main a dû frapper avec une force inouïe, ce qui peut s'expliquer par l'altération générale dont souffrait ma cousine, ou par la qualité de la lame coréenne si bien vantée à la télévision. Pourtant je mentirais si je parlais d'effort, si j'entrais dans des considérations sur la résistance de la chair qui, me dit-elle, avait la consistance du pain brioché. Tout s'est déroulé avec une facilité inattendue, comme si elle avait délibérément évité les os ou n'avait pas voulu se fatiguer. Debout, elle s'est dit que laisser le couteau planté dans l'aine serait manquer de respect à son mari et au père de son enfant. Elle l'a jeté par terre, a cherché le fond d'un évier imaginaire et tenté de dissimuler les blessures avec ses mains, puis avec la couverture, mais les coups étaient nets, ils voulaient demeurer visibles, ce n'étaient pas de simples égratignures, ils avaient provoqué des hémorragies qui ont été la cause du décès. J'inclinerais à dire que, pour elle, les faits dont on l'accuse n'ont pas eu lieu dans la réalité mais dans sa tête. Le gant bleu qui dans la cuisine refusait de recevoir la main, se débarrasse à présent d'elle avec une extrême facilité, et ma cousine, après avoir retrouvé la maîtrise de ses deux mains, se laisse tomber sur le lit. Elle se sent fatiguée, comme au terme d'une longue journée de travail. Elle ferme les yeux, peut-être dans l'espoir d'effacer ce qui vient de se produire, et pense à autre chose, aux gâteaux qu'elle portera cet après-midi à sa sœur, à ce qu'elle préparera pour le dîner. Tout à coup, la radio se met en marche, peut-être n'avait-elle pas désactivé le réveil, tout était possible ce matin-là dans la vie de ma cousine. Des voix résonnent, donnent les prévisions de la météo pour la journée et annoncent les films de la soirée à la télévision. Elle tend le bras par-dessus le mort et éteint le poste. Elle n'est pas d'humeur à écouter des informations et elle se lève, prête à croire que la journée qui commence est pareille aux autres ; elle a seulement pris quelques secondes d'avance, puisqu'elle est déjà en peignoir. Elle sort de la chambre et ferme soigneusement la porte pour s'assurer que ce qu'il y a à l'intérieur n'a rien à voir avec le reste de l'appartement.

Elle refait les gestes de chaque jour, entre dans la salle de bains, s'assied sur la cuvette des waters pour uriner, rien ne vient, quelque chose en elle s'est desséché au cours de la nuit ou après ce qu'elle a fait. Elle ouvre le robinet de la douche et laisse le pare-douche en acrylique ouvert, se rend à la cuisine, qui est propre, ôte de la table la soucoupe où il y a cinq mégots, les jette dans la poubelle, sort le beurre du réfrigérateur, allume la cafetière automatique, sort du placard trois couverts, trois bols et un pot de confiture, ouvre le paquet de pain de mie, glisse trois tranches dans le toaster, sort la bouteille de jus d'orange rangée dans la porte du réfrigérateur et la secoue pour mélanger la pulpe au jus.

L'eau de la douche est chaude. Anastassia Lizavetta ôte son peignoir, l'accroche à la patère derrière la porte de la salle de bains, prend un savon parfumé à la lavande dans l'armoire à pharmacie, regarde ses cernes dans le miroir. Elle a passé une très mauvaise nuit, aussi entre-t-elle dans la cabine de douche comme pour y chercher un réconfort. Quand l'eau chaude coule sur son corps, elle frotte ses mains sur son visage. Je me souviens que ma cousine aimait beaucoup ses mains.

« Mes mains », dit-elle.

9

Anastassia Lizavetta a-t-elle fermé la porte de la chambre ? Oui, ce qui s'est passé à l'intérieur est peut-être un cauchemar, mais elle sait qu'elle est réveillée et se souvient précisément de ce que ses mains ont accompli quelques minutes auparavant. Il est un peu tôt pour s'en repentir, elle est encore sous le choc et les premiers signes de culpabilité ne viendront qu'avec le temps ; autrement dit, les pleurs n'ont pas encore fait leur apparition. Une torpeur l'envahit. Le monde est pareil à celui qu'elle a laissé la veille avant de s'endormir, sauf dans les douze mètres carrés de la chambre conjugale au deuxième étage de la tour L du parc Posadas, d'où l'on voit, au bout d'une allée entre deux autres tours, les arbres du parc du Prado, sous lesquels les amoureux ont coutume de se promener après avoir franchi le pont des Chimères flanqué de ses quatre réverbères. La chambre au-dessous et les douze chambres au-dessus ont les mêmes dimensions. À tous les étages se déroulent des scènes habituelles sinon identiques : vêtements entassés en attente d'un lavage, moutons sous les lits ; un homme pense à sa femme de ménage, un couple prépare le prochain week-end à la campagne, une femme enceinte remonte la couverture sur son menton. Mais nulle part le matelas, tel un vampire de latex, ne boit des litres de sang.

L'enchaînement quasi arithmétique des faits ne parvient pas à dissimuler ce qu'ils ont de monstrueux, de disproportionné par rapport au passé de ma cousine et à l'idée que les voisins se font du couple, plus particulièrement de la femme, de la maîtresse de maison. Sa première réaction a été de se demander ce qu'on allait penser d'elle. Sa stratégie a consisté à oublier résolument ce qui est advenu comme on peut oublier de passer au supermarché avant la fermeture. Anastassia Lizavetta consulte sa montre, l'heure qu'elle indique ne rend pas compte du temps qu'il lui aurait fallu pour commettre ce qu'elle croit être irréparable. Pour s'en convaincre, c'est très simple, il suffit d'aller ouvrir la porte de la chambre. Inutile d'allumer, le jour doit filtrer par la fenêtre. La septième et la huitième lamelle de la persienne sont disjointes et la lumière entre dans la chambre comme décomposée par un prisme trouble. La persienne est cassée depuis un an mais ils n'ont jamais eu le temps de la faire réparer. Ce peu de lumière lui suffira pour vérifier si ce qu'elle croit avoir fait est vrai ou pas, mais la réponse, quelle qu'elle soit, la déprime d'avance.

Elle se connaît ou croit se connaître et sait qu'elle traverse une période d'instabilité émotionnelle qui la rend incapable de contrôler ses gestes. Le crime, auquel apparemment elle n'a jamais songé, il a suffi de le commettre. C'est l'acte en lui-même qui détermine sa monstruosité. Irréversible, on le commet en premier lieu et on bascule ensuite de l'autre côté. Ce n'est pas l'inverse qui se produit, comme on tend à le croire. L'acte dont je parle a précédé la décision de le commettre : dans une version différente de ce récit, ma cousine aurait même pu tuer son mari avant de s'emparer du couteau coréen dans la cuisine. Il est donc inutile qu'elle s'attarde sur ce qu'elle a fait ou qu'elle mette en doute la réalité de son geste. En décidant que la journée qui commence va être une journée ordinaire (mais pas une journée comme les autres, bien entendu), elle ne réagit pas raisonnablement, mais en acceptant que les conséquences de son acte pèsent sur ce qu'elle a prévu de faire, il n'est pas exclu qu'en fin de soirée elle connaisse un semblant de paix intérieure. Alors, elle constatera qu'elle s'est bornée à passer par l'expérience de l'horreur, pour des raisons étrangères à toute archéologie des sentiments.

C'est là un lot de consolation bien maigre, mélange d'astuce et d'étonnement juvéniles, comparé à l'intensité de son désir ardent. Elle savait qu'elle en resterait là, qu'elle ne serait jamais l'Anastassia Lizavetta capable de préméditer l'acte qu'elle a réellement commis. Cela, c'était une invention des magazines, qui semblaient l'avoir conditionnée pour ce jour-là : l'impossibilité de passer à l'acte ; le flirt avec des fantasmes de transgression qu'on ne réalise jamais ; et les rêves, encore que leur force s'évanouisse dès que l'on revient à l'état de veille, où s'accumulent les images refoulées et où se creusent les tranchées destinées à empêcher tout passage à l'acte. Le matin, pendant qu'elle prenait sa douche et que son mari dormait encore, la seule idée qu'elle aurait pu envisager de le tuer pendant son sommeil la révulsait, ne lui inspirait que mépris pour elle-même, et elle l'oubliait aussitôt en enfilant son peignoir. Se sachant incapable de tuer, ma cousine a posé ses limites. C'est-à-dire que, en réalité, elle aurait voulu cribler son mari de coups de couteau un matin quelconque non pour le tuer, bien qu'il soit impossible de jamais se maîtriser tout à fait, mais pour savoir comment elle se sentirait après l'avoir fait. Elle aurait au moins pu faire semblant, entrer dans la chambre le couteau à la main, s'approcher du corps endormi, se tenir au pied du lit, résister une minute en comptant lentement jusqu'à soixante. Et puis rester là, immobile, en songeant à ce que racontent les magazines sur le passage à l'acte ; cette minute aurait été une dure épreuve, mais elle n'avait aucune intention de le tuer, comme elle me l'a écrit plus tard ; d'ailleurs, elle n'avait pas songé à utiliser une autre arme, un pistolet, par exemple, ce qui aurait pu lui faciliter la tâche. Quelque chose lui a fait perdre pied, quelqu'un lui a donné l'ordre de passer à l'acte.

À présent, elle ne veut plus y penser, elle verse du shampoing sur ses cheveux, l'antipelliculaire au parfum de pomme verte, afin que ses mauvaises pensées soient entraînées par l'eau comme les pellicules rebelles. L'eau chaude emporte avec elle les drôles d'idées de la nuit, normales si l'on tient compte de la fatigue, de la routine quotidienne, de l'absence de projets enthousiasmants. Je crois, moi, que c'était bien là le nœud du problème : elle n'avait aucun projet à part celui de faire un deuxième enfant, elle appartient à une génération qui ne connaît ni le militantisme ni la critique, peut-être parce qu'il n'y a plus grand-chose à critiquer aujourd'hui et que l'on ne sait plus refaire le monde. Croire que tout compte fait les choses ne vont pas si mal, comme le rabâche la presse, étouffe l'initiative personnelle, ramollit la pensée, pousse à l'introspection : pense à toi, et tu verras que le monde change autour de toi, mais attention, sans aller trop loin, sans fouiller les parts putrides de ton moi. Voilà le message que véhiculent les magazines. Demande-toi ce que tu peux faire pour toi aujourd'hui et trouve une réponse qui t'apporte un peu de bonheur. Tous les articles et les livres sur le bien-être poursuivent le même objectif : le bonheur personnel.

Ma cousine et son mari auraient dû avoir des projets autres que celui de donner une petite sœur à un enfant qui commençait à avoir des caprices de fils unique. Ne serait-ce que chercher un autre appartement ou repeindre celui du parc Posadas. Et pourquoi pas un voyage ? Pourquoi pas Londres ? Anastassia Lizavetta avait fait cinq ans d'anglais au British Institute et elle rêvait d'aller à Londres. C'est du moins ce qu'elle m'avait dit quand elle préparait ses examens. Elle apprenait l'anglais avec beaucoup de sérieux, c'était une jeune fille appliquée et curieuse. Ce soir, au milieu du dîner, elle dira : « J'ai décidé d'aller à Londres. » Ce sera un excellent passage à l'acte ou plutôt un passage à la parole, une manière d'installer le désir dans le quotidien et d'attendre la réaction des autres. Sous la douche, en se massant la tête avec le shampoing à la pomme verte, elle est bien décidée à l'annoncer le soir même, à prendre le risque que son mari lui réponde : « Tu es folle, on ne peut pas se permettre un voyage pareil. Avec tout ce qu'on a à payer, ce n'est pas le moment de faire des caprices. » Elle le dira quand même, afin que son mari le sache une bonne fois pour toutes et soit au courant de sa décision. Ni le couple ni la famille ne sont en cause, il s'agit simplement d'une parenthèse dans ce qui est supposé être le bonheur, de satisfaire un désir qui vient de loin, parce que remettre indéfiniment ce voyage c'est comme vivre avec une infection qui résiste à de puissants antibiotiques.

10

La Tamise marque la limite entre la banalité quotidienne et un bonheur qui se refuse à trouver son cours. En ce jour du mois de mars du début des années quatre-vingt-dix, le fleuve qui coule sous le Tower Bridge est l'histoire d'Anastassia Lizavetta arrivée à la moitié de sa vie.

Par ce triste matin de cette triste journée, elle pourrait être en train de prendre sa douche dans un hôtel du centre de Londres, où l'attendrait, de surcroît, un copieux breakfast – toasts moelleux, marmelades appétissantes, jus d'orange, œufs brouillés au bacon, thé de Ceylan. Avec son mari elle mettrait au point l'itinéraire de la journée, en alternant les sites incontournables et ces moments de flânerie où l'on fait des découvertes inattendues, sans oublier l'achat de menus souvenirs pour les amis. Depuis plusieurs mois, à Montevideo, ils ont prévu de visiter la Tate Gallery pour voir enfin les fameuses brumes de Turner. Pourquoi avoir étudié l'anglais pendant cinq ans si ce n'est pour entrer à la Tate, s'approcher des *Funérailles en mer* de J.M.W. Turner (1775-1851) et écouter les explications du guide ? Pourquoi avoir fait deux années de droit si ce n'est pour pouvoir s'offrir à crédit un voyage à Londres dans de bonnes conditions ? Pourquoi avoir suivi des cours du soir en informatique, gestion et relations publiques avec des professeurs venus de Miami ? Pour faire réciter aux enfants – ma cousine pensait bien sûr à la future petite fille – leur leçon d'anglais pendant le petit déjeuner ? *English is the future*, *This is my son, I'm a murderer.* Elle avait appris l'anglais pour comprendre les paroles des chansons des Beatles, comme *A Day in a Life*, pour apprécier l'accent canaille de Michael Caine dans *L'Éducation de Rita*, pour sortir de la salle de bains comme Lady Godiva en rouspétant contre la hausse des impôts et en jetant avec élégance un peignoir jaune sur ses épaules.

Dans sa jeunesse, ma cousine avait toujours pris des cours afin d'occuper ses journées et d'oublier ses mauvaises pensées du matin, ce moment nébuleux entre sommeil et veille, pénombre et lumière, désir et réalisation du désir. Le temps de fumer une cigarette et dans dix minutes elle ira réveiller le bâtard (en Angleterre il y en a des milliers, même dans la famille royale et chez les chanteurs de rock). Comme tous les matins, chaque geste est chronométré. Le temps de fumer une cigarette est égal au temps qu'elle met à lui préparer son petit déjeuner, le *breakfas*t devrait-elle dire pour l'initier à l'anglais, égal au temps qu'elle prend pour regarder cet étranger pendant qu'il boit son chocolat ; après ce qui s'est passé il y a quelques minutes, si toutefois quelqu'un peut confirmer la véracité des faits et en témoigner, elle le considérera peut-être comme son fils.

Sa vie était noyée dans la routine, et jour après jour elle attendait quelque chose de nouveau et de différent qui n'arrivait jamais. Elle guettait l'étincelle qui donnerait un sens à cette monotonie et chasserait jusqu'à l'ombre des habitudes quotidiennes. Le coupable, s'il y en a un, c'est le thé qu'elle a bu hier soir, seule, dans la cuisine ; c'est ça, c'est sûrement ça, un thé anglais qui a gonflé sa vessie et l'a réveillée plus tôt que d'habitude. Cela lui a permis de voir la scène qu'elle rêve chaque nuit depuis toujours, qu'elle oublie au réveil, et dans laquelle le geste, le passage à l'acte, est une stratégie de défense mentale directement inspirée d'une légende londonienne. Tel devait être l'enchaînement des faits, elle a dû faire un rêve éveillé. Ce que ma cousine a pris pour un acte de violence commis volontairement et clairement barbare n'est qu'un rêve né de son désir d'aller à Londres voir la *Chamber of Horrors* au musée de Madame Tussaud. Elle brûlait d'envie de découvrir les célèbres assassins des faubourgs londoniens immortalisés dans la cire, de parcourir les salles jusqu'à trouver la mise en scène du rêve de ce matin et reconnaître dans le regard de la folle criminelle la violence de ce qui se répétait nuit après nuit, elle ne savait même plus depuis combien de temps.

La première fois que j'ai pu la voir après le crime, alors que nous parlions, elle s'est soudain rappelé que le désir de tuer son mari s'était manifesté pour la première fois six ans auparavant et avait coïncidé avec l'expérience de la maternité. Elle m'a raconté qu'un sentiment d'horreur l'avait envahie un matin, au réveil : « Un cauchemar épouvantable », s'était-elle dit, comme si son rêve avait été une aberration onirique sans le moindre rapport avec ses désirs profonds et en contradiction avec les dogmes de la Faculté. Comme si dans un des cinémas multiplexes de Londres elle s'était trompée de salle et, au lieu de regarder la comédie qu'elle avait choisie, s'était retrouvée en train de contempler une femme sur le point d'assassiner son mari endormi. Elle s'était efforcée d'effacer ce malaise en imaginant qu'une autre avait fait ce rêve. Elle avait rêvé qu'une inconnue avait tué son mari en rêve, ou autre chose qu'elle tentait confusément d'interpréter mais qui demeurait dans le brouillard. Très angoissée, elle avait refusé de prendre ce rêve au sérieux ; le contraire aurait signifié qu'une force dévastatrice la hantait et s'emparait des territoires lointains de son psychisme. Alors, et peut-être pour se défendre, elle s'était dit que les rêves n'étaient qu'une farce, comme si le subconscient pouvait se manifester en jouant la comédie de la méprise. Mais quand le subconscient, qui déteste la comédie, s'était aperçu que ma cousine prenait avec humour le drame qu'il avait mis en scène pour elle, il avait modifié sa stratégie, décidé que la pièce demeurerait à l'affiche toutes les nuits et qu'elle l'oublierait à son réveil, jusqu'au jour où… Le petit jeu dangereux avait duré six ans, jusqu'au matin où ma cousine s'était réveillée trop tôt, en plein troisième acte de la représentation nocturne. Les images se succédaient, le rêve faisait tout son possible pour accéder à la conscience, devenir pensée, perdre son caractère de sublimation et, libéré de sa prison, se transformer en action bien réelle. Au bout de six ans, quoi de plus normal. Tout ce qu'elle pouvait se reprocher, c'était de s'être réveillée trop tôt, reproche justifié, puisque les rêves sont toujours innocents. Le coupable n'était pas elle mais son inconscient.

« Je suis devenue folle », m'a-t-elle confié dans la foulée, comme si cela allait de soi. Tuer lui avait fait l'effet d'une drogue, uriner lui avait procuré une sensation intense, fumer un plaisir décuplé, et poser trois tasses sur la table lui avait fait venir les larmes aux yeux. De but en blanc, le moindre mot était associé à la couleur du sang et à la passion, le moindre geste – allumer la gazinière, casser un œuf – cessait d'être insupportable. Peut-être accédait-elle sans le savoir à ces instants privilégiés où la routine devient une expérience merveilleuse et incontrôlable, et sans doute redoutait-elle ce qu'elle pourrait dire en de telles circonstances. Elle avait alors ouvert la porte de la chambre d'un geste décidé, le couteau à la main. Geste insensé destiné à éloigner les pensées confuses et contradictoires. Elle a ajouté qu'elle n'aimait pas trop réfléchir, parce que ses pensées finissaient toujours par être désagréables. « Alors, je m'occupe. »

Dans la cuisine, ma cousine s'adapte à la lumière du jour, qui pointe au-dessus de la ligne brisée de l'horizon urbain. Dans la chambre de l'enfant, les persiennes sont encore fermées, il fait noir et elle va vers le lit sans couteau ni fureur, pas comme dans le rêve qui l'a tellement bouleversée que tout lui semble maintenant différent. Elle se dit : « Ce qui est couché et dort là doit être mon fils. » Cette simple phrase qui lui a traversé l'esprit se charge de connotations et de frayeurs inconnues ; cet être, cette créature que son ventre a abritée pendant d'interminables mois, dort. Il repose et ne peut imaginer ce dont sa mère est capable.

L'abîme est infranchissable, même pour l'amour maternel. Anastassia Lizavetta prie, elle croit prier pour qu'il n'hérite pas tout de ses parents. Quand elle l'emmenait faire des courses ou voir des amis, elle était fière d'entendre dire : « C'est fou ce qu'il te ressemble. » Le pauvre, ce qui vient de se passer à deux pas de lui va le marquer à jamais. Il dort et ne sait rien. Il ne sait pas que pour lui tout vient de basculer. Il était né pour une vie et une éducation normales, avec les aléas de l'existence, certes, mais pas pour ce que vient de faire sa mère. Il sera lié à elle jusqu'à sa mort, même s'il finit par la haïr, et plus encore s'il parvient à la comprendre. « Il a ton nez, tes yeux », disent les gens, et ma cousine cache son visage derrière sa main comme pour tirer un rideau entre elle et l'enfant qui est son portrait vivant. C'est bien suffisant, pense-t-elle, il ne manquerait plus qu'il ait aussi hérité mon imaginaire.

À ce moment-là, l'enfant dort ; s'il rêve, c'est peut-être de quelque conte de fées. Quand elle était petite, ma cousine rêvait de personnages de dessins animés ; après sa maladie, tout a changé, elle s'est mise à rêver des choses bizarres.

11

« On lui a jeté un sort. » En évoquant devant moi un épisode de son enfance, ma cousine s'est rappelé ce qu'a dit la voisine chez qui sa mère l'avait emmenée parce qu'elle était souffrante. Anastassia Lizavetta avait cru que sa mère la conduisait chez un médecin qui l'ausculterait, ou chez le dentiste, ou encore chez le coiffeur pour lui faire couper les cheveux. Depuis sa tendre enfance, l'odeur de médicament des cabinets médicaux et cette manie qu'ont les docteurs de se laver les mains l'effarouchaient, comme l'effarouchaient la blancheur aseptique des carreaux sur les murs et l'éclat des instruments sur la table roulante. Mais elle ne savait pas que sa mère l'emmenait pour la guérir d'une maladie qui dépassait de loin le savoir étroit de la médecine.

Elle se rappelait un endroit plongé dans la pénombre et une image en couleur du Sacré-Cœur de Jésus d'où émanait une lumière intense et mystérieuse qui attirait l'attention. Quelque chose brûlait et répandait un parfum étrange qu'elle devait reconnaître le jour de sa première communion, des années plus tard.

« … Un sort », déclara la voisine au premier coup d'œil, sans même l'avoir palpée.

La petite vieille à l'air doux que ma cousine croisait chaque jour dans la rue quand elle allait faire les courses la scrutait à présent d'un regard extatique de mère supérieure qui aurait reconnu en elle la victime propitiatoire d'une puissance perverse.

« L'envie », ajouta la mère d'Anastassia Lizavetta.

La petite vieille ferma les yeux, posa les mains sur la tête de ma cousine en murmurant des litanies incompréhensibles. À la fin de la consultation et après de multiples passes, la vieille tendit à la mère de ma cousine un flacon rempli d'un liquide couleur thé et prescrivit deux cuillerées à soupe chaque soir avant le coucher pendant une semaine.

« De qui cela peut-il bien venir ? s'enquit tout bas ma tante, une fois la cérémonie terminée, prouvant ainsi que sa foi n'avait nul besoin d'être mise à l'épreuve.

– Impossible de le savoir, répondit la guérisseuse, sans doute d'une personne proche de vous, ou même d'un membre de la famille.

– C'est elle, j'en suis sûre », déclara alors la mère de ma cousine.

Après cette consultation secrète, la méfiance s'installa dans la maison, à seule fin de démasquer la coupable. Chaque fois que ma tante introduisait une cuillerée du sirop répugnant dans la bouche de ma cousine, elle marmonnait un Ave Maria entrecoupé de noms de suspects afin de renforcer les vertus curatives de l'électuaire.

Anastassia Lizavetta, qui croyait être réellement malade, pensait que son état de faiblesse lui vaudrait un regain d'affection de sa mère, mais elle déchanta dès la première cuillerée. Selon ma tante, le sort qu'on avait jeté à sa fille lui était destiné. Quelqu'un était jaloux de sa beauté réfractaire aux ravages du temps, de ses bons rapports avec son mari et, comme elle était trop forte pour être attaquée de front et qu'elle avait pris les précautions nécessaires pour s'immuniser contre les forces maléfiques, l'envoûtement était retombé sur la petite, une proie facile. Dans son souvenir, ma cousine a été victime d'un sort jeté à sa mère qui n'a jamais été conjuré – une interprétation comme une autre d'un traumatisme infantile aux séquelles imprévisibles, dont l'événement de ce matin-là était la manifestation extrême, l'acmé d'un maléfice fourvoyé, la résurgence d'un mal lové pendant des années dans un recoin de son corps, de sa tête, de ses pensées, de son ventre, enfant monstre au sommeil paisible qui, au lieu d'être expulsé comme un fœtus mort, avait pris la forme d'une grosse tumeur bleue sur sa main.

Pendant les quelques minutes qui ont suivi le meurtre, ma cousine est restée calme. Une strate profonde de son inconscient, depuis longtemps travaillée par d'obscures forces, venait de faire surface, libérée. Le sort jeté à sa mère mais tombé sur elle avait tourné au tragique. Piètre consolation, en vérité, car de toute façon plus rien ne pourrait désormais l'atteindre, et l'enfant allait rester seul. La peur de transmettre la malédiction à son fils et d'être à son tour une mère ensorceleuse l'avait poussée à commettre l'irréparable, mais elle avait détourné vers le père le geste fatal qui visait le fils. À moins que ce matin-là, accomplissant ce à quoi une parente jalouse l'avait condamnée, elle n'ait symboliquement tué sa mère, qui avait eu une vie si heureuse, s'était pavanée devant les voisins avec une certaine arrogance, voire avec superbe et même, parfois, avec un ostensible mépris.

Non, elle aurait dû laisser retomber ce sort sur son fils, qu'elle n'avait jamais vraiment désiré. Elle était depuis longtemps convaincue qu'il était l'enfant d'une autre. Au moment de l'accouchement, ma cousine n'aurait pas crié de douleur mais de plaisir, secret dont elle m'a avoué avoir toujours eu honte et qui la confortait dans l'idée que la malédiction allait se perpétuer.

En entrant dans la chambre de l'enfant, elle n'ouvre pas la fenêtre, de peur de le réveiller en sursaut. Elle s'approche du lit, le regarde, s'assied près de l'oreiller, lui caresse les cheveux, pose une main sur son épaule et le secoue doucement.

« Lève-toi, lui dit-elle, c'est l'heure. »

12

Elle est de nouveau seule dans la vie, comme elle l'a été dans son enfance, mais elle ne veut surtout pas s'interroger sur cette solitude nouvelle. La malédiction accomplie a laissé des traces, mais elle tient bon, en bonne mère qu'elle est, et dit à son fils que son père est déjà parti travailler. Pendant le petit déjeuner, l'enfant se montre particulièrement tendre, comme s'il avait été déchargé d'un fardeau, et elle songe que si un miracle effaçait ce qui s'est passé, ils pourraient très bien vivre heureux tous les deux. Négligeant pour une fois les petites tâches ménagères, elle prend le temps de s'asseoir à table et de partager ce moment avec lui.

En temps normal, le petit déjeuner est une succession de brefs allers-retours entre le grille-pain, le réfrigérateur et l'évier. Quelques secondes pour aller se maquiller, autant pour revenir au réfrigérateur et sortir la bouteille de jus d'orange, essuyer un reproche parce que la chemise blanche aux raies bleues n'est pas repassée, noter qu'il faut penser à acheter deux ampoules pour l'applique de l'entrée. Pour Anastassia Lizavetta, les petits déjeuners avaient jusqu'alors été une série de déplacements quasi invariables dans un espace réduit. Elle ne s'asseyait jamais à la table, allait incessamment d'un endroit à l'autre, récapitulant les menus travaux qui l'attendaient, songeant à ce qu'elle devrait acheter le soir en rentrant, dans douze heures, des ampoules de 100, de 75, ou de 60 watts ? quelle importance ! et les mille gestes et les mille choses auxquelles il fallait penser faisaient chaque matin voler en éclats la première heure de sa journée.

D'abord remplir sa mission d'épouse et de mère, au besoin avec l'aide de son mari, et la suite arrivait vite, calculée à la seconde près. Il lui avait fallu des années pour conquérir un petit quart d'heure pour elle seule, si vital qu'elle l'avait mesuré comme on surveille la cuisson d'un soufflé. Après plusieurs années de vie commune, elle ne disposait que de deux minutes, pas une de plus, pour se mettre du rouge à lèvres, de l'eye-liner et du mascara, autant pour enfiler un collant et choisir ses vêtements. Partir travailler était un soulagement, faire quelques pas dans la rue, prendre le bus pour le centre-ville un moment de détente ; elle aimait se retrouver dans l'anonymat, devenir une inconnue à qui personne ne demande une autre tranche de pain, ni où sont les chaussettes noires à liserés rouges. Personne pour lui dire d'arrêter de fumer, de baisser le volume de la radio, on est bien assez informé, il n'y a pas que la politique dans la vie !

Aujourd'hui elle prend le temps de s'asseoir dans la cuisine et de parler. Elle est heureuse d'avoir réglé son compte à ce vieux maléfice et de l'avoir anéanti ; elle a du temps pour parler à son fils, plus de quatorze minutes pour se préparer à sortir, et toute la journée, sinon toute la vie, devant elle. C'est absurde, mais les choses lui semblent beaucoup plus simples que prévu. Pourquoi a-t-il fallu passer par de si terribles moments pour avoir un peu de temps pour soi ? D'habitude, il était impossible d'échanger trois mots, d'interrompre la cadence soutenue des journées. N'est-il pas stupide de courir du matin au soir quand on vit dans un petit pays au bout du monde, d'y reproduire les modèles sociaux des antipodes, si bien intériorisés qu'elle ne sait même plus quel mode de vie elle préférerait adopter ; celui de New York, de Berlin, ou de Londres, cette ville où elle s'est promis d'aller.

Ce matin le leurre est flagrant, elle a le sentiment d'avoir singé pendant des années la vie d'une inconnue. L'agitation quotidienne n'était pas due à une initiative personnelle ; à vrai dire, la vie d'autrefois, celle du temps de sa jeunesse, était plus paisible, plus provinciale, même si on avait honte de l'avouer. Il serait stupide de croire que le rythme trépidant de la capitale, qui ressemble à celui de Londres – ma cousine citait toujours Londres en exemple –, avec ses embouteillages, ses travailleurs qui ont plusieurs emplois, sa frénésie de consommation, est un choix personnel. Évidemment, on pouvait toujours invoquer les impératifs de la vie moderne. Ma cousine avait une certaine nostalgie d'un Montevideo à jamais disparu, avec ses rues pavées creusées pour les charrettes tirées par des chevaux, quand l'Uruguay vendait de la viande à la Corée en guerre, pays qui n'exportait pas encore de couteaux de cuisine, quand le rythme de la vie permettait encore d'emmener les enfants à l'école et aux voisins de manifester leur jalousie en se jetant des sorts. En ce temps-là, ce n'était pas la voiture ou l'appartement de l'autre que l'on enviait, mais on était pourtant envieux au point d'invoquer les puissances occultes pour détruire l'autre, le faire mourir avant l'heure ou l'inciter à commettre des actes que la morale réprouve. Avant qu'on ne lui jette un sort, ma cousine avait été une personne libre.

Pendant le petit déjeuner, profitant de ce qu'il est seul avec sa mère, l'enfant lui confie qu'il a une amoureuse. « En cela il me ressemble », songe-t-elle. L'envoûtement l'avait rendue précoce, précoce pour détecter les mauvaises intentions des autres, précoce dans sa puberté. Très tôt, trop tôt, elle avait eu un corps de jeune fille et exhalé un parfum aphrodisiaque qui rendait fous les hommes de son entourage ; je me souviens d'un oncle par alliance qui veillait à ne jamais être seul avec elle pour ne pas céder à la tentation. À l'école, les garçons lui soulevaient la jupe pendant la récréation, pensant découvrir ainsi le secret des filles. Quand nous passions ensemble nos vacances, je cherchais à surprendre sa nudité. En la voyant dans la rue, les hommes ne pouvaient s'empêcher de la déshabiller du regard. Si elle ne jouait pas à la femme qu'elle n'était pas encore, elle ne pouvait pas davantage avoir l'air d'une gamine de son âge : ses seins la signalaient à l'attention des mâles, la condamnaient à être ce qu'ils disaient d'elle sur son passage : une petite salope qu'ils s'enverraient volontiers.

Au cours d'une des séances où nous jouions à l'analyste et au patient, elle m'a raconté que la coiffeuse du quartier, une femme mariée avec des enfants déjà grands, l'avait un jour appelée

« mon trésor » pendant qu'elle lui massait la tête, en la pressant sur son ventre. Puis elle lui avait caressé le contour des seins, et ma cousine l'avait laissée faire, peut-être par excès de timidité, ou parce qu'elle la trouvait plus audacieuse que les hommes, qui se contentaient de poser sur elle des regards lubriques. Elle me confiait, comme à une vieille amie, que les femmes prennent les devants en matière de sensualité, et j'éprouvais une rage sourde, une résignation mordante de me savoir le dépositaire de secrets et d'histoires qui refoulent le désir ou incitent à l'assouvir dans la solitude. Ce n'était qu'une question de temps. Anastassia Lizavetta finit par s'abandonner aux forces de la nature et de la biologie qui dérangent tant la morale sociale, et elle les affronta seule. Je me souviens que tout le monde semblait attendre leur manifestation, attendre que ma cousine, en proie à des désirs incontrôlables, sache enfin de quoi la vie est faite, comme on dit hypocritement. Mais le moment d'invoquer ces souvenirs de jeunesse – tous ces épisodes perturbateurs dont elle avait honte – n'est pas encore venu.

Il y eut un temps où ma cousine croyait que ces histoires étaient désormais du passé et qu'elle avait gagné le droit à l'oubli en devenant une femme adulte et responsable. Il lui semblait que former de nombreux projets pouvait être une cure salutaire, et elle s'est lancée dans des programmes de lecture, des achats pour la maison. Elle avait devant elle un avenir captivant – bien élever sa progéniture –, et peu de temps pour penser à autre chose. Après la naissance de son fils, son caractère a changé, à sa douceur la grossesse avait ajouté une sorte de fierté, et elle s'est assigné une mission qui, croyait-elle, allait la grandir, et qu'elle pensait pouvoir remplir à force d'abnégation. Le matin du drame, son volontarisme s'est évanoui sans explication ; ce qu'elle avait lu dans les livres sur le bonheur d'être mère n'était qu'un tissu de mensonges et l'enfant était devenu en grandissant une créature hostile. Elle voulait rester elle-même et songeait avec rancœur à tout ce temps perdu. On ne peut décider de cesser d'être soi-même simplement parce qu'on a un mari dépourvu d'initiative, qu'on étouffe dans son appartement avec un enfant qu'on élève comme un crétin. Jamais l'idée de tuer ne lui était venue à l'esprit ; un de mes confrères dirait que son geste condensait sur le plan symbolique une succession interminable de frustrations, une kyrielle de petites déceptions, de dépits ordinaires qui n'auraient pas dû gâcher sa vie si elle avait pu les surmonter avec résignation. Évidemment, de loin, il est facile de tout arranger. Ma cousine avait dissimulé ses désillusions, les avait enfermées à double tour, à commencer par les plus innocentes. Entassées quelque part, elles étaient devenues les spectres dont elle écoutait à présent les rires sarcastiques. Elle croyait que les mauvaises pensées sont le résultat d'un traumatisme survenu dans l'enfance.

Ce matin-là, elle revoit comme si c'était hier sa mère qui la guide dans la pénombre de l'appartement de leur voisine, la guérisseuse. Tout cela est très loin et, quand ces images lui reviennent à l'esprit, son fils est parti à l'école. Elle se rassure en se disant que chacun a sa boîte de pandore, que les sorts ne sont pas héréditaires comme la couleur des cheveux ou de la peau, et que les conséquences de son acte disparaîtront avec elle. Elle se rappelle à l'ordre, croyant n'avoir que quelques minutes de liberté, ce qui est absurde, vu ce qui vient de se passer. La routine, cette étouffante distribution du temps matinal, a en effet volé en éclats. Elle a bu son café trop tôt et elle a envie d'aller aux toilettes. D'habitude, elle prend son café avec son mari quand le petit est parti pour l'école, mais son mari est encore au lit et il y restera toute la journée ; il est couché pour l'éternité. Aujourd'hui, elle ne sera pas l'épouse soumise qui doit aller le réveiller. S'il dort encore et arrive en retard à son travail, elle n'en a que faire. Elle en a assez de veiller à tout, le contrat familial lui impose trop de devoirs. Elle a annulé la clause de l'épouse mais pas celle de la mère. Elle pourrait, au besoin, vivre seule et sans problèmes d'argent. Elle est encore séduisante, les hommes ne lui manqueront pas et quelques aventures seraient les bienvenues. Elle en a la force, elle s'y sent prête, mais si elle n'a pas cédé plus tôt à la tentation de la liberté, c'est pour que son enfant ait un père. L'individu avec qui elle vivait avait pour fonction de participer à l'équilibre psychologique de l'enfant, contribuer à son épanouissement pendant ses premières années, comme le recommandaient les revues chez le coiffeur. Elle aurait pu s'échapper, mais la présence paternelle sous le toit familial était importante, en vue de participer à la formation de la personnalité de son fils, affirmait-elle à l'instar d'un pédiatre. Pour l'équilibre du garçon, son abnégation et son sacrifice étaient préférables à la mesquine négociation d'une pension alimentaire, d'un droit de visite un dimanche sur deux et du partage des vacances scolaires. Ma cousine voyait d'un très mauvais œil ces transactions qui passent pour des preuves d'amour alors qu'elles ne sont que l'expression d'une sourde vengeance, cauchemar dont les enfants ne devraient pas avoir à pâtir.

Anastassia Lizavetta avait une camarade de travail qui se plaignait de cette situation sur un ton mi-ironique mi-douloureux. Le couple s'était séparé d'un commun accord : mari et femme ne se supportaient plus, et ce constat avait davantage pesé dans la balance que la crainte de priver les enfants de leur père. Résultat : entre les visites hebdomadaires, le souci de ne pas trop les perturber, les conseils des avocats, elle voyait son ex-mari plus souvent qu'autrefois et ils ne laissaient pas passer un jour sans se téléphoner pour une légère fièvre, un ours en peluche oublié, un inquiétant 6,5 en géographie. Le petit s'est tordu la cheville, c'est ta faute, tu n'as qu'à pas l'obliger à faire du sport, la petite parle mal, c'est la faute de ta petite amie qui pourrait être ta fille, moi je me tue toute la semaine à leur apprendre la discipline et toi en deux jours tu envoies tout promener pour me faire suer, parce que je sais bien que tu te fous des enfants, tu t'en es toujours foutu, ah si seulement je ne t'avais pas rencontré. C'était comme ça tous les jours, disait ma cousine, pensant avoir échappé au cauchemar.

13

Ce jeudi matin-là est un terreau fertile pour les leurres, aussi est-elle tentée de jouer à ce qu'elle ferait si elle avait divorcé. Ce qui est sûr, c'est qu'elle ferait tout pour que l'enfant ne soit pas privé de son père, de cette présence indispensable à une bonne éducation, ce point d'appui capital pour la formation de la personnalité, cet aliment aussi nécessaire qu'un fruit de saison ou du poisson frais deux fois par semaine.

Son propre père les avait abandonnées, elle, ses sœurs et sa mère, sans se soucier des conséquences. Même en cela il s'était montré cruel, car il les avait laissées tomber alors qu'un mensonge aurait pu leur éviter de souffrir, mais cette canaille avait attendu que sa cadette ait l'âge de se rendre compte de tout, de comprendre ce qu'est un père et l'appelle dans ses accès de fièvre. Il avait attendu qu'elle soit assez grande pour se souvenir des fêtes d'anniversaire et des dimanches passés avec lui, assez grande pour voir sa mère endurer les injustices de la vie et comprendre pourquoi des messieurs restaient dormir à la maison, il avait attendu que ses cadeaux deviennent des fétiches et son absence un obstacle aux futures relations de sa fille avec les hommes. Pour faire ses valises, il avait attendu qu'elle puisse associer abandon et mort (le petit chien nous a quittés, le petit oiseau est monté au ciel, la tortue est partie en voyage). À partir de ce jour, ses sœurs, sa mère et elle n'avaient plus été que de pauvres créatures abandonnées et sans défense, et l'envie d'une jeteuse de sorts n'avait pas suffi à expliquer leurs ennuis. Anastassia Lizavetta, qui avait souffert de voir sa mère malheureuse, s'était juré que son fils ne connaîtrait pas cela. Elle se souvenait de son enfance sans père, des sarcasmes brûlants de ses petites camarades sur son absence, et elle savait que son fils ne supporterait pas une situation identique. Même si elle s'imaginait que son mari n'était pas le père de l'enfant, même si elle s'imaginait qu'il ne méritait pas de l'être, elle était bien décidée à ce qu'il soit le paradigme de la paternité et à partir d'aujourd'hui il le serait. Il n'y avait plus d'atermoiement possible. Elle redoutait tellement de voir se reproduire sa propre histoire qu'elle avait décidé d'annihiler le traumatisme de manière radicale. Brisée par la peur d'un hypothétique abandon, ma cousine avait violemment précipité la séparation et préféré voir son fils orphelin plutôt qu'abandonné par son père. De plus, les jeunes veuves sont séduisantes et mystérieuses, ce sont des vierges de la mort, même si elles sont nos cousines. Mais je n'en dirai pas davantage à leur sujet, ce n'est pas le moment de mêler mes fantasmes à ce récit qui prétend clarifier des événements obscurs.

L'enfant est parti à l'école comme n'importe quel autre jour, et elle est seule avec le mort. Réveillée depuis longtemps, elle s'imagine maintenant qu'elle est divorcée, seule et sans relation stable. Ce n'est pas le moment de pleurer mais de profiter de cette journée qui s'annonce exceptionnelle, où ce qui est resté derrière elle appartient au passé d'une autre qui porte le même nom qu'elle. Non, elle se conduira aujourd'hui en femme divorcée, et n'entrera que demain dans la catégorie des veuves, comme l'exige la mort de son époux, manifestation ultime du pouvoir machiste. Les mouvements féministes devraient inscrire à leur programme l'abolition du veuvage et en finir ainsi avec la dépendance post mortem en empêchant le mâle de continuer à exercer le pouvoir après que son cœur s'est arrêté de battre. Demain, quand elle aura les idées plus claires, elle verra, elle expliquera jusqu'à l'épuisement le sens d'un acte que cette journée de répit lui aura sans doute permis de comprendre. L'enfant, qui devra vivre avec le souvenir de ce qu'il apprendra ce soir ou demain, finira bien par comprendre lui aussi ce qui s'est passé il y a quelques minutes.

Tout le reste de la journée va être pour elle et pour elle seule. Elle agira en femme libre dont le mari gagne suffisamment d'argent pour lui permettre d'être oisive, et elle ira vagabonder dans la grande ville comme elle le faisait au temps de son adolescence. Elle veut retrouver le plaisir de marcher à l'aventure dans les rues, découvrir des quartiers, faire un jour de semaine ce que l'on réserve en général pour le dimanche, une visite, par exemple. Il y a si longtemps qu'elle n'a pas vu sa sœur, qu'elles n'ont pas bavardé toutes les deux comme elles le faisaient dans leur enfance, avant que leur père ne les abandonne et que tout le monde sache qu'il était parti vivre avec « l'autre », dont on ne prononçait jamais le nom à la maison. Les minutes passent. A-t-elle pris sa douche ? Elle croit se rappeler qu'elle en a pris deux. Elle n'aime pas sortir sans s'être lavée, de peur que les gens ne découvrent que son corps est sale. Cette crainte lui vient du jour où une bonne de la maison voisine, à peine plus âgée qu'elle, l'a enlacée en lui soufflant : « Laisse-moi te toucher. » Le souvenir de cette agression est resté profondément gravé en elle, et toutes les douches du monde ne peuvent effacer l'empreinte de cette langue, plus dure et plus fouineuse que celle des garçons de l'école qui ont pu marquer sa sexualité d'enfant.

Depuis quelques instants, ce souvenir ne l'incommode plus. Tandis qu'en slip et soutien-gorge elle se maquille devant le miroir de la salle de bains et applique du fard sur ses paupières en se demandant quels vêtements elle va mettre, ma cousine se dit qu'elle pourrait aussi bien sortir dans la rue les mains tachées de sang, cela lui serait complètement égal. La radio annonce qu'il fera chaud et humide. Elle choisit une robe légère et des souliers plats. Elle a l'intention de marcher toute la journée et, compte tenu de ce qui vient de se passer et de ce qui ne peut manquer d'arriver dans un futur proche, elle pense qu'il vaut mieux adopter une tenue pratique. Qui sait quand elle pourra de nouveau prendre une douche digne de ce nom sans la compagnie d'autres détenues. Mais elle remet cette pensée à plus tard parce que, à moins qu'elle n'appelle la police, tout semblera normal jusqu'à ce soir. En fait, elle nage dans la contradiction. D'un côté, elle a la certitude que, même si elle s'efforce de le dissimuler, ce qu'elle a fait ne va pas tarder à être découvert et à provoquer un terrible scandale ; de l'autre, tout lui paraît banal, comme d'habitude ; si elle parvient à ouvrir une parenthèse de quelques heures, à apprivoiser l'oubli, les autres la comprendront sûrement malgré la violence des faits, et elle pourra continuer de vivre normalement, du moins selon sa logique à elle, pas une vie de veuve, ce serait manquer d'imagination, mais en femme divorcée et libre, ce qu'elle conçoit sans peine.

L'appartement est calme, et il est même agréable à cette heure-ci, sans mari et sans enfant. Avec une fierté teintée de revanchisme, elle se dit que tout ce qui orne ces pièces est son œuvre. Avec plus de moyens, elle aurait encore pu améliorer ce cadre de vie, mais ce n'est pas le moment de se plaindre ni de penser à la décoration.

Vu la robe qu'elle a choisie, les souliers plats sont exclus. Elle se décide pour des chaussures à talons hauts, avec une bride qui entoure la cheville. « Des chaussures de pute », avait dit son mari quand elle les avait achetées, et il avait même fait des remarques agressives la première fois qu'elle les avait mises. J'ai toujours détesté sa manière vulgaire, autoritaire et parfois même obscène de la traiter en public. Ce matin, peut-être par esprit de vindicte, elle se plaît en cet équipage, elle se souvient même d'un de ses amoureux qui lui avait un jour glissé à l'oreille qu'il aimerait la voir se prostituer. Les amies auxquelles elle s'en était ouverte lui avaient affirmé qu'il s'agissait d'une pure et simple provocation. Mais ma cousine savait qu'il était sincère.

Elle était amoureuse de lui, et elle le désirait si fort qu'elle l'aurait suivi dans ses projets de voyage à Ibiza dont il lui vantait les nuits sans fin, les criques de la côte nord où l'on se baigne nu, promesses d'une vie nouvelle, libre, en marge des mœurs bourgeoises et réactionnaires, comme il aimait à dire. Ce garçon, m'a-t-elle confié, avait des rêves audacieux, mais ni l'expérience ni la méchanceté suffisantes pour la convaincre et encore moins l'autorité nécessaire pour la piéger ; il avait parlé trop vite, sans comprendre que sa proposition devait faire son chemin dans la tête de ma cousine, et je crois qu'il n'avait rien compris, en définitive, à sa façon de penser. Au fond, c'était un nigaud, qui avait vu juste en remarquant chez Anastassia Lizavetta une réelle prédisposition à l'aventure, un besoin violent de découvrir le monde et les passions. Il ne s'était pas trompé, mais jamais il n'aurait pu deviner jusqu'où elle était capable d'aller. Ces quelques mots glissés à son oreille l'avaient tellement impressionnée qu'elle se souvenait encore de la moindre des incitations de l'apprenti maquereau ; elle avait longuement hésité avant de lui opposer un refus, fort peu convaincant, il est vrai, sans doute pour l'inciter à persévérer. Elle avait dissimulé sous une vague indignation ce qui la captivait dans cette proposition insolite, et son petit ami avait été sincèrement déçu par cette réponse négative en découvrant qu'il avait mal manœuvré alors qu'il était tout près du but.

Elle voulait me faire croire qu'il s'agissait d'un projet de vie singulier, insolite, osé, fondé sur l'amour ou sur une forme d'amour condamnée par l'hypocrisie de la société, et je l'ai laissée dire pour ne pas gâcher un souvenir qui lui était agréable. C'était la première fois qu'elle s'inventait une autre vie, celle d'une ingénue qui se prostitue pour complaire à son amoureux. Anastassia Lizavetta essayait de se représenter comment les choses se seraient passées si elle avait accepté de soumettre son amour à si rude épreuve. Elle m'a avoué avoir sérieusement pris en considération la joie qui aurait résulté de la concrétisation de leur pacte, mais j'avoue ne pas avoir bien interprété son insistance sur ce qui aurait pu lui arriver et qui en disait plus sur elle que sur cet avenir fantasmé. Qu'aurait fait le garçon s'ils étaient tombés d'accord pour mettre leur projet à exécution ? L'aurait-il présentée à ses amis, ou envoyée dans certains bars à l'heure de la fermeture des bureaux, l'aurait-il poussée à draguer près d'une station de taxis ou à arpenter en minijupe les seins à l'air le boulevard Artigas, l'aurait-il conduite sans plus de ménagements dans un bordel de San José pour qu'elle y apprenne en quelques jours les rudiments du métier et fasse du même coup l'expérience de la déception ? Comment se serait-il comporté lorsqu'elle lui aurait remis les premiers billets de la première passe faite pour ses beaux yeux ? Une fois au lit, auraient-ils baisé comme si de rien n'était, aurait-il exigé des détails sur les caprices des clients, se serait-il contenté de sourire sans un mot en comptant l'argent ? La proposition était brutale mais ma cousine n'avait pu éviter d'éprouver une certaine tendresse en voyant avec quelle candeur il insistait pour réaliser ce projet à l'en croire irréprochable. Elle avait cru bien connaître le garçon avant qu'il ne lui fasse cette offre avec un naturel déconcertant ; il finirait, sans elle, mais avec de nombreuses autres, par assumer ce qui pour lui était une vocation sincère, un appel au sacrifice. La vie de maquereau n'est pas facile, le temps le rendrait nécessairement cruel, mais comme c'était un garçon sensible, il en souffrirait. Quand je l'entendais tenir ces propos, je faisais semblant de la croire.

Elle allait et venait dans l'appartement, sur ses talons hauts, feignant de tapiner par amour, essayant en vain de se dépouiller du rôle d'épouse qui lui avait été attribué par erreur, de se convaincre que son destin était peu banal et, comme si elle pouvait s'attribuer en un tournemain une vie nouvelle, qu'elle était arrivée chez un de ses clients habituels amateurs de certains petits jeux inconvenants. Sur ce, je dois l'avouer : c'est moi qui brode, pour la première fois ; je m'autorise cette petite fantaisie pour retarder le dévoilement de l'insupportable vérité, comme s'il n'existait rien de tel qu'une vérité définitive. Il n'empêche que cette invention touche au vraisemblable : ma cousine croyait être une épouse exaspérée, une maîtresse de maison rongée par la routine et accablée par une angoisse sans nom, ce qui l'aurait conduite à un moment de folie. Elle imaginait à quoi elle ressemblerait à présent si elle avait accepté l'offre du garçon – ce qui l'aurait peut-être empêchée de commettre un meurtre –, et elle faisait comme si elle lui avait dit oui, par amour bien sûr, tout en sachant qu'il était trop tard.

14

Des années après avoir caressé le doux plaisir de la tentation et du risque et failli accepter la proposition de vivre autrement, Anastassia Lizavetta est ce matin-là une femme qui a pris son destin en main et va faire en sorte d'exercer son métier. Elle est chez un client qui paie toujours rubis sur l'ongle et à l'avance pour qu'elle passe toute la nuit avec lui et se soumette à tous ses désirs. Inutile de se demander comment elle va s'habiller, c'est décidé depuis la veille, quand elle a consulté son agenda avant de se rendre chez ce client habituel. Si elle faisait en sorte de tuer tous les clients à domicile, comme il lui est arrivé de l'envisager pour s'en sortir, elle se retrouverait avec son baluchon à la prison pour femmes, ou finirait ses jours dans les bordels de Concordia, de l'autre côté du fleuve. Mieux vaut changer de séquence et faire appel aux décisions susceptibles de changer le cours d'une vie. Est-ce le client qui lui a demandé de se lever la première et d'appeler son bureau pour dire qu'il arriverait en retard ? Elle pourrait se faire passer pour sa femme, dire qu'il est malade et arrivera plus tard après avoir vu le médecin.

De toute façon il faut qu'elle téléphone à la Caisse de crédit pour prévenir qu'aujourd'hui elle ne pourra pas venir. Elle mentira, prétextera un empêchement familial, en ajoutant qu'elle doit se rendre de toute urgence chez sa sœur. Voilà au moins l'avantage d'être une employée modèle : elle peut appeler son travail et dire qu'elle est souffrante, on la croira, mais ma cousine s'y refuse. Cela lui rappelle trop les hôpitaux, les visites médicales. Mieux vaut évoquer une légère indisposition, c'est plus proche de la vérité, plus crédible, et elle n'aura pas besoin de fournir plus de précisions. Quand on est malade, on peut vous poser des questions concrètes. Les maladies ont leurs symptômes révélateurs. Une indisposition c'est plus féminin, et même ce fils de pute pervers qu'est le directeur s'y laissera prendre, parce qu'il sait qu'elle est une employée irréprochable. Il lui fichera la paix pendant quelques jours, puis, scandalisé par la nouvelle, il s'écriera devant ses subalternes que ça ne l'étonne pas, qu'elle lui a toujours paru bizarre. Une indisposition c'est flou, c'est passager ; on ne sait pas quand on ira mieux mais on veut aller mieux le plus vite possible, et ce n'est pas la peine d'avoir un certificat médical pour ça. D'ailleurs, ne suis-je pas moi-même indisposé par l'écriture, après avoir évoqué l'acte qui justifie mon travail dans ce lieu ensorcelé ?

Elle appelle le bureau sans que le ton de sa voix laisse paraître qu'un drame vient d'avoir lieu et, comme elle le supposait, le mensonge paie. Ma cousine est même effrayée d'avoir pu se montrer aussi convaincante malgré la gravité des faits. Il est vrai que son absence n'a pas grande importance, elle n'est pas comme on dit indispensable au bon fonctionnement de l'entreprise ; une autre employée peut recevoir à sa place les demandes de crédit personnalisé. Anastassia Lizavetta sait pouvoir compter sur l'efficace système de camouflage mis au point par ses collègues, solidaires entre elles en cas de besoin. Elle-même couvre ses copines, dans des circonstances qu'elle n'approuve pas toujours, mais bon, à présent c'est son tour de bénéficier d'un petit arrangement pour un motif qui franchement passe toutes les bornes. En général, elles se remplacent pour une course imprévue, un rendez-vous d'amour, une démarche interminable auprès d'un organisme public. Mais laquelle aurait pu mentir à son chef si ma cousine avait donné la véritable raison de son absence ?

Dans l'urgence, il lui faut s'inventer un emploi du temps, trouver quelque chose de particulier et de différent à faire. La réalisation d'un projet ou plutôt d'un rêve, un moment de folie, a modifié dès l'aube l'organisation de sa journée et elle devra toute sa vie subir les conséquences de l'indisposition alléguée, beaucoup moins passagère que celle servie à la réceptionniste de la Caisse de crédit, une passionnée de courses de chevaux dont on doit bien souvent dissimuler les absences.

Anastassia Lizavetta sent qu'elle doit maintenant se fixer un but et quitter au plus vite l'appartement. Retenir sa respiration en sortant, avoir la force de fermer la porte à clef, d'attendre l'ascenseur encore à l'arrêt au dernier étage, même si elle peut descendre l'escalier. Prier pour qu'il n'y ait personne dans la cabine, dévaler les marches du perron, se retrouver dans la rue. Puis traverser le parc Posadas et tenir bon jusqu'au moment où elle en sera sortie. Alors seulement ma cousine se sentira mieux et pourra se rendre chez sa sœur. Elle est prête, elle rangera la maison plus tard, à son retour, parce qu'elle est sûre de rentrer, dans quelques heures ou dans quelques années. En partant, elle a failli laisser les lumières allumées, ce qu'elle ne fait jamais. Pour s'assurer qu'elle a bien éteint partout, elle est forcée d'ouvrir la porte de la chambre. Sur le lit, il y a une grande tache sombre, reconnaissable ; on n'en distingue pas la couleur, mais une odeur indéfinie qui n'appartient pas à l'ordre de ce monde la prend à la gorge, comme si une boîte de sauce bolognaise était restée ouverte depuis plusieurs jours, une odeur répugnante de viande hachée avariée, mais Anastassia Lizavetta ne veut pas en savoir davantage, comme toujours quand quelque chose lui déplaît.

« Je m'en vais », dit-elle d'une voix parfaitement normale en refermant la porte. À l'intérieur personne ne lui répond et l'odeur reste confinée dans la chambre.

15

Une fois dans la rue, au grand air, Anastassia Lizavetta s'aperçoit qu'elle a pris le caddie à provisions. Elle l'a pris sans le vouloir – c'est d'autant plus étrange qu'elle le range, plié, dans la cuisine –, après avoir fermé la porte de la chambre et s'être dirigée vers l'ascenseur, comme si un vague remords, un vague sens de l'ironie lui avait rappelé qu'avant de tuer son mari à coups de couteau elle était une bonne maîtresse de maison.

La descente dans la cabine est une illusion très brève, pendant laquelle le bruit du mécanisme semble pouvoir la ramener à un temps antérieur à l'acte définitif, au commencement de cette journée, quand l'horreur était inconcevable, tapie dans les cauchemars ou dans un avenir improbable car trop lointain. Sortir avec un chariot à provisions, après le crime, signifiait : je ne voulais pas le tuer, je voulais seulement être une bonne maîtresse de maison, voyez : j'ai pris le caddie. N'importe quel psychiatre avancerait cet argument, et moi aussi, s'il ne s'agissait pas de ma chère cousine Anastassia Lizavetta. Mais il est trop tôt pour penser à cela. Le simple bon sens suggère une interprétation plus simple : le caddie à provisions était la preuve qu'en dépit de l'indéniable passage à l'acte ce jeudi était un jeudi comme les autres, laquelle conduit à une autre, un peu plus élaborée : chez ma cousine deux forces s'affrontaient, l'une inscrite dans l'orbite du désir (tuer son mari à coups de couteau), l'autre dans celle du cadre familial et sensé (aller faire les courses comme si de rien n'était, sans autre conflit que celui, secondaire, de la répartition des tâches ménagères). Quoi qu'il en soit, elle avait dans la rue un comportement ordinaire alors qu'elle avait commis un acte extraordinaire à un moment qui aurait dû appartenir au rêve.

Depuis qu'elle commençait son travail tôt le matin, Anastassia Lizavetta faisait ses courses le samedi et non plus en semaine comme auparavant. Si cette semaine avait été comme les autres, elle aurait fait ses courses le samedi, c'est-à-dire le surlendemain, mais l'indisposition prétextée lui permettait de les faire ce jour-là, jeudi. Le jeudi, sur le marché, tout est moins cher, les marchands sont plus accueillants, il y a moins de monde devant les étalages. Depuis son enfance elle aimait l'animation des marchés, tous ces gens qui déchargent les victuailles et les disposent sur les éventaires, le bruit des tubes métalliques sur lesquels on attache les bâches, celui des cageots que l'on entasse les uns sur les autres, les vendeurs qui crient leurs marchandises quand la demande diminue. Les clients qui discutaient les prix ramenaient son esprit aux immenses souks orientaux de son imagination. Aujourd'hui, elle sent qu'on la regarde avec insistance, mais ce n'est sûrement qu'une impression. Personne ne peut savoir. De toute façon, il est trop tard pour rentrer à la maison avec le caddie vide, une force la pousse à continuer. Elle est arrivée devant les premiers éventaires quand elle se souvient de sa tenue, de son maquillage, de ses chaussures. Avoir si bien pu oublier son manquement à la routine l'effraie. Elle regarde son reflet dans la première vitre devant laquelle elle passe et se dit que même ainsi vêtue elle peut parcourir les allées sans trop attirer l'attention. Rassurée, ma cousine s'arrête. Elle ouvre le sac à main un peu trop chic assorti à sa robe, sort son porte-monnaie, s'assure qu'il contient assez d'argent ; il n'y en a pas beaucoup, juste ce qu'il faut pour lui servir d'alibi, si besoin était. Mais elle se souvient que dans son portefeuille, derrière la photo de son fils et de son mari, il y a toujours, pliés, un billet de cent pesos et un autre de vingt dollars, en cas d'imprévu – qui pourrait bien se présenter aujourd'hui. Elle avait toujours un billet de banque américain dans son sac. Une mesure de précaution, comme mettre une culotte propre avant de sortir, en cas d'accident, à cause d'une histoire qu'on lui a racontée quand elle était petite. Naguère, elle avait encore peur, si jamais elle se faisait renverser par une voiture en traversant, que quelqu'un puisse s'écrier en la voyant étendue inconsciente sur la chaussée : « Regardez, regardez, sa culotte est dégoûtante. »

Ce matin, faire les courses c'est chercher une continuité improbable après l'irréparable, choisir trois tomates est chargé de sens, même si cela semble se rapporter à une autre vie. Après ce qu'ont accompli ses mains, après avoir concrétisé son désir sans même oser se l'avouer et surtout sans l'avoir énoncé, l'avenir est un gros nuage noir annonciateur d'orage planant au-dessus d'elle ; un nuage sale comme la culotte de la femme renversée dans la rue par un omnibus qui hantait sa mémoire depuis qu'elle avait entendu cette histoire dans son enfance. Demander un kilo de pommes c'est avoir un objectif magnifique, prendre un bouquet de persil c'est matérialiser une chimère : le dîner de demain. Acheter, payer, prendre la monnaie signifie être de plain-pied dans la vie, à partir du moment où l'on choisit des poivrons jaunes jusqu'à celui où l'on jette les graines dans la poubelle. Mais l'idée fixe de ma cousine, maintenant qu'elle est dans la rue après avoir tué son mari, c'est d'aller voir sa sœur.

En s'approchant des éventaires, elle a fait un immense effort pour se projeter dans l'avenir et se convaincre que si la vie a un sens, il se trouve dans le dîner de demain. Qui sera à la maison demain soir, vendredi, à table ? Tout en examinant concombres, salades et aubergines, elle voit son mari entrer dans la salle à manger après s'être lavé les mains. Il écarte une chaise pour pouvoir passer, avec son énergie habituelle, et montre la marque grotesque des coups de couteau qu'il a reçus dans son lit pendant qu'il dormait, des plaies qui ont cicatrisé en vingt-quatre heures. Il se dirige vers elle sans un reproche. Aucune blessure n'a été mortelle, et comme elles ont été infligées en rêve, elle seule peut les voir et son cœur n'en éprouve aucun remords. Sur le corps de son mari assassiné tel qu'elle se le rappelle, ma cousine voit clairement les coups qu'elle a voulu porter et ceux qu'elle a donnés sans en avoir conscience.

En passant entre les étalages, elle ne sait pas encore ce qu'elle va préparer pour le dîner de demain. Riz à la cubaine ou à l'espagnole ? Spaghettis carbonara ou tagliatelles aux cèpes ? Poulet au four ou à la crème ? Sole grillée ou meunière ? Elle a la gorge nouée, elle est trop nerveuse, trop épuisée, elle a bien fait de prendre un jour de congé. « Un jour rien que pour moi », se dit-elle. Brusquement, elle a l'impression d'habiter une autre tour du parc Posadas, qu'on est jeudi en huit et que le marchand de légumes ou peut-être la poissonnière, qui est en train de vider un merlan avec une rapidité déconcertante, lui raconte l'histoire de la folle de la tour L qui a tué son mari à coups de couteau, tout en brandissant le sien pour illustrer l'anecdote. « Quelle horreur ! » répliquerait-elle, en demandant comment ça s'est passé à la poissonnière, dont la version des faits ne cesse de s'adultérer à mesure qu'elle la raconte. La découverte a été abominable, ajoute la marchande, éveillant ainsi chez ma cousine le désir d'entendre le récit de la bouche même de la meurtrière. Mais rien ne se produit et, la surprise passée, Anastassia Lizavetta continue ses courses avant que les produits de premier choix aient disparu. Qu'est-il arrivé à la voisine de la tour L pour qu'elle commette un crime aussi horrible ? Malgré ses efforts, elle ne parvient pas à s'identifier à elle et encore moins à trouver une explication plausible. Un dérangement passager de l'esprit ? C'est trop peu pour un tel crime, si l'on s'en tient à la version de la poissonnière. Une soudaine crise de folie ? Trop simple pour expliquer ce qui, d'après l'autopsie, a été une véritable boucherie. Mieux vaut s'en tenir au mystère et, quant à moi, je me passerai de dîner, ce soir, pour continuer d'écrire ce qui devient de plus en plus difficile à comprendre.

Quand les hypothèses les plus audacieuses ne sont pas satisfaisantes, il ne reste qu'à s'en remettre au mystère ou à la volonté divine, façon populaire de désigner l'inexplicable. Jeudi prochain, c'est-à-dire le prochain jour de marché à proximité du parc Posadas, tout le monde connaîtra les détails sordides du crime de la tour L, commis par cette voisine très comme il faut, dont la photo sera dans tous les journaux et à propos de laquelle mille anecdotes courront de bouche à oreille. La vérité se mêlera aux arcanes de l'affabulation. Elle a beaucoup souffert dans son enfance, saviez-vous que son mari la battait, dans sa famille il y a déjà eu des cas de folie soudaine, les égarements de l'amour peuvent être vraiment aberrants. Une ribambelle d'inexactitudes viendra avec acharnement grossir la vérité insaisissable qui a dicté la conduite de ma chère cousine. Les voisines seront horrifiées, comme elle l'est en ce moment, elle qui a pourtant pris un certain recul en quittant l'appartement. Pendant plusieurs semaines, on ne parlera que de ça dans les cafés, les magasins du quartier. Jeudi prochain, les commerçants du marché un tant soit peu imaginatifs feront de bonnes affaires en mélangeant fines herbes et coups de couteau. Certains bénéficieront d'un succès éphémère en déclarant qu'ils connaissaient très bien la femme en question, baptisée pour la circonstance « la folle au couteau » ; d'autres diront connaître l'appartement pour y avoir effectué plus d'une livraison et affirmeront qu'il s'agissait bien d'un bain de sang. Et ceux qui n'auront eu connaissance des événements que par ouï-dire évoqueront un lointain parent à la préfecture de police de la bouche duquel ils ont appris les premières déclarations de la criminelle. Les marchands les moins chanceux se contenteront d'émettre des suppositions et, entre scepticisme et déductions improbables, ils critiqueront la presse et démentiront les rumeurs, essayant de maintenir le suspense de ce feuilleton jusqu'à la semaine suivante.

16

Rebrousser chemin pourrait éveiller des soupçons, même si personne ne l'a encore vue arriver, sauf un maraîcher qui attend le client. La prudence lui recommande de faire comme si de rien n'était et de procéder rapidement à quelques achats. Elle va se montrer, se mêler aux gens. Elle doit éviter la camionnette du marchand de fromage et de confiture ; le garçon est sympathique, il est de gauche et le revendique avec une emphase peut-être un peu excessive. Ma cousine aime bavarder avec lui parce qu'il a la capacité d'enthousiasme et d'indignation propre à la jeunesse, des sentiments qu'elle n'éprouve plus, à défaut de force et de volonté. Le fromager milite dans un comité de base de Canelones, lit scrupuleusement l'hebdomadaire *Brecha* tous les jeudis et rapporte toujours des informations intéressantes sur la marche du pays et de l'Amérique latine en général, glanées dans les couloirs de l'Assemblée ou les conseils municipaux de la capitale. Il suffirait de deux ou trois mots pour qu'il comprenne que quelque chose ne tourne pas rond, et elle doit à tout prix éviter qu'il lui demande : « Ça ne va pas, madame ? », car elle pourrait éclater en sanglots et tout lui raconter. Aujourd'hui, elle est particulièrement sensible, c'est normal, et comme elle ne sait pas mentir, elle pourrait bien réagir comme une gamine honteuse qui avoue une bêtise. Elle ne peut pas se permettre de jeter le trouble chez le marchand de fromage pour la simple raison qu'il est de gauche et le proclame par-dessus ses meules de gruyère, encore moins le mettre dans la situation inconfortable d'avoir la primeur de la version à chaud des faits, de l'épouvantable histoire qui est depuis ce matin et sera pour toujours associée aux traits de ma bien-aimée cousine. Elle ne veut pas le décevoir, le pauvre, lui qui lit *Brecha* et croit tellement aux lendemains meilleurs et plus justes.

Pour tester ses premières réactions face aux autres, elle se dirige vers les commerçants les moins bavards, ceux qui au bout de cinq ans d'achats hebdomadaires se comportent comme s'ils vous voyaient pour la première fois, incapables de dire bonjour, comment ça va, ni au revoir à la semaine prochaine.

La première parmi les marchandes les plus antipathiques est une femme sèche au visage terreux. Elle vend uniquement des pommes de terre, pas même quelques patates douces qui donneraient à son éventaire une petite touche de couleur. Elle porte toujours le même tablier, et arrive au marché avec un chargement de patates encore couvertes de terre. La Patate, comme la surnomme ou plutôt la surnommait son mari, est impassible, ses prix ne changent pas du début à la fin du marché, ni en été ni en hiver, elle n'a aucune pitié pour les plus pauvres qui viennent au dernier moment glaner ce qui a été jeté. La Patate arrive très tôt, a des manières brusques et elle fait bien comprendre qu'elle n'aime pas parler. Elle pose un gros morceau d'ardoise noire sur ses pommes de terre où elle écrit en grands caractères d'illettrée : patates, tant le kilo. C'est tout. Le prix est toujours le même, qu'il y ait cinq pommes de terre rabougries sur le plateau de sa balance ou une montagne de tubercules de premier choix. Qu'Anastassia Lizavetta lui achète une seule pomme de terre ou tout son étalage, elle n'aura pas un froncement de sourcils, ne s'étonnera de rien et ne remarquera rien. « Cinq kilos », dit ma cousine, sans un bonjour ni un s'il vous plaît, et la femme semble apprécier la rudesse de la cliente qui lui donne la possibilité de brutaliser la balance sans ouvrir la bouche. D'un geste du menton, la Patate somme ma cousine d'ouvrir le sac du caddie, s'en approche sans se soucier de la mauvaise odeur qu'elle dégage, et y déverse brusquement les pommes de terre. Du sac à provisions monte un léger nuage de poussière, comme s'il était tapissé de sable ou que les patates étaient tombées sur une terre aride et sèche, d'une couleur très différente de celle du sang que ma cousine aurait pu voir si, tout à l'heure, elle avait ouvert les persiennes de la chambre.

Au moins, avec la Patate, il n'y avait même pas à demander le prix, elle supposait que le client avait fait le calcul et allait lui donner l'appoint pour ne pas recevoir la monnaie en billets crasseux qu'elle sortait de sous sa jupe et qui étaient dans un tel état qu'il était préférable de les jeter plutôt que de chercher à les refiler, fût-ce contre un ticket de bus. La Patate n'aimait pas les pièces de monnaie, en fait, elle n'aimait pas toucher autre chose que les patates couvertes de terre. Les autres vendeurs savaient qu'elle les achetait à la campagne et les apportait dans une carriole. La poussière tache le caddie et la jupe de ma cousine. Elle veut l'épousseter, mais la terre semble agglutinée par une substance poisseuse qui lui rappelle le sang coagulé.

La rencontre avec la Patate est lamentable et la déprime. Il faut qu'elle achète quelque chose qui lui fera plaisir, des fruits, par exemple. La marchande, derrière son rempart de cageots, ne se montre guère diserte, il est vrai, et paraît vulgaire, à première vue : elle est maquillée comme pour aller danser. Son mystère, bien différent de celui de la Patate, intrigue ma cousine. Anastassia Lizavetta imagine qu'entre les achats chez les grossistes avant le lever du jour et le moment où elle prépare son éventaire sur le marché du parc Posadas, la fruitière se plante pendant une demi-heure devant un miroir et de ses doigts agiles applique sur son visage des produits qui la métamorphosent en princesse du bal des forains. Un bon fond de teint pour effacer toute trace du réveil au milieu de la nuit, un mascara d'importation, du fard à paupières brique, un rouge cerise éclatant pour les lèvres, elle a tout d'une danseuse de flamenco en tournée dans le Río de la Plata. Ainsi fardée été comme hiver, elle attend ses chalands. Le défunt mari de ma cousine l'appelait « la Poupée gonflable », mais Anastassia Lizavetta trouvait cette plaisanterie injuste et machiste. La fruitière montre ostensiblement qu'elle a une vie en dehors du marché, peut-être un rendez-vous galant après avoir déchargé ses caisses de pommes vertes, de pamplemousses roses et de raisin noir et fait ses comptes. Son allure suggère qu'elle a rencontré l'homme de sa vie ou qu'en regardant la série télévisée de l'après-midi elle s'identifie à la sœur jumelle de l'héroïne, celle que ses parents ont déshéritée.

Dans l'atmosphère déprimante des matins d'automne, parmi les visages encore ensommeillés des marchands qui témoignent de la dureté du métier, la fruitière est une sorte d'exception. Elle sert avec une politesse distante sans se montrer indifférente : vous êtes cliente, je vous sers bien, mais pardonnez-moi de ne pas me répandre en bavardages, après avoir démonté mon éventaire j'ai un rendez-vous plus important que vos achats ou vos états d'âme. On la remarque de loin, elle attire les regards et s'en sort bien. On dirait que les acheteurs éprouvent le besoin de passer devant l'étal de cette marchande de fruits si coquette, surtout s'ils viennent d'affronter le monstre barbare qui vend les pommes de terre. En la voyant de près, Anastassia Lizavetta nourrit l'illusion qu'aujourd'hui est un jour comme les autres. Les lèvres rouge cerise de la commerçante, sa manière de suggérer que son amoureux secret l'attend quelque part font que ma cousine oublie pendant quelques secondes ce qui s'est passé il y a à peine deux heures ou ce qu'elle aurait bien aimé qui se passe. Elle veut recouvrir son crime avec la terre des patates, avec la peau rugueuse et solaire des oranges. Comme la femme s'étonne de la grande quantité d'oranges qu'elle achète, ma cousine prétend que l'anniversaire du fils d'un voisin de la tour L l'empêchera de venir au marché samedi. Son interlocutrice a déjà, visiblement, la tête ailleurs.

Les courses sont faites, pour la semaine et pour le restant de sa vie. Avec les années, ma cousine était devenue une femme organisée.

17

Les puissances obscures qui l'ont forcée à sortir dans la rue avec le caddie à provisions sont apaisées, mais Anastassia Lizavetta est incapable de rentrer chez elle. Entre l'éventaire de la Patate et celui de la Poupée gonflable, elle s'est jurée de ne plus jamais monter dans l'ascenseur dont le bruit la poursuivra jusqu'à sa mort, et de ne plus jamais descendre les escaliers de la tour L. Elle ne sait vraiment pas comment elle pourrait éviter la reconstitution du crime, entourée de témoins, de curieux, de policiers, de juges et de journalistes à l'affût du moindre geste de la hyène du parc Posadas. Le caddie est aussi lourd que s'il contenait le corps démembré de son mari. Elle n'a personne à qui le confier et doit trouver moyen de s'en débarrasser. La matinée va son train, les marchands se préparent à démonter les éventaires. Elle ne peut pas abandonner ses courses au milieu de la rue, on l'interpellerait : « Madame ! Madame ! N'oubliez pas votre caddie, on pourrait vous le voler. » À cette situation sans précédent elle doit opposer à chaque seconde une idée nouvelle. Depuis que le bruit de l'ascenseur qui résonne encore dans sa tête l'a tirée du sommeil, elle n'a pas arrêté de faire des choses inhabituelles, et elle doit impérativement continuer sur sa lancée. Impossible de redevenir l'Anastassia Lizavetta de toujours, de la veille, celle qui, hier soir, faisait chauffer des petits pois avec du beurre dans une casserole pour accompagner la viande grillée ; non, ce n'étaient pas des petits pois, mais de la purée en sachet.

Peut-être est-ce en réalité le monde autour d'elle qui n'est plus le même. L'idée tranquillise ma cousine sur ce qui s'est passé.

Depuis quelques heures, une main invisible guide ses gestes ; on dirait qu'un ange gardien, que son ange gardien, venu trop tard pour infléchir le cours des événements, a reçu l'ordre de la protéger. Quelqu'un a décidé que les problèmes de ma cousine, après ce à quoi elle ne sait donner un nom, auront une solution appropriée. C'était comme si une voix céleste et douce qu'elle entendait pour la première fois lui disait : « Maintenant tu vas faire ceci, après, tu feras cela, et je te guiderai, pour la suite. » Si elle ne peut changer le passé au moins peut-elle essayer de sauver son âme par des actes de contrition et un repentir sincère, manifesté juste après avoir péché, afin de sauvegarder le prestige du Créateur. C'est chose possible : sans être une catholique pratiquante, ma cousine a été baptisée et a fait sa première communion. Mais où étaient ces voix conseillant la prudence quand la lointaine parente envieuse avait décidé de lui jeter un sort ? Pour la première fois, le ciel se souvient d'elle afin de la protéger de la tentation de l'enfer, comme si là-haut on s'avisait enfin de son existence, après l'avoir laissée pâtir pendant trente-deux ans d'une vie ingrate, comme s'il fallait absolument commettre un acte abominable pour que le Tout-Puissant se souvienne de Ses créatures fourvoyées par les agissements des hommes. Il y a dans le procédé quelque chose de profondément injuste, surtout envers la mémoire de son mari, et ma cousine ne voit pas d'ange flotter dans la lumière céleste pulvérulente ; mais elle entend, m'a-t-elle raconté, une voix qui ne peut être que celle d'un ange gardien, probablement le sien, celui qui lui a été assigné, et cette voix lui rappelle celle du fromager quand il parle dans sa camionnette des pauvres de ce monde, ces bienheureux. L'ange lui demande pardon de l'avoir laissée seule face à son libre arbitre ce matin, dit qu'il voudrait la sauver, mais il est vrai qu'en plein marché il manque de conviction et que sa voix ressemble à une voix intérieure qui se confond avec le bruit de l'ascenseur, comme si les anges gardiens étaient pourvus d'ailes mécaniques mal lubrifiées qui grincent.

Soudain, le contenu de son caddie lui semble léger et elle se sent pure et aérienne, transpercée par une lumière bienfaisante et libératrice. Au catéchisme, on lui a appris au milieu de jasmins odorants, sous des images évoquant des scènes de l'Évangile peintes par des maîtres oubliés, que l'Annonciation s'est passée ainsi. Anastassia Lizavetta s'était alors efforcée de communiquer avec l'au-delà, sans résultat. Elle avait fini par y renoncer et à présent elle se croit indigne de toute considération céleste, persuadée qu'à son appel les anges vont répondre en chœur « Non, non et non, pas elle, sa culotte est sale. Non, non et non ! » C'est bien connu, le chemin du ciel est pavé de bonnes intentions.

La voix entendue après l'achat des oranges – voix qui, selon ma chère cousine, était celle d'un ange envoyé pour sauver l'âme de son mari, car le crime archaïque avait déclenché là-haut une alarme générale digne d'une caserne de sapeurs pompiers – s'adresse directement à sa pensée. Elle s'efforce de la guider dans ses moments de doute et de désarroi spirituel, c'est-à-dire à chaque minute, car ses convictions ne cessent de s'élever vers la spiritualité la plus haute pour redescendre aussitôt jusqu'aux bas-fonds de la condition humaine. L'âme est un ascenseur détraqué, songe-t-elle. Dans un premier temps, surprise, ma cousine n'a pas compris ce que voulait la voix, mais elle est certaine que ses premiers mots ont été un apaisant « Ma fille », ce qui avec elle pouvait être contre-productif. Cependant le premier message l'a clairement orientée vers un supermarché. L'ange gardien, arrivé en toute hâte, la voix fatiguée par un si long voyage, incapable de dissimuler l'urgence de sa mission qui dépassait ses capacités d'adaptation et de réponse, lui a conseillé de se rendre immédiatement dans l'allée centrale de la grande surface la plus proche du lieu du crime.

18

Jadis, les anges affectés à la garde des âmes conseillaient à leurs brebis d'aller à l'église, de se signer avec de l'eau bénite, de s'agenouiller devant les images saintes et d'écouter le curé. Aujourd'hui, il semble que le Tout-Puissant soit une anagramme dissimulée dans les gondoles des supermarchés. Le salut ou à défaut la condamnation éternelle peuvent se nicher entre des tranches de jambon, des morceaux de fromage sous film étirable, des bouteilles d'eau en plastique, voire dans un paquet de petits pains briochés ou de pâtes aux œufs.

C'est ce qu'elle comprend en se dirigeant vers le supermarché, guidée par la voix. D'ailleurs, y a-t-il un endroit préférable à l'entrée d'une grande surface pour abandonner un caddie rempli de pommes de terre et d'oranges ? Elle pourra l'y laisser sans attirer l'attention, quelqu'un finira par signaler le caddie oublié, à moins – et c'est le plus probable – qu'il ne l'emporte chez lui non sans déplorer que le butin soit aussi maigre. Contrairement à ce que l'on aurait pu croire, la chose se passe sans incident. À mesure que la matinée avance, les heures à venir lui apparaissent comme une embellie. Bien sûr il y avait la voix qui t'était destinée, chère cousine, toi qui étais touchée par la grâce ; mais une fois dans le supermarché l'ordre semble régner dans le chaos du monde, le corps et l'âme s'y frayent un chemin dépourvu de pressentiments et d'angoisse latente, comme attirés par l'annonce d'une offre spéciale.

Ma cousine laisse le caddie à l'entrée avec les autres, et ce simple geste, induit par la voix soucieuse de son bien-être, éloigne d'elle le poids de la culpabilité, la sensation trouble et pernicieuse qui n'a cessé de grandir en elle depuis son réveil. Elle hésite à prendre un des caddies du supermarché de peur que ne se répète le supplice de la poignée aimantée (car elle a déclaré qu'elle n'avait pas pris la décision d'aller faire ses courses en sortant de chez elle, mais que le caddie s'était comme collé à sa main), se décide pour un panier de plastique vert et longe les allées au fond du magasin, non loin de la boucherie et de la crémerie, faisant mine de prendre son temps pour trouver ce qu'elle cherche. Tout à coup elle se crispe, le messager a coupé le fil apaisant de la communication, il se peut que la proximité des chambres froides ou des bacs congélateurs l'incommode. Le menuet de Boccherini passe en boucle dans une version pour piano numérique, et sa répétition lancinante pourrait rendre fou quiconque tomberait dans le piège de l'écouter. Puis une voix, intérieure cette fois, peut-être celle de l'ange gardien qui aurait emprunté l'organe du fromager, se fait entendre. Elle ne cherche pas à la contredire, puisqu'elle lui suggère de réaliser un rêve de petite fille, quand elle lisait *Ciné Radio Actualité* ou regardait des réclames de shampoing au citron à la télé en noir et blanc. Ma cousine a brusquement envie de se teindre les cheveux, envie absurde qui lui semble tout à fait naturelle. Il lui est parfois arrivé d'avoir envie d'être blonde, mais entre ses tergiversations et la routine, elle n'a jamais trouvé le temps de changer la couleur de ses cheveux et de se donner l'illusion de ressembler, pour quelques semaines, à Brigitte Bardot. Elle avait manqué d'audace et d'argent pour modifier son apparence, redouté les commentaires de la famille et, pour finir, elle s'était résignée au terrible à quoi bon. La voix de la conscience originelle d'Anastassia Lizavetta lui disait toujours : « Il te faudrait une autre vie pour te décider à devenir blonde » et, aujourd'hui, c'était justement le cas et aussi sa dernière chance.

Redevenue la jeune fille aux projets les plus fantasques, elle vague entre les stands de cosmétiques, choisit la couleur la plus proche du désir réveillé quelques instants auparavant après des années de léthargie. Elle ne choisit pas celle qui lui irait le mieux, mais celle qui la confortera dans la certitude que, depuis quelques heures, elle est différente ; bien sûr, elle sera toujours elle-même, son nom ne changera pas, par exemple ; mais dans le monde des apparences, elle sera une autre, celle qui va aujourd'hui se perdre dans la ville. Elle ne veut pas un blond platine de poule de cabaret, mais un blond chaud tout de glamour et de mystère pour auréoler son corps de désir et de passion, dans l'attente d'une promesse imminente, celle d'une rencontre clandestine s'achevant par la perdition des amants – quelque chose de radical et de bouleversant, comme le lui aurait certainement recommandé la fruitière qui, à cette heure-ci, nue ou dégrafant des dentelles provocantes, doit être en train d'exciter son amant. La couleur la plus chère, pas de teinture bon marché. Bercée par le menuet, ma cousine se métamorphose en papillon tropical, aidée par des voix célestes que déconcerte l'audace de son initiative. Pas question de se serrer la ceinture, elle en a assez que tout son salaire passe dans le ménage et l'entretien de son bâtard capricieux et mal élevé, assez de s'éreinter au travail et à la maison, assez que l'achat d'une pièce de lingerie (celles qu'elle porte sont en lambeaux) soit une tragédie et qu'il faille puiser dans ses maigres économies, comme si quatre chiffons coûtaient aussi cher qu'un déménagement. Assez de concessions, assez de cheveux châtains.

Pourquoi n'a-t-elle pas acheté la teinture jeudi dernier ou il y a trois ans, pourquoi faut-il abolir le passé d'une manière si radicale et changer l'avenir d'une manière plus radicale encore pour se décider à changer la couleur de ses cheveux, alors qu'en réalité cela aurait dû être l'inverse ? La boîte de teinture à la main, Anastassia Lizavetta se dirige vers la caisse, paie et sort comme si de rien n'était. Une fois dehors, ma chère cousine attend qu'une voix lui dise qu'elle a oublié son chariot à provisions à l'entrée, mais elle n'entend que celle de l'ange, très douce : « N'y pense plus, Anastassia Lizavetta, à partir de maintenant tu n'en auras plus besoin, et pardonne-moi de t'avoir laissée si seule ces derniers temps. »

19

Faut-il marcher longtemps pour sortir du quartier ? Échapper à l'attraction du parc Posadas, des blocs de ciment symétriques incrustés dans la terre, signifie se libérer de son environnement et surtout s'éloigner du mort. Compte tenu de ce qu'elle désire faire dans l'immédiat, le mieux est de prendre l'avenue Millan, de traverser la place où se dresse la statue équestre d'Aparicio Saravia et d'entrer dans le salon de coiffure pimpant et professionnel qui se trouve après la pharmacie Atahualpa, sur le trottoir de droite. Elle dira à l'apprentie que c'est la seule teinture à laquelle elle n'est pas allergique, et celle-ci comprendra. Elle se fera aussi couper un peu les cheveux, pour ressembler aux blondes des films en cinémascope, celles qui ne sont pas de ravissantes idiotes mais des femmes fatales dans l'entourage desquelles il y a toujours un crime, un homme mort. Les blondes créent toujours de graves problèmes, elles ont sur les hommes un fort pouvoir d'attraction, et la nouvelle couleur de ses cheveux pourrait être pour ma cousine une justification de son acte.

À toutes ces considérations disons compréhensibles, il convient d'ajouter l'agitation, le tourbillon d'images, les explications fuligineuses mêlés à la tension des premières heures du jour, et une certaine conscience de son acte, qui commencent à lui tourner la tête. Au moment où, dépassé par la dimension du Montevideo terrestre, l'ange se tait, Anastassia Lizavetta s'accorde une trêve et entre dans le salon de coiffure. L'endroit n'incite pas à la réflexion, on y met volontiers ses pensées de côté, mais elle s'est trompée en croyant que le hasard a guidé ses pas jusqu'ici. Une fois de plus, la vérité est ailleurs.

Elle a marché un bon moment sur l'avenue Millan et s'est éloignée du périmètre habituel de ses déplacements. Chez le coiffeur au croisement de la rue Cisplatina, elle est pourtant accueillie comme si l'on connaissait de longue date cette ancienne cliente qui revient après avoir fait un détour par la concurrence, tentée par des tarifs plus raisonnables. Celle qui a peut-être tué, à en juger par les indices qu'elle sème depuis son réveil, est en fait une cliente de ce salon dont elle croit avoir poussé la porte fortuitement. Au « Bonjour madame », le personnel pourrait ajouter : « Il y a longtemps qu'on ne vous a pas vue, vous avez pris rendez-vous ? » Elle qui cherche l'anonymat pour tenter de mettre de l'ordre dans sa tête se sent mal à l'aise en constatant qu'elle est indubitablement déjà venue ici et qu'elle y est reçue en habituée.

La voilà forcée de passer à deux opérations fastidieuses : se rappeler quand elle avait poussé cette porte, et parler de choses qu'elle devrait savoir. On a pu la prendre pour une autre, ou son sosie vit peut-être dans ce quartier proche du parc Posadas et fréquente le salon dans lequel elle vient d'entrer vraiment par hasard. C'est du moins ce qu'il lui semble. Plutôt que de chercher des explications, elle fait comme si elle connaissait son monde. Puisqu'elle est apparemment une habituée du salon, elle peut engager la conversation en se bornant à des généralités, des futilités sur les raisons de ce changement de couleur, un caprice, la saison, la mode, qui lui permettent de choisir dans le catalogue une coupe comme on en voit alors en Europe. Après quelques formules empreintes d'une sympathie toute professionnelle, les employées se mettent au travail avec une ardeur, un zèle quelque peu excessif.

Ma cousine ne saurait l'affirmer, car son ange gardien se refuse à tout commentaire, mais elle croit s'être assoupie sous le séchoir, et il est même possible que l'ancienne cliente réapparue ait rêvé. Ce devrait a priori être un rêve intéressant, après le crime, et sans doute révélateur des désirs refoulés pendant des années, réaction d'un subconscient perturbé, certainement à l'origine du pouvoir mystérieux qui lui envoyait des ordres. Mais ce qui s'est produit sous le casque à l'état de veille est allé au-delà des manifestations d'un subconscient dont les images nécessiteraient une interprétation, tâche qui est de mon ressort.

Les conséquences de son passage à l'acte étaient autrement différentes des séquelles d'un cauchemar. Elles ont été pour elle surprenantes, magiques, peut-être même gratifiantes, et sans doute libératrices. Comme si dans l'ingouvernable profondeur de son être, inaccessible même aux anges gardiens, créatures qui n'ont pas pour vocation de succomber aux effluves nauséabonds de l'âme, elle avait ouvert l'album de sa vie et retrouvait la fraîcheur des illusions de son enfance. Mais comme je ne saurai jamais si elle a rêvé ou pas sous le casque, ou si elle n'a vu qu'une séquence d'un rêve éveillé, je puis seulement dire que cette envie de se teindre les cheveux a répondu en elle à une volonté de fuir, d'oublier, de changer de vie en faisant quelque chose supposé la remettre en question et défier le Tout-Puissant.

Dans les salons de coiffure, le temps est une écume légère, et quelques minutes plus tard elle sent des mains sur sa nuque, signe que les employées ont terminé. Elle ouvre les yeux et se regarde dans la glace. Parfait. Elle ne se reconnaît pas. Elle croit voir sa sœur, pas celle à qui elle a l'intention de faire une visite mais l'autre, la cadette, la petite dont on ne parle jamais. Celle que l'on venait chercher en voiture pour aller danser le samedi soir, qui était modèle, chantait dans un groupe de rock et aimait voyager, la hippie qui était allée à Londres quand il fallait être hippie à Londres, qui aurait pu être punk ou s'habiller en gothique, néo-gothique ou néo-néogothique selon les impératifs de la mode. Celle dont on ne prononçait jamais le nom dans la famille, comme si la terre l'avait engloutie, devait ressembler trait pour trait à la femme dans le miroir. Subtile ironie : ma cousine, qui a fait tout ce qu'elle a pu pour être une autre depuis qu'elle s'est réveillée dans la tour L du parc Posadas, a fini par se changer en réplique de sa jeune sœur, si disciplinée quand il s'agissait de suivre la mode, qui était allée s'installer à Florianópolis, à cause du climat, prétendait-elle.

Il est vrai qu'elle adorait vivre presque nue ou seulement vêtue d'un ample tee-shirt imprimé aux couleurs vives. Elle n'aimait ni l'hiver de Montevideo, ni les vêtements de laine, encore moins les *corridos* mexicains, et pas du tout les bûches flambant dans la cheminée, le maté, les canadiennes, les chansons populaires, les films suédois que projetait la cinémathèque. Elle vivait dans son univers personnel et, dès l'annonce de l'été, dès qu'aux premiers jours de novembre perçait un soleil plein de promesses, elle s'installait sur la plage des Anglais comme pour lancer un défi aux immeubles gris, avec pour tout vêtement un de ces tangas qui scandalisaient tant les bonnes âmes uruguayennes ; elle le faisait avec une constance admirable et était bronzée, presque noire, quand le reste des mortels soignait sa grippe avec des sachets d'aspirine dissous dans des tasses d'eau chaude citronnée.

La petite sœur d'Anastassia Lizavetta était une sorte d'anomalie de la féminité montévidéenne, comme si son corps avait été destiné à une autre contrée où régnait une température moyenne bien supérieure à celle de notre littoral. Une jeune femme au destin équatorial, toujours pieds nus et en string, même quand il y avait de la visite, les poignets couverts de toutes sortes de bracelets, en métal, en cuir tressé, en plastique, en coquillages, en tissu brodé d'un nom de saint. Elle lisait des romans de Jorge Amado, écoutait à la radio de la musique brésilienne, allait dans les boîtes à la mode entendre Tequinha et Fernando Torrado ; elle s'était rendue à Punta del Este avec une bande de copains pour écouter Vinicius de Moraes et avait eu une aventure fulgurante avec le guitariste du vieux poète et diplomate. Cette sœur cadette dont le souvenir se matérialisait dans le miroir avait un jour décidé de vivre sa vie, comme on dit. Elle avait pris son destin en main et n'avait jamais cru bon de donner de ses nouvelles. À une exception près : à la mort de leur père, elle avait envoyé un télégramme concis, d'un seul mot : *Sarava*.

Anastassia Lizavetta a voulu être une autre et n'a réussi qu'à ranimer le souvenir de sa sœur, comme si la coiffeuse avait deviné à qui elle désirait ressembler ou avait reçu de l'ange gardien de sa cliente des instructions pour réussir la coupe appropriée et non copier les derniers modèles de Paris. Sorcière et prêtresse, la coiffeuse avait tout aussi bien pu augmenter la puissance du casque séchant pour empêcher sa cliente d'entendre la voix de l'ange qui, plus fouinard que les orishas, aurait pu percer le secret de ma cousine et faire ce qu'il fallait pour lui extirper ses désirs mimétiques.

Ça c'est une cliente, une femme contente de se sentir plus belle et plus désirable qu'une heure auparavant, plus présentable pour aller enterrer une vie de jeune fille, plus forte pour affronter les problèmes que lui réserve cette journée, contente d'avoir changé d'aspect avant de partir en vacances, satisfaite de ce traitement spécial conforme à ses caprices. Ce n'est pas un jour comme les autres. La coiffeuse l'a tout de suite compris en voyant entrer ma cousine avec son flacon de teinture, et pas n'importe laquelle, la plus chère, sous prétexte que celle-ci ne lui donnait pas d'allergie. Une teinture destinée à faire d'elle une blonde mystérieuse comme au cinéma. Mais il se pourrait qu'un ange lui ait soufflé que c'était la couleur préférée de la sœur de sa cliente, une jeune femme qui avait décidé de disparaître dans la végétation et le sable chaud d'une île brésilienne.

C'était mieux ainsi. Après l'événement, il était aussitôt devenu clair qu'elle avait droit à tout sauf au remords. Chaque pas qu'elle ferait aujourd'hui aurait quelque chose de définitif, elle en avait eu l'intuition dès les premiers moments du jour, en comprenant qu'elle ne pourrait plus jamais s'endormir sans penser à ce qu'elle avait fait. Quand elle serait vieille et gâteuse peut-être pourrait-elle dormir d'un sommeil paisible. C'est pareil pour les cheveux ; pas de regret à avoir. Anastassia Lizavetta se contemple dans la glace pendant un long moment. On dirait que sa petite sœur la regarde intriguée, sans comprendre. Les deux employées sont impatientes de connaître le verdict. Même l'ange gardien, si infatué de la douceur de son plumage et de ses boucles blondes, doit reconnaître que c'est du bon travail, comme si elles avaient œuvré avec une photo récente de la jeune sœur sous les yeux.

« Magnifique », dit ma chère cousine en secouant légèrement la tête pour faire bouffer ses cheveux.

20

Lorsqu'elle s'est contemplée dans le miroir du salon de coiffure, elle s'est enfin sentie une autre. Le reflet lui rappelait les traits de sa petite sœur et son désir d'être loin, et Anastassia aimerait elle aussi être loin, assez loin du parc Posadas pour que la distance ait pu l'empêcher de faire ce qu'elle a fait. La coupe de cheveux était splendide sans être parfaite, le changement de couleur surprenant et radical sans être total. Sous les racines, ses pensées étaient comme une crinière en broussaille, mais ce qu'elle voyait dans le miroir l'encourageait à persévérer. Maintenant que s'était matérialisée la nouvelle femme qu'elle croyait être, et qui semblait légitimer la transformation dont elle était fière, elle allait pouvoir lui attribuer toutes les décisions, tous les actes qu'elle désirerait. C'est une des stratégies de l'oubli.

Elle y avait pensé pendant tant d'années, à ce désir jalousement gardé, et maintenant c'était fait, il était là, réalisé, dans le miroir du salon de coiffure ; ce qu'elle ressentait, enfin, c'était de la joie, joie d'avoir trouvé la volonté de passer à l'acte pour la deuxième fois depuis ce matin. Il y avait les couleurs de la mémoire et sa blondeur nouvelle qui arrivait jusqu'aux racines de ses cheveux, il y avait ce qu'Anastassia avait été et ce qu'elle était à présent. J'ai cru comprendre que son besoin de se transformer, d'avoir ces cheveux blonds, était moins inspiré par le remords, le repentir, un quelconque compte à régler ou l'aveu fait à son ange gardien, que par le souvenir des caprices et des envies de sa jeunesse. Dans quelques heures, avant que le soir tombe, les racines de la mémoire, réfractaires à la teinture, lui rappelleraient à quel point son emploi du temps, ce jour-là, avait été chargé. Ces racines-là s'enfonçaient dans un terreau composite, qui n'était ni la volupté extrême du changement ni les méandres de son esprit où se mesurait la portée de son geste fatal ; elles se tenaient au seuil de la conscience, là où s'ouvraient, sous le mince cuir chevelu, les dédales enfouis du souvenir. C'est de cet amalgame de racines agressées par la décoloration et à la mémoire tenace que provenaient les ordres, m'a-t-elle dit, de là que lui était venue l'injonction de sortir de l'appartement avec le caddie à provisions, encore que l'origine de sa conduite et de sa décision ultérieures d'entrer dans le salon de coiffure semble douteuse.

Je me suis permis d'avancer quelques hypothèses, entre autres de signaler l'importance, à peu près équivalente, du rôle de la liberté que procure l'inattendu et celui de l'ange gardien (qui devait avoir ses propres instructions et agissait en fonction d'objectifs concernant l'équilibre céleste), probablement gêné par le bruit des sèche-cheveux et de l'aspirateur avalant, par terre, les premiers témoins du crime, les mèches de celle qu'avait été ma cousine entre le miroir de sa salle de bains et celui du salon de coiffure. Mais elle pouvait tout aussi bien avoir obéi à un égoïsme instinctif pour gagner quelques heures, à défaut de toute perspective sensée, même s'il n'est pas exclu que l'on puisse concevoir un plan à partir d'un acte spontané.

Ma cousine devait empêcher la femme de ménage d'entrer dans l'appartement à l'heure du déjeuner. Elle la connaissait à peine et il n'y avait entre elles ni confiance ni sympathie. La propreté est si importante de nos jours. Sur le marché, il est souvent question – il m'est arrivé à moi aussi d'en parler il y a quelques mois à propos de mon cabinet – de la nécessité d'avoir quelqu'un qui vienne une fois par semaine mettre la maison en ordre, et dans les réunions de copropriétaires il n'en manque pas qui disent connaître telle ou telle femme travailleuse, efficace et de confiance. On sait vaguement d'où elle vient, qu'elle vit en banlieue, mais rien sur sa famille et pas grand-chose sur sa situation sociale ; le plus souvent, elle a plusieurs enfants de pères différents. Le fromager prétend que ces gens-là votent à droite.

On laisse la clé à la voisine afin qu'elle la remette à celle dont on dit qu'elle est de toute confiance. En général, on ne la voit qu'au bout de deux ou trois mois. Cela a été mon cas ; elle avait cassé un cendrier en cristal, et nous nous sommes mis d'accord sur les produits de nettoyage à acheter. Quand quelque chose disparaît, on pense d'abord à ces femmes chaudement recommandées qui, tout compte fait, ne méritent pas la confiance qu'on leur a accordée avec tant de légèreté. Quand on glisse une remarque à ce sujet, celui ou celle qui en avait vanté les qualités s'excuse en disant qu'il ne la connaissait que par ouï-dire, quelle horreur, qui aurait pu s'attendre à ça. Mon expérience dans ce domaine ne doit toutefois pas conduire à des généralisations excessives.

Au moment de son arrestation, Anastassia Lizavetta pourrait accuser la femme de ménage – une femme perturbée qui, dans un moment d'égarement, a assassiné son patron. Pendant quelques heures, avant que ne repoussent les racines qui n'ont pu être décolorées, on croira que la femme de ménage a tué le mari de sa patronne parce qu'elle en avait assez de cette famille, des instructions stupides qu'on lui donnait, du môme infernal qui salissait tout ce qu'il touchait. Des emmerdeurs, mais elle était connue pour sa patience, il n'y avait qu'à demander dans les maisons où elle servait depuis plus de vingt ans. Ma cousine sait son numéro de téléphone par cœur. Il faut qu'elle l'appelle, comme si elle s'appelait elle-même pour se prévenir de ne pas mettre les pieds dans l'appartement de la tour L du parc Posadas. Un problème de dernière minute, mais elle pourra venir un des après-midi suivants, quand elle sera libre. Par ailleurs, elle va l'avertir que la grande chambre vient d'être repeinte et qu'il y a de la saleté partout.

Elle demande à la patronne du salon de coiffure si elle peut passer un coup de fil et celle-ci répond : « Mais oui madame, à condition que ce ne soit pas un appel longue distance. » L'appareil est posé sur la console devant le miroir, il est fabriqué dans une matière désagréable au toucher. En le portant à son oreille, elle surprend son image dans le miroir et comprend pourquoi avant de sortir elle a si longuement hésité avant de choisir sa tenue, elle devait déjà savoir qu'elle se ferait teindre en blonde, et je le lui ai dit : sa robe allait à merveille avec ses cheveux blonds et je n'imaginais pas l'ange gardien attentif à ces broutilles humaines. Ma cousine avait toujours peur de douter de l'efficacité et de l'opportunité de chacune de ses initiatives, mais aussi incroyable que ce soit, les événements s'enchaînent ce matin avec une harmonieuse et parfaite coordination. Son coup de téléphone tombe à pic, elle a en quelque sorte pris les devants : la femme de ménage, qui est encore, mais plus pour longtemps, de toute confiance, ne peut pas se rendre à la tour L du parc Posadas parce qu'elle a rendez-vous avec de nouveaux patrons. Les enfants coûtent de plus en plus cher et quelques pesos supplémentaires pour arrondir les fins de mois seront les bienvenus, même si cela complique son emploi du temps ; l'appel de la patronne ne saurait mieux tomber, dit-elle, car elle pensait justement lui demander des références pour cette famille de Carrasco. En l'écoutant, ma cousine ne peut s'empêcher de sourire, et son léger sourire lui est renvoyé par le miroir. Devoir donner aujourd'hui une recommandation ressemble à une mauvaise plaisanterie, que même son ange gardien n'aurait pu prévoir. Elle répond qu'elle le fera volontiers, bien entendu.

Par la suite, elle m'a expliqué qu'elle l'avait fait sciemment pour la mettre dans l'embarras, parce que cette femme de ménage ne lui plaisait pas du tout, qu'il y avait en elle quelque chose de très désagréable. Son mari et elle guettaient le premier incident pour lui faire savoir qu'ils avaient décidé de se passer de ses services. La femme leur semblait plus fourbe que franche, elle se glissait dans l'appartement comme pour les épier ou les surprendre au moment où ils s'y attendraient le moins. Ils ne pouvaient le prouver, m'a-t-elle encore dit, mais elle était sûre qu'elle volait ou pire : qu'elle changeait les objets de place, en particulier dans la cuisine, pour la rendre folle, preuve qu'elle cherchait à s'approprier son territoire.

Certes, cette femme l'aidait, mais ces derniers temps ma cousine ne pouvait pas supporter de laisser pendant plusieurs heures la maison aux mains d'une inconnue. Elle croyait qu'on avait envoyé cette femme chez elle dans un but précis, mais elle n'a pas voulu me dire qui elle soupçonnait. Il se pouvait même que cette virago soi-disant de toute confiance eût réactivé le sort qui avait si lourdement pesé sur sa vie. Quand elle a raccroché, après avoir accepté que la femme de ménage vienne le lendemain, vendredi, ma cousine s'est sentie mieux, et n'a même pas songé à la situation précaire de son employée, ni aux privations de ses nombreux enfants, tout ça n'était que des mensonges. Elle était bien décidée à la renvoyer en lui payant tout son dû et à assumer elle-même le travail domestique en plus des tâches maternelles et professionnelles, jusqu'à ce qu'elle trouve quelqu'un de confiance à qui donner les clés.

Sa résolution doit être bonne, car elle n'entend pas son ange gardien s'exclamer : « Anastassia Lizavetta, réfléchis quelques minutes, s'il te plaît, tu es sur le point de commettre une injustice, au fond c'est une brave femme. » Les anges ne descendent pas des cieux pour s'occuper de choses aussi triviales. Elle pense à ce que dira sa femme de ménage quand elle apprendra ce qui s'est passé : « Crois-moi si tu veux, mais ça c'est le chemisier qu'elle m'a donné. C'est épouvantable, je te jure que j'ai peur de le mettre. Je vais le porter au curé pour qu'il le bénisse. Je savais bien que cette femme-là ne tournait pas rond. C'est son pauvre mari qui a payé les pots cassés. »

21

Même le temps semblait avoir changé. Dans une lettre, ma cousine m'a raconté – bien que ce soit difficile à croire, mais je la croyais, la plupart du temps – que dehors il y avait un beau soleil qui donnait envie de se promener et que ses cheveux blonds lui faisaient voir le ciel différemment. Hypnotisée par le changement, elle se contemple dans le miroir, attendant peut-être que sa petite sœur partie au Brésil approuve ce qu'elle a fait ce matin. Puis elle paie, laisse un bon pourboire à l'apprentie, sort dans la rue et allume une cigarette, bien déterminée à affronter les obstacles et à relever les défis de sa vie nouvelle. Les magazines ont raison. Quand on se sent déprimée et anéantie par la routine, quand on est dans une mauvaise passe, qu'on se dévalorise et que votre mari vous ignore, alors il faut être égoïste et commencer par aller chez le coiffeur. C'est chose faite, et bien faite.

Anastassia Lizavetta hésite à prévenir sa sœur aînée de sa visite et à lui dire qu'elle a beaucoup changé. Mais devant le silence imperturbable de l'ange gardien trop occupé à lui sauver l'âme pour s'intéresser aux travaux pratiques, elle décide de s'y rendre à l'improviste. Autrefois, quand elles vivaient ensemble, elles étaient très proches. Aujourd'hui, si elles retrouvent leur complicité, elle lui racontera son rêve, lui demandera de l'aider à se tirer de ce mauvais pas. Sa sœur aînée, celle qui est restée, est une personne raisonnable.

Ma cousine écarte l'idée de prendre les transports en commun alors qu'elle sort de chez le coiffeur, qu'elle sent bon et est bien habillée. Elle n'a pas envie de monter dans un autobus bondé où s'entassent des gens accablés de problèmes, même si aucun n'est aussi grave que le sien. Avant de héler un taxi, elle décide de faire quelques pas et, jugulant l'excitation de se savoir blonde, s'éloigne tranquillement du salon de coiffure où elle ne retournera plus jamais. Elle semble musarder mais, à la lecture de sa lettre plutôt confuse, j'ai cru comprendre qu'en réalité elle sait qu'elle se dirige vers le boulevard Artigas en ce milieu de matinée d'une journée pas comme les autres. Elle sourit en s'apercevant que ses pas la conduisent vers le boulevard du péché, et pense à l'indignation et à la fureur de l'ange gardien sur le point de l'abandonner en plein chemin du ciel. Si elle marche ainsi, comme en pilotage automatique, avec sa chevelure blonde, c'est parce que autrefois un garçon a vu en elle une professionnelle du sexe peu sûre d'elle. Peut-être va-t-elle croiser quelques personnages semblables au Pai Nelson, qui l'avait purifiée, débarrassée d'un autre envoûtement, à l'époque où elle et une de ses amies, une sale garce, se disputaient un beau garçon. Le Pai Nelson est un gourou brésilien qui donne de son pays une image très différente de celle, idyllique et snob, dont sa petite sœur a fait un modèle de vie. Elle aimerait bien le rencontrer par hasard, au risque de scandaliser son ange gardien et de l'obliger à battre en retraite devant un représentant des légions syncrétistes ; elle lui demanderait de faire quelques passes pour apaiser son esprit bouleversé par ce qu'elle a commis et d'extirper de son corps et de sa tête les démons qui ont empoisonné son sommeil. Il ferait fuir les forces obscures qui lui ont mis un couteau dans la main pas plus tard que ce matin. En la voyant, le Pai Nelson ne manquerait pas de lui dire : « Comme tu es jolie en blonde », et il lui conseillerait de réciter sans tarder une prière qui l'aiderait à se tirer de ce pétrin.

Pourtant, les souvenirs qui poussent Anastassia Lizavetta à prendre la direction du boulevard Artigas sont d'une tout autre nature. C'est là que sa tante – ma mère – l'a un jour conduite pour la faire avorter dans une clinique semi-clandestine. Elle se rappelle la honte qui s'est emparée d'elle à son arrivée dans la maison qui abritait la clinique. Elle était convaincue que les automobilistes et les passagers des autobus qui circulaient dans les deux sens la fixaient du regard, une seule phrase aux lèvres : « Regardez-la, elle va avorter, elle aurait dû y penser avant de se faire mettre. » Évidemment, elle n'y avait pas pensé, elle n'était même pas sûre de s'être fait mettre. Parce qu'à cette époque, moment de sa vie qu'elle détestait particulièrement, elle n'était qu'une oie blanche, et on sait bien que les oies blanches ont le feu au cul. Le sperme, quand on éjacule dans la chatte d'une petite oie, gicle dans le vagin, allez le retenir, et les spermatozoïdes accomplissent la mission pour laquelle ils ont été programmés. C'est comme ça que les hommes engrossent les oies blanches, l'idée qu'ils peuvent leur faire un enfant ne leur traverse même pas l'esprit, alors on emmène les jeunes oies avorter dans une maison avec jardin qui donne sur le boulevard Artigas, là où tapinent les putes de Montevideo.

Pour moi, il est évident que c'est ce lien entre souvenir traumatisant et prostitution qui lui a fait prendre la décision, après le crime, après avoir essayé de changer complètement d'aspect, d'aller déambuler sur le boulevard Artigas. Comme si cette artère était une entaille profonde où s'engouffre le laxisme de la ville, et qu'elle associait à des moments très pénibles de sa vie cette longue vulve d'asphalte dont la fente est un double parterre de gazon jauni qu'éclaboussent les monuments phalliques des places. L'équivoque de l'ensemble saute aux yeux : alentours fréquentés par des putes de toute sorte et de tout âge, entrées d'hôtels de passe intégrés au paysage urbain, façades de fabriques de préservatifs et de contraceptifs, et l'odeur particulière du boulevard, mélange d'humidité et de goudron chaud versé dans les nids-de-poule, d'effluves de pots d'échappement et d'ordures amoncelées dans les poubelles municipales voisines de ce quartier qui nourrit de fantasmes toute une population de promeneurs.

Plusieurs jeunes femmes m'ont dit qu'elles ne pouvaient oublier cette odeur putride sentie au moment de se faire avorter, quand, avec de la chance, elles avaient droit à une clinique clandestine mais sûre comme celles du Prado et non aux boucheries des bidonvilles, ces endroits où des vieilles femmes à demi aveugles et crasseuses crèvent le sexe de gamines que leur famille, le travail et les hommes ont poussées au désespoir, des mômes nées et condamnées à vivre dans ces quartiers où il est impossible de trouver un taxi pour les conduire aux urgences quand elles se vident de leur sang, comme cela est arrivé à quelqu'un qui m'est très cher. Voilà pourquoi je suis si sensible à ce sujet.

À l'époque et en dépit des circonstances dramatiques, elle avait eu de la chance. « Ce n'est rien, c'est comme aller chez le dentiste », lui avait dit sa tante, mais c'était faux. Anastassia Lizavetta se rappelait que tout le monde était très gentil et que le médecin lui avait expliqué le déroulement de l'intervention à l'aide d'un petit dessin pédagogique. C'était mieux ainsi, c'est toujours mieux ainsi. Après, on aura toujours le temps d'oublier ces moments chargés de signification ou de se les remémorer avec détachement – sauf qu'ils sont suffisamment ancrés dans la mémoire pour réapparaître en présence de l'analyste comme un des événements les plus importants de la vie. Pour ma cousine, cet épisode appartenait à sa vie antérieure, celle qui avait précédé son mari et son fils. Naturellement elle avait menti au premier par omission, ce secret n'appartenait qu'à elle. Dans le monde tel qu'il est, on ne peut espérer accéder un jour à une forme quelconque de bonheur que par le mensonge et l'occultation. L'authenticité et la sincérité sont à prohiber pour vivre heureux. Cela semble contredire mes postulats professionnels, trahir un des fondements de ma discipline, mais c'est pourtant la seule déduction à tirer de tous témoignages que j'ai recueillis.

Pour l'accompagner, il y avait, je l'ai déjà dit, ma mère, qui semblait en savoir long sur ces pratiques, ce que j'ai ignoré pendant des années, et aussi la sœur aînée d'Anastassia Lizavetta, celle qu'elle pense aller voir tout à l'heure. Sans doute est-ce pour cela qu'elle a gardé envers elle une certaine tendresse, une reconnaissance que tempère un soupçon de rancœur dû au fait que sa grande sœur a été témoin de tout cet épisode indigeste. Ma cousine n'a avorté qu'une fois, une fois de trop. L'intervention a eu lieu dans l'une des rues où elle marche à présent. Elle mentait en disant qu'elle ne se souvenait plus où cela s'était passé. Quand on l'avait conduite vers ce qui devait être aussi simple que d'aller « chez le dentiste », elle avait gravé tout le parcours dans sa mémoire, et comme ce quartier est de ceux qui ont le moins changé depuis vingt ans, elle est sûre de retrouver la maison, de reconnaître l'entrée de l'ancienne clinique où l'on avait réparé ce qu'elle considère aujourd'hui comme une grosse bêtise. Maintenant, m'a-t-elle dit, de tels accidents de parcours n'ont le plus souvent rien d'aussi dramatique, mais à l'époque, quand elle n'était qu'une gamine qui ne savait rien de rien, pour qui concevoir des enfants dépendait du Saint-Esprit, c'étaient vraiment des moments très durs.

Pour Anastassia Lizavetta, tout avait commencé comme un petit jeu de séduction qui ne s'était pas arrêté à temps. Le premier emploi, une joyeuse bande de collègues, les heures passées dans un bureau où l'on reconnaît l'odeur des phéromones, les inévitables plaisanteries à double sens auxquelles il faut bien répondre par un sourire si l'on ne veut pas passer pour une niaise, les confidences qu'il est préférable d'ignorer mais qui influent sur les relations de travail, les virées de bar en bar le soir de la fête nationale, le 24 août, et le reste vient tout seul : il bruine sur la ville, on va danser, on transpire, il fait chaud, on sort, on prend la voiture, on va ailleurs, on boit trop de bière, on monte dans une autre voiture et à la troisième tournée on a mal au cœur, on vomit, on se laisse tripoter et on passe à la casserole. Ma cousine était convaincue de lui avoir seulement fait un pompier sur le siège avant de la voiture, mais sans doute s'était-il débrouillé pour la culbuter et, dans une position certainement compliquée, l'avait-il pénétrée, même peu profondément. Un retard de règles et elle s'était retrouvée enceinte d'un collègue de bureau. Le lui dire aurait signifié accorder trop d'importance à un crétin capable de lui rétorquer que ce n'était qu'un accident du travail. Et puis, sans le vouloir, ma cousine l'avait copieusement aguiché ce soir-là, et de plus avait vomi sur le tapis de sa voiture.

Elle a décidé de ne rien dire, de garder pour elle ce qui était d'une certaine façon son grand secret, et s'est ainsi retrouvée seule. Un tel sentiment de solitude ne lui était pas étranger, mais n'avait cependant rien à voir avec les contrecoups de cette nuit-là. Quand elle a fini par admettre qu'elle était enceinte et devait avorter au plus vite, le sentiment de solitude s'est accentué au point de devenir inquiétant, m'a-t-elle dit ; elle n'avait pas d'amie, se sentait orpheline et aussi angoissée que si elle était fille unique, sans homme pour l'aider à la tirer de là, sans homme responsable mais non coupable, car il ne s'agissait après tout que d'un banal avatar de la vie sexuelle ; elle ne connaissait aucun gynécologue, n'avait personne à qui confier les péripéties de la soirée, personne pour l'aider à trouver ne fût-ce que l'amorce d'une solution. Elle avait peur que son état ne devienne visible. Le mieux eût été d'en parler à sa jeune sœur qui vivait au Brésil, elle au moins devait savoir s'y prendre dans une situation comme celle-ci ; mais elle était absente, et Anastassia Lizavetta a donc décidé d'en parler à sa sœur aînée qui, mariée très jeune, avait déjà trois enfants et aurait certainement une idée.

Toutefois, elle s'est d'abord adressée à sa tante – ma mère –, et quand j'y repense à présent, je me demande pourquoi elle n'a pas songé plus tôt à elle, qui savait tout sur ces choses-là. Ma mère l'a écoutée sans sourciller, sans poser de questions ni faire les commentaires désobligeants auxquelles ma cousine s'attendait. Sa sœur a fait de même. Une fois la décision prise, elles ont laissé pour plus tard les conjectures sur d'éventuelles séquelles, et en quarante-huit heures ont pris rendez-vous chez « le dentiste ». Ma mère ne m'a jamais révélé comment elle avait obtenu cette adresse. Ma cousine a bien essayé de le savoir, mais la réponse de ma mère a été sans appel. Ça ne la regardait pas, lui a-t-elle dit, pas plus que ça ne la regardait, elle, de savoir qui lui avait fait ça ; pour ma mère, moins on en savait sur les cochonneries des autres mieux on se portait. Ma cousine m'a rapporté qu'au retour de la clinique, dans le taxi, ma mère lui avait dit devant la sœur aînée : « Il ne t'est rien arrivé, ça ne t'est jamais arrivé. Ne raconte jamais ça à ton mari, même pas au curé si un jour tu te maries à l'église. » Le taxi avait tourné dans la rue où elle flâne maintenant comme si elle revenait par plaisir dans le quartier de son adolescence. La rue de la honte, ce sentiment qui l'a rongée pendant les premières semaines après l'avortement quand elle a pris la décision de ne jamais avoir d'enfant, quand elle a compris que, loin d'oublier, elle se demanderait un jour quel âge aurait cet enfant si elle n'était pas montée dans un taxi avec sa sœur et ma mère. Elle y penserait les soirs d'exaltation religieuse, elle y penserait quand ses convictions de femme libre se heurteraient au souvenir, quand une foulure à la cheville, la découverte de varices précoces ou un voyage décommandé au Brésil la ramèneraient en pensée à ce qui lui était arrivé, des années auparavant, à l'endroit où ses pas la ramènent en ce matin du crime.

La coïncidence lui semblait énorme, mais des forces plus puissantes que sa volonté la poussaient. Elle avait songé à l'adoption pour prendre le contre-pied de ces jeunes filles qui, pire que les oies blanches, ne se rendent compte de rien et font des enfants comme on se soulage. Sa sœur aînée disait : « Je connais tellement de couples qui donneraient tout pour avoir un enfant et n'y arrivent pas alors que celles-là pondent comme des poules. La vie est injuste. » Les problèmes liés à la progéniture semblent injustes, si je m'en tiens à ce que je constate chez mes patients. Évidemment, on finit par ne plus y penser, comme l'a fait ma cousine. Le bonheur est très astucieux, il aide à oublier ; le bonheur est la satisfaction d'avoir fait ce qu'il fallait faire. La visite chez le médecin est restée secrète et Anastassia Lizavetta a oublié les séquelles d'un épisode crucial de l'histoire de sa vie. Pourtant, ce matin-là, elle est sur ces lieux symboliques, confrontée à ce qui est peut-être la réponse violente à un souvenir lacérant.

Comme si elle suivait une thérapie, elle fuit le présent, cherche en des lieux appartenant au passé où est l'erreur, la cause première, l'origine de l'ordre qui a provoqué le désordre de ce matin, au lever du jour. Elle était très calme, m'a-t-elle dit à plusieurs reprises. Dans un recoin de sa conscience quelque chose lui soufflait qu'elle avait bien fait d'obéir à l'impulsion dont la violence sanguinaire ne pouvait s'expliquer que par un besoin de compensation exacerbé, et qu'il fallait se défaire de son sentiment de culpabilité : devoir souffrir le regard des autres serait bien suffisant. Après avoir été saisie d'horreur et s'être répété que c'était une autre, dont elle partageait le corps et la vie, qui l'avait fait, elle a commencé à se sentir mieux.

Occupée à se rappeler un passé lointain, elle peut ne plus penser à ce qu'elle a fait quelques heures plus tôt, et le crime qu'elle a commis la chagrine moins que ce qu'elle voit.

22

Anastassia Lizavetta aperçoit un chien mort sur la chaussée ; encore heureux qu'elle soit passée par là après l'accident ; elle n'aurait pas pu supporter d'entendre le cognement du pare-chocs et les gémissements de l'animal, ni de découvrir le corps écrabouillé, les viscères sanguinolents, la tête qui remuait encore, babines retroussées. Un pauvre chien, un œil pendant hors de l'orbite, incapable de contrôler le frémissement de ses oreilles, ne comprenant rien à ce qui vient de se passer mais désirant qu'un autre véhicule lui roule dessus à cent à l'heure et lui broie la tête dans un craquement d'os. Personne n'avait essayé de le sauver car c'était impossible et aucun véhicule ne se décidait à l'achever. Dès qu'ils l'apercevaient au milieu de la chaussée, les conducteurs l'évitaient, au risque d'une embardée, de peur que le bruit du crâne écrasé ne couvre celui de la radio et ne gâche leur journée. Quelques automobilistes s'étaient encore risqués à donner un coup de volant puis, au bout de quelques minutes interminables, un camion avait mis le point final à tout danger de carambolage, et la circulation était redevenue normale.

Un seul véhicule avait suffi et, l'instant d'après, le chien n'était plus qu'une masse sanglante sur laquelle toutes les voitures roulaient, chacune emportant collé à ses roues un morceau de l'animal. Au soir, il ne resterait plus sur la chaussée qu'une pâte que les pluies finiraient par dissoudre, quelques mouches et des pigeons picorant des résidus. En songeant à ce chien qui a traversé le boulevard au mauvais moment, ma cousine se met à pleurer et a un haut-le-cœur de dégoût. À cette heure-ci et ce jour-là, ce chien écrasé était la seule créature capable d'éveiller en elle un peu de pitié, le seul être vivant qui lui inspirait quelque tendresse, m'a-t-elle confié sans pouvoir retenir ses larmes. Elle secoue la tête pour ne pas penser à la souffrance de l'animal et chasser l'idée qu'il est insupportable de vivre dans une ville où les chiens abandonnés se font écraser au milieu de l'indifférence générale. Elle voudrait prendre une pelle, décoller du sol les restes de l'animal, les mettre dans un sac en plastique et les jeter dans une de ces décharges municipales entourées de grillage pour que les chiens affamés ne viennent pas les fouiller.

Dès notre premier entretien après le crime, elle m'a avoué qu'en éprouvant du chagrin pour un chien écrasé après ce qu'elle venait de faire dans la tour L elle avait eu le sentiment d'être un monstre ; peut-être depuis toujours, depuis qu'elle martyrisait les fourmis et les escargots, tailladait les limaces du jardin et les scolopendres dénichées sous les pierres. Pourquoi n'aurait-elle pas préparé pas à pas le monstre qu'elle était devenue et qui s'était réveillé une fois atteint le degré suprême de méchanceté ? Elle aurait agi parce qu'elle brûlait maintenant de payer au plus vite, de libérer une bonne fois pour toutes la sorcière tapie en elle, et l'explosion n'aurait pu être plus violente. Enfin, il serait toujours temps de rétablir l'ordre, et un sentiment d'agréable impunité s'est emparé d'elle, comme si c'étaient les autres qui l'avaient martyrisée et qu'elle n'était qu'une petite fourmi victime de leur cruauté.

Ma cousine avait dû commettre un crime abominable pour enfin se sentir elle-même, sinon quel autre sens son geste aurait-il pu avoir ? Néanmoins, malgré tous ses efforts, elle restait étrangère à elle-même. Tout pouvait-il n'être que vérité et lumière à partir de ce jour, comme si ses cheveux décolorés, cette pitié pour un chien écrasé, l'espoir d'une liberté totale, le retour pas tout à fait fortuit dans le quartier de l'avorteur pouvaient effacer la conscience aliénée qu'elle avait d'elle-même depuis l'enfance ? « L'Anastassia Lizavetta d'avant mon réveil était une usurpatrice », se dit-elle, en reconnaissant toutefois qu'elle a payé très cher cette découverte. Appuyée contre un arbre, elle regarde le milieu de l'avenue, les yeux fixés sur la tache brun rougeâtre, et elle compte les voitures qui l'écrasent. Hypnotisée par la mort de l'animal, absorbée dans ses pensées, elle ne voit le pickup arrêté le long du trottoir que lorsqu'il klaxonne brusquement.

À l'intérieur de la cabine, un homme lui fait signe d'approcher. Son geste est impératif. En moins d'une seconde, elle a compris l'ironie de la scène qui est en train de se jouer. Émergeant du souvenir de son avortement et de son chagrin inattendu à l'égard du chien écrasé, sa première réaction est d'insulter le conducteur, de lui lancer une grossièreté blessante, mais elle continue pourtant à le regarder. Puis elle jette un rapide coup d'œil d'un côté et de l'autre du boulevard, vérifie qu'il n'y a pas de voiture de police dans les parages, s'assure que c'est bien à elle que le type s'adresse, calcule l'heure à l'ombre portée des palmiers sur les pavés et conclut que la situation obéit à une certaine logique. Bien qu'ils se présentent de manière aléatoire, les éléments concordent pour rendre crédible ce qui se passe. L'allure de ma cousine et l'endroit où elle se trouve permettent de la prendre pour une prostituée. Le blond intense de ses cheveux, ses vêtements qui n'ont rien d'une tenue de bureau, sa position – elle est adossée à un arbre – laissent peu de place au doute, et la méprise n'a rien d'étonnant. Il serait difficile de voir en elle une mère de famille distraite. C'est la deuxième fois qu'on la prend pour ce qu'elle n'est pas ; ma cousine pouvait être une mère aimante, une employée modèle, une bonne épouse, une excellente femme d'intérieur et même une criminelle sanguinaire prise de folie, mais un simple geste de sa part – et cela ne laissait pas de la surprendre –, peut-être sa façon de marcher à cet endroit-là, la rapprochait une fois encore d'un chemin très semblable à celui de la prostitution.

C'est peut-être pourquoi elle décide de poursuivre le jeu qui a commencé. D'un mouvement rapide, elle chausse ses lunettes de soleil et se dirige résolument vers le pickup. Elle a adopté par intuition la démarche chaloupée de qui sait exciter un client. Enhardie, elle jette son sac sur son épaule, redresse le buste pour faire pointer ses seins et s'efforce de se convaincre qu'elle est prête à passer à l'acte, que tout en elle exhale une folle prédisposition doublée de tendances latentes qui valent bien que l'on mette la main à la poche, assurance renforcée par les émotions des heures précédentes.

Le chauffeur est un homme assez jeune ou un de ces types déjà mûrs qui conservent un air de jeunesse, un riche éleveur fringué comme un cow-boy de boutique de luxe. Jeans délavés d'importation, chemise à carreaux dans les tons vert pâle, blouson de daim à col et poignets de tricot assortis, tocante outrageusement ostentatoire, lunettes de soleil de jeune aviateur américain et santiags probablement rapportées d'un voyage à Miami avec une maîtresse. Pour couronner le tout, c'est un blondinet avec une mèche qui lui tombe sur le front. Un type qui, sauf s'il est affligé d'une tare invisible, doit avoir toutes les femmes à ses pieds et qui attend cependant, impatient de conclure le marché, prêt à payer pour baiser la criminelle de la tour L du parc Posadas qui fera demain la une de tous les journaux.

Il se peut que lui aussi cherche ce matin quelque chose de particulier, à cette heure-ci l'offre et la demande sont rares, mais tout semble indiquer que les choses vont se passer normalement. Ma cousine sourit intérieurement à l'idée qu'en passant par là et en la voyant surgir dans son champ de vision il a fait demi-tour, impressionné par l'apparition. Elle veut croire qu'il n'est pas du genre à fréquenter les poules mais que quelque chose en elle l'a fasciné au point de le faire revenir en vitesse avant qu'un autre dragueur motorisé ne la lui souffle. C'est du moins ce qu'elle se plaît à imaginer. Quelques jours plus tard, elle m'a confié qu'elle se sentait flattée qu'un type pareil, en la voyant pour la première fois de sa vie, ait eu envie de la baiser là, tout de suite, et qui plus est de la payer. Sa réaction avait quelque chose d'innocent, c'était une sorte de revanche prise sur tout ce dont elle avait souffert et qui lui rendait un semblant d'estime de soi. Mais comme toujours, même s'il s'agissait d'une méprise, ma cousine s'est dit que c'était trop beau pour elle. Emportée par un trop-plein d'émotion dû au souvenir de la clinique et à la mort du chien, elle a décidé, comme le chauffeur insistait, de lui balancer une repartie pour le déstabiliser, mais qui l'aiderait, elle, à affronter cette journée qui s'annonçait comme la plus longue de sa vie.

En s'approchant du pickup, elle a été tentée de monter et de suivre l'inconnu, de se faire plaisir en ajoutant un secret à sa vie. On sait bien, surtout dans notre milieu, que passion et violence ne sont jamais très éloignées l'une de l'autre, et l'aventure qui lui tendait les bras pouvait être une possibilité de lâcher prise en dépit de toutes les difficultés qui la tenaient sur le qui-vive. Dans une heure ou deux, quand chacun fumerait une cigarette avant de décider lequel des deux irait le premier dans la salle de bains, avant qu'il ne se hâte de payer et de partir, elle lui raconterait tout. Le rancher n'en croirait pas ses oreilles ! Il s'écrierait certainement, perdant son sang-froid, qu'il n'avait rien à voir là-dedans et qu'il ne voulait rien savoir de cette histoire. « Merde alors ! il fallait que ça tombe sur moi, quel crétin, avec tout ce que j'ai à faire en ville aujourd'hui. » Il serait capable d'invoquer sa sainte famille et de lui offrir une fortune pour qu'elle la boucle et l'oublie. « Qu'est-ce qu'il m'a pris, de courir les putes aujourd'hui ? » se demanderait le blondinet. Mais c'était plus fort que lui, et depuis son adolescence. Pourtant, derrière ses lunettes noires, il avait l'air d'un homme sûr de lui, qui maîtrisait la situation.

Ma cousine comprend très vite que c'est un client expérimenté qui connaît bien le quartier et ses règles, parce que, quand elle s'approche, la vitre se baisse automatiquement. Elle passe la tête par la portière, comme si elle la posait sur la lunette d'une guillotine.

« Salut », dit-elle.

D'un geste, le type la somme de se dépêcher de monter.

« On perd les bonnes manières, ajoute-t-elle. Avant, on demandait aux filles du boulevard combien elles prenaient. On voit que t'as pas quitté ta ferme depuis un bout de temps. ça pue la peau de mouton là-dedans, et la crotte de brebis. »

Le blondinet se cabre en entendant les mots de cette poufiasse qu'il ne connaît pas, une nouvelle sans doute. Un rictus de mépris lui barre le visage, efface son aspect de faux adolescent et révèle son âge. Ma cousine se dit que maintenant il ne veut plus la baiser mais lui casser la figure parce qu'elle ne réagit pas comme il s'y attendait.

« Écoute, poupée, on ne va pas rester des heures à bavasser, alors grimpe et plus vite que ça, dit le type comme s'il avait décidé de remettre à plus tard la vengeance qu'elle mérite pour avoir parlé d'odeur de crotte de brebis.

– Ça ne va pas être possible, réplique ma cousine, moi je ne bosse qu'avec des couples. Si tu veux, on peut passer chercher ta Julie ou ta sœur, peut-être qu'elle te ressemble, mon beau. »

Il la regarde droit dans les yeux par-dessus ses lunettes de soleil. L'envie de la cogner semble le démanger ; ma cousine recule, pour se protéger. Le moteur du pickup mugit comme un taureau furieux et elle sent que le type est capable de descendre et de lui tordre le cou. Le moteur traduit bien sa pensée : Blondinet rumine pour envoyer à cette tarée une bordée d'injures salaces comme il n'en a jamais lancé de sa vie. La fille qu'il abordera un peu plus bas va passer un sale quart d'heure, se dit ma cousine, sans parler des malheureux péons, quand il sera de retour dans sa cambrousse.

« Alors comme ça, on est une roulure sélective, espèce de salope », dit-il en s'étranglant, à défaut de trouver les mots pour traduire ce qu'il ressent. Il s'efforce de sourire sans y parvenir.

Puis il passe la première et file comme un bolide ; en le voyant démarrer dans un crissement de pneus, on pourrait le prendre pour un fanatique de ces rallyes de campagne où les patrons d'estancias jouent les pilotes de formule 1 de l'écurie vaches et taureaux et se croient experts en dérapage sur bouse de vache. Une voiture le double en klaxonnant sur l'air du *Pont de la rivière Kwaï*. Anastassia le regarde s'éloigner, satisfaite de son audace. Ce n'est vraiment pas le jour pour nouer des relations avec le sexe opposé. Avant de quitter l'appartement, elle aurait dû écouter à la radio l'horoscope pour celles qui sont nées sous le signe des Gémeaux, cela lui aurait évité l'incident avec le rancher blond.

Un être coiffé d'une perruque criarde et vêtu d'une petite jupe de pensionnat religieux s'est approché d'elle. Et si c'était le Pai

Nelson qui venait la consoler, l'aider à se sortir de ce mauvais pas ? Mais non, elle se trompe ; la créature prononce quelques mots que ma cousine ne parvient pas à comprendre, puis hausse le ton, avec un machisme intolérable qu'aucun déguisement de Lolita ne pourrait dissimuler, pour lui reprocher d'avoir laissé échapper un client alors que la journée s'annonce mal et qu'elle n'a même pas de quoi se payer une chambre. La Lolita ne lui épargne pas un discours sur les nouvelles pimbêches qui ne manquent pas de ruiner les affaires, se lance dans une péroraison incongrue sur l'obligation de ne refuser aucune passe, et termine en lui demandant une cigarette.

Ma cousine lui en offre deux pour se débarrasser de ce pot de colle déguisé en collégienne qui prétend lui faire la morale et lui donner des leçons sur la solidarité entre professionnelles. Mais le travelo est un vrai moulin à paroles qui doit être complètement défoncé, car il n'arrive même pas à tirer sur sa clope et fait de grands appels de mains, de jambes et de cul à chaque voiture qui passe, y compris les ambulances. Si une patrouille de police arrive, il y aura un foin du diable parce que les élèves des collèges, les vraies, sont sur le point de sortir. Lolita demande à ma cousine de lui raconter ce qui s'est passé avec le type du pickup.

« Ce n'est pas le moment », lâche Anastassia Lizavetta avant de s'éloigner.

23

Ce genre d'incident a généralement lieu sur la partie du boulevard où les parterres sont à l'abandon et les palmiers desséchés, promenade tropicale sans éclat transplantée dans la grisaille de l'asphalte montévidéen des années cinquante. Aux croisements avec les grandes avenues, le mirage de la prostitution s'efface, intimidé par les écoliers bruyants qui attendent aux arrêts d'autobus, les dames respectables, les épiceries, les maisons modestes sans jardin alignées le long de trottoirs étroits, la circulation dense qui rend toute négociation difficile. Les filles se font moins remarquer, elles ne cherchent pas le scandale et se confondent avec les maîtresses de maison aux vies sexuelles clandestines.

Un immeuble d'habitation en brique et sans charme, propriété de la Banque Hypothécaire, suffit pour que le décor change, ou du moins pour que ma cousine ait l'impression d'être ailleurs, très loin. Au souvenir du dialogue insolite avec le chauffeur du pickup, elle sourit : « C'est incroyable ce que j'ai pu faire avec ce parfait inconnu. » Cette pensée pousse le bouchon un peu trop loin, vu ce qui s'est déroulé dans la tour L, mais elle est sincère, comme si les réponses adressées au blondinet avaient été moins prévisibles que l'avalanche de coups de couteau qui s'est abattue au lever du jour sur le corps endormi de son mari. Mais les faits de ce matin étaient d'un autre ordre, ils pouvaient s'expliquer par la violente éruption du concentré de vieilles et de moins vieilles humiliations, comme si ma bien-aimée cousine avait soudainement vu bouillonner dans ce corps dérisoire la lave des pires heures de sa vie. Le malheureux qui avait eu la mauvaise idée de l'épouser et de lui rendre avec assiduité ses devoirs conjugaux avait déclenché sa colère et payé pour ce que nous nous sommes promis de cerner au cours de mes prochaines visites, qui n'ont pas eu lieu, car sa détention a bien mal tourné.

Ma blonde cousine était redevenue l'Anastassia Lizavetta de tous les jours, capable de débiter des insanités à un individu aussi désagréable que le chauffeur du pickup, habitué à traiter les femmes comme du bétail. Son arrivée au croisement du boulevard et de la grande avenue a quelque chose d'héroïque, l'arrache au souvenir malsain du « dentiste » et la ramène aux impératifs de la journée. Elle doit maintenant décider de ce qu'elle va faire pendant les prochaines heures de ce jeudi. Car on est encore jeudi, n'est-ce pas ? Filer au Brésil chez sa petite sœur serait une bonne idée, à condition de pouvoir la retrouver après tant d'années. Et puis, la police ne finirait-elle pas par la dénicher, où qu'elle aille ? Le seul endroit où son instinct la mènerait, si elle pouvait agir librement, c'est dans sa cuisine, quelques secondes avant d'allumer sa première cigarette de la journée. Mais les heures qui se sont écoulées depuis l'acte fatal ne peuvent s'effacer. Elles sont un point de non-retour. Après, on verra bien, comme disait son défunt mari. La première chose à faire, maintenant, c'est d'empêcher la femme de ménage d'aller à l'appartement... à moins qu'elle ne l'ait déjà prévenue ? N'importe, elle doit tout de même s'assurer que cette fouineuse ne mettra pas les pieds chez elle aujourd'hui. Il suffit de l'appeler.

Entre les deux bars les plus proches, elle choisit le plus grand. Les tables sont éloignées du comptoir, elle peut s'asseoir à l'une d'elles et prendre un café tranquillement sans crainte d'être dérangée. Elle se dit que sa nouvelle couleur de cheveux est trop voyante ; chez le coiffeur, tandis qu'on lui appliquait la teinture si longtemps désirée et achetée au supermarché, elle avait feuilleté un magazine, intriguée par les amours tumultueuses des chanteurs et des vedettes de la télévision argentine. Avant d'entrer dans le bar, elle achète au kiosque voisin le même magazine et le journal du matin. Elle est curieuse de savoir quelles sont les informations politiques et sportives qui font l'histoire de la ville, et se demande si sa photo sera à la une de l'édition du lendemain. Mais, avant tout, elle doit empêcher la femme de ménage d'entrer dans l'appartement. Elle glisse les publications sous son bras et pousse la porte du café. Il y a toujours dans son sac des jetons de téléphone. « Là-bas », dit le caissier en désignant un recoin sordide où s'entassent les caisses de bière, à côté de la porte des toilettes entrouverte. Elle commande un café serré et un verre d'eau gazeuse ; « Je vais m'installer là », dit-elle en montrant une table près de la fenêtre.

Elle doit recommencer parce qu'elle a composé un numéro se terminant par 2756 alors que le bon finit par 6527. De l'autre côté de la ligne elle entend qu'on répond dans une autre langue, croit qu'elle a appelé un continent lointain car il y a de la friture, comme si elle avait les antipodes au bout du fil. Une chance, la femme de ménage est chez elle et s'étonne de son appel. « Vous m'avez demandé tout à l'heure de venir demain, vendredi, madame, dit-elle ; je vous ai dit que je devais rencontrer mes nouveaux patrons aujourd'hui, d'ailleurs, il faut que j'y aille, je vais être en retard. Si vous y tenez, j'essaierai de passer ce soir, mais tard… » Finalement, elle se tait quand ma cousine lui dit de venir demain comme convenu. « Pauvre conne », bougonne Anastassia Lizavetta en raccrochant, et elle se dirige vers la table qu'elle a désignée au patron. Et si cette femme était la même que l'inutile qu'elle a renvoyée l'année dernière parce qu'elle ne faisait jamais les carreaux comme il faut ? Bon, ce n'est pas le moment de penser à ces foutaises, à présent elle désire lire tranquillement, oublier les tracas domestiques et y voir un peu plus clair. L'a-t-elle seulement appelée tout à l'heure, comme cette garce le prétend ? Elle laisse à d'autres le soin de le vérifier, à ceux qui passeront au peigne fin ses faits et gestes de la journée après l'assassinat de son mari. S'il y avait quelque chose à comprendre, elle le saurait déjà. Tout ce qu'on peut dire, c'est que c'est arrivé et que c'est irréversible.

Elle lit le journal avec avidité – ce dont elle se souviendra plus tard – comme si elle devait déménager et épluchait les annonces immobilières, à chaque nouvelle elle se dit « Ce n'est pas tout, il y a aussi ce que j'ai fait », en éprouvant l'étrange satisfaction de détenir un secret, d'être la seule au courant de l'unique événement extraordinaire qui a eu lieu dans le pays. Anastassia est la nouvelle qui ne figure dans aucune rubrique d'aucun journal, alors qu'il s'agit d'une tragédie atroce aux aspects sordides qui va sans doute faire beaucoup de bruit. L'acte en lui-même, les raisons nébuleuses qui l'ont provoqué, son comportement à la limite de l'inhumain vont sans doute inciter l'opinion publique, les juristes, les psychologues et les lecteurs à s'en donner à cœur joie. Jusqu'au verdict du procès. On exigera le rétablissement de la peine de mort, on évoquera l'impossibilité de pardonner et une improbable expiation, les limites de la justice humaine et même une intervention divine par l'intermédiaire d'un messager incompétent. Ce qui n'était qu'un fait divers dont on entendait parler au petit déjeuner, pendant qu'on se lavait les dents, ou encore au marché, un geste d'une violence rare accompli par une mère et une épouse modèle pour des raisons insaisissables allait prendre une envergure biblique.

En dépit de l'atrocité des faits, les résultats des matchs de foot et le classement des équipes pour la coupe Libertadores relégueraient en quelques jours la nouvelle au second plan. De ce point de vue, il n'y a pas de problème : quand elle a planté le premier coup de couteau dans le corps de son mari plongé dans le sommeil, elle s'est désintéressée de son propre sort, comme si l'ordre qui avait jusqu'alors régi son existence venait de toucher au comble de la contradiction, au-delà duquel plus rien, même pas le petit plaisir de lire un journal assise seule dans un café, n'avait le moindre intérêt ni la moindre importance. Le passage à l'acte de ce matin avait dévié le cours de son destin, pollué son existence et provoqué une sorte de réaction en chaîne, comme si tout, m'a-t-elle dit, le fait d'être attablée à cet endroit, par exemple, était décidé d'avance, pour elle, à sa place. Chaque pas qu'elle ferait désormais ne dépendrait ni de sa volonté ni d'un caprice, mais répondrait à une détermination d'un autre ordre, et si elle cherchait maintenant des explications, c'était parce que celle qui avait tué « n'était pas tout à fait elle ». Elle avait l'impression, comme elle a essayé de me le dire plus tard, que quelqu'un l'avait choisie dans le seul but de l'observer et de prendre des notes. Pour écrire un roman, par exemple. Parce qu'elle croyait faire partie à son insu d'une expérience portant sur les réactions d'une personne ordinaire confrontée à une situation déstabilisante.

Dans des cas comme le sien, le développement de ce qu'on appelle le thème délirant du complot est très fréquent. Ma cousine en présentait les manifestations en même temps qu'elle en connaissait les effets : elle savait que si elle tentait de l'expliquer au policier chargé de l'enquête, à un avocat commis d'office ou au juge, même s'il s'agissait d'une femme, ils diraient, un petit sourire aux lèvres : « Essayer de vous faire passer pour folle ne vous aidera en rien. Au contraire. » Tous ceux qui recueilleraient sa version des faits sauraient qu'aucune de ses explications délirantes ne serait retenue ; ils n'y croiraient que si elle parvenait à adapter son comportement à ce qu'elle avait fait le matin dans le lit conjugal, à le faire concorder avec l'acte bestial qu'elle avait commis.

Ma cousine m'a dit qu'elle avait commencé à envisager cette possibilité dans ce premier bar, avant l'errance qui allait suivre. Et si elle avait tué en fonction de cette fin certaine ? Si elle avait été choisie pour démontrer l'inconsistance des valeurs sur lesquelles repose la vie sociale ?

Elle sourit à l'idée que quelques spécialistes des maladies mentales, comme certains voisins imaginatifs, convaincus qu'il existe dans le corps humain un recoin hanté par des forces obscures qui réussissent à briser l'harmonie du monde, verraient en elle une dangereuse possédée. Anastassia Lizavetta serait la démoniaque du parc Posadas, l'élue chargée de rompre l'équilibre de la création. Elle pourrait même, n'était sa faiblesse maternelle, prendre plaisir à imaginer ce que serait la réaction de son fils unique, qui en ce moment est à l'école : des cris et des larmes, sans doute ; mais quand elle serait vieille, il l'embrasserait, s'il était devenu l'homme de bien qu'elle avait élevé dans ce but, s'il avait accepté de porter le fardeau de la honte d'avoir une mère qui a tué son père, il comprendrait l'épisode traumatique, celui qu'elle vit en ce moment même et qu'il ignore, occupé à faire des multiplications, et il pourrait peut-être, à la longue, surmonter cette trahison, somme toute banale dans une vie par ailleurs sans heurts. Dans quelques heures, elle saura à quoi s'en tenir, en ce qui le concerne.

24

Anastassia Lizavetta remonte une bretelle de son soutien-gorge, effleurant la partie supérieure de son sein, et n'a pas le sentiment d'être habitée par des forces occultes ou des entités délétères et destructives. Elle sent encore sur elle l'odeur du salon de coiffure : l'après-shampoing à la pomme verte, les divers parfums des employées, la laque, comme si elle était la mémoire olfactive des premières clientes du matin. Elle lit le journal, la tête penchée en avant, et joue avec la mèche qui tombe sur son front ; elle sent qu'elle est blonde, même sans miroir à portée de vue, mais aussi que ses cheveux sont plus courts, et elle a du mal à s'y faire. Le café est brûlant, elle caresse de temps en temps la tasse du bout des doigts pour vérifier la température. Inutile d'espérer un peu de silence, la radio est allumée et deux journalistes parlent de football à bâtons rompus, l'un des blessures inquiétantes d'un joueur, l'autre des pronostics pour les matchs du week-end et de la désignation des arbitres. Une véritable descente aux enfers dans le cercle du sport où le silence est banni, où l'on commente sans reprendre souffle un même et unique match qui se répète chaque jour indéfiniment, *ad vitam aeternam*. Dans un sursaut d'égoïsme, ma cousine espère qu'à la fin de la journée d'autres journalistes parleront avec la même volubilité de son crime abominable, avec toutefois une répartition équitable des arguments en sa faveur et à son encontre. Là où nous sommes, dans le bar, elle, mon imagination pendant que j'écris et le regard du lecteur qui s'arrête ici au détour d'une phrase, la radio n'est qu'un bruit de fond. Le remue-ménage de la ville dominé par le pépiement matinal des oiseaux a fait place à d'autres rumeurs : celles des voitures arrêtées aux feux rouges et d'un chœur ininterrompu de voix mâles commentant les matchs de football, des centaines, incessantes. Le stade est plein à craquer ; commentateurs, animateurs, publicitaires et journalistes sportifs, installés dans les vestiaires des deux équipes, critiquent le match précédent. Ma cousine n'a pas développé un sixième sens, il ne lui a pas poussé une troisième oreille, et l'acte de ce matin n'a pas diminué sa capacité de concentration sur les pages d'*El País*, mais il lui semble qu'une autre pièce qui se joue autre part, dans un coin éloigné et marginal de son champ de perception, requiert son attention.

Elle finit de lire la brève critique d'un film qui passe ce soir à la télé et l'intéresse parce qu'elle s'était promis d'aller le voir en salle mais, comme toujours, en avait été empêchée par ceci ou cela. Ce soir, elle ne pourra pas le voir non plus pour des raisons péremptoires, aussi lit-elle avec attention le synopsis, le casting, pour les garder à jamais en mémoire. Elle sait qu'elle ne pourra plus voir un film confortablement installée dans le fauteuil d'une salle de cinéma avant très longtemps. Le seul qui passera et repassera dans sa tête sera celui dont elle a été ce matin la vedette. Elle est sûre que pendant les cinq mille et une nuits prochaines elle se réveillera en sursaut au beau milieu d'une projection interrompue. Elle est curieuse de savoir à quel moment le rêve s'arrêtera : quand elle saisit le couteau coréen au fond de l'évier d'où vient de s'écouler l'eau de la vaisselle, quand elle ouvre la porte de la chambre, quand elle sent la faible résistance de la chair endormie, quand elle retire le couteau, se rend compte de ce qu'elle vient de faire et que sa main est gantée de sang ? Sur quelle image son sommeil prendra-t-il fin ?

Rêver c'est amortir une dette infinie, répéter la scène essentielle en effaçant l'incidence des autres. Elle en vient à penser qu'elle a enfin fait irruption dans la réalité accablante et anodine à seule fin de balayer l'ancien théâtre de ses songes. Une entrée spectaculaire, shakespearienne, destinée à effacer les vieilles scènes primordiales qui depuis son adolescence lui revenaient à l'esprit et faisaient jouer certaines cordes affectives ; scènes dont la banalité dissimulait des horreurs déguisées, des misères intolérables qui avaient ponctué son infortune : provocations, humiliations, trahisons, hontes qu'elle avait incarnées, vécues.

Tandis que j'écris ceci, mon rôle m'apparaît clairement : il me faut dévoiler ce qu'a été sa véritable vision du drame et considérer qu'elle a vu dans son crime une sorte de thérapie. Dès lors elle a pu dormir tranquille en sachant que si quelque chose devait la réveiller la nuit, dans son cachot, ce ne pourrait être que la scène du crime.

Il n'empêche qu'elle passe un mauvais quart d'heure quand elle s'en avise ou, plus exactement, quand elle en a une intuition assez nette. Elle prend peur en découvrant, tandis qu'elle boit son café quelques heures à peine après le meurtre, qu'elle ne s'en rappelle plus que les grandes lignes, vagues moments dépourvus de sens. Elle m'a dit que c'était là « un mécanisme de défense et de rejet tout à fait compréhensible », ce qui m'a fait sourire, et elle a aussitôt ajouté qu'elle était certaine que « c'est quelqu'un d'autre qui a fait ça », et qu'elle se demandait même, à ce moment-là, dans le bar, si c'était réellement arrivé. Jusqu'alors, pour tout le monde, et même pour elle, malgré ces quelques souvenirs flous, le crime n'a pas eu lieu et elle peut être considérée comme innocente. Aucun flash à la radio n'interrompt l'émission sportive pour annoncer le drame passionnel survenu au parc Posadas.

Une fois certaine qu'elle ne rêve pas, Anastassia Lizavetta promène son regard à l'intérieur du café pour retrouver ce qui a attiré son attention quand elle est entrée. Ce qu'elle voit est d'une banalité désolante, mais le calme qui règne a une sorte de beauté étrange, et les tableaux qui s'offrent à sa vue parviennent à l'émouvoir. Est-ce le cuisinier qui prépare les plats pour le déjeuner de quelques clients pressés, pèle des pommes de terre, pane des escalopes et goûte une sauce tomate ? En tout cas, ce n'est rien de proche de la porte d'entrée, ni personne aux autres tables, où il y a des gens aussi perdus qu'elle, mais pour d'autres raisons.

Les cafés ne sont pas des lieux de rencontre mais des refuges pour les gens fatigués par leur vie agitée et le tourbillon de la ville. Une pauvre vieille, serrant contre elle un sac à main, son seul lien avec la vie, le regard tourné vers quelque moment de son passé en ruine, comme absente et sans réaction, car réagir n'a plus de sens et sans doute ne sait-elle même plus ce que cela veut dire, se tient devant un verre vide et une bouteille de Coca-Cola en plastique. À une autre table, un homme qui n'en peut plus d'être fatigué, vêtu d'un pantalon avachi, met de l'ordre dans les fichiers d'une clientèle à laquelle il essaie de vendre, sans conviction parce qu'il est résigné, les nouveautés d'un catalogue de pièces détachées d'utilité énigmatique pour un type de machines qui ne peuvent entrer que dans d'énormes hangars. Un jeune homme sirote un café, se demandant pour quelles raisons on a encore refusé son CV ; il regarde sans comprendre ses mains inutiles, et il se demande s'il ne ferait pas mieux d'aller les poser sur des rails pour qu'une locomotive les écrase, mais dans ce pays il n'y a même plus de train pour ceux qui veulent en finir. C'est l'heure des désespérés que plus personne ne voit, de la tragédie chaque jour renouvelée du midi des chômeurs, quelques minutes avant que l'on fasse la mise en place. Il est peu probable que l'après-midi apporte un quelconque changement, personne ne veut rentrer chez soi avant la nuit. Un garçon, encore en tenue de travail, met le couvert sur les tables inoccupées, annonçant ainsi que la trêve (encore heureux qu'existe cette heure incertaine, qu'il y ait de grands cafés ouverts où on laisse les clients en paix) a pris fin. Ma bien-aimée cousine m'a dit qu'elle avait alors vu, à une table voisine, une vague copie d'Anastassia Lizavetta, qui prenait une petite gorgée de café allongé, et supposé qu'elle devait avoir rendez-vous avec un agent immobilier pour visiter une grande maison dans les environs immédiats. Enfin, elle allait pouvoir acheter la maison dont elle avait tant rêvé pendant son enfance et jusqu'à l'âge où ces désirs-là deviennent de viles envies. La maison était si belle, avec sa plaque de cuivre à l'entrée ; on disait qu'elle avait appartenu à un dentiste. Elle regardait dehors, par les fenêtres, pour voir si la réalité correspondait bien à l'image qu'elle s'en était faite. Elle regardait également dehors pour découvrir ce qui avait éveillé son attention, la scène banale qui l'avait mise en colère, à cause de celle qui la vivait en même temps qu'elle et qui aurait si souvent pu être elle, quand elle était jeune.

25

Une place minuscule dans un coin tranquille de la ville. Sur le muret, un couple est assis. La jeune fille regarde droit devant elle, fixement. Elle ne veut pas voir et encore moins croire ce qui lui arrive. Des larmes coulent lentement sur son visage, ou peut-être est-elle seulement sur le point de pleurer, car elle vient de comprendre ce que sa tendresse l'empêchait d'admettre. Elle a les mains posées sur sa jupe et tord entre ses doigts un petit mouchoir, douloureusement, rageusement, comme si elle était tombée dans un piège qui lui ravageait l'âme. C'est une jeune fille, du moins ma cousine, de loin, veut-elle s'en convaincre qui découvre pour la première fois un des pièges ordinaires de la vie, l'hymen de la vilenie, en comprenant ce qui l'attend dans les minutes qui viennent, tandis que le cuisinier du café enfournera les pommes de terre : se faire mettre dans un lit ou dans un autre, ou plutôt dans celui que le garçon aura prévu ; il a préparé son coup pendant des jours et ne va se permettre aucune improvisation.

Elle y avait souvent pensé, oh oui ! et c'était normal, elle entrait dans la vie adulte et imaginait plusieurs situations possibles avec appréhension et le rouge aux joues. Elle naviguait entre la crainte et la désinvolture, la surprise et le désir de franchir le pas. Parfois, elle y songeait avec envie mais là, maintenant, cela ne correspond pas du tout à ce qu'elle a fantasmé, elle ne devrait pas être en train d'écouter les arguments débiles d'un minable joli cœur de banlieue. Cette jeune fille, qui a rêvé pour son corps d'une extase magique et enivrante, d'un crépuscule douloureux suivi d'un feu d'artifice, voit ce rendez-vous réduit à quelques mots méprisants, du genre : « Allez, viens, fais pas la conne, tôt ou tard il faudra bien que tu y passes, » ou pire encore quand son refus fait bondir le petit macho : « Arrête ton numéro de sainte nitouche. »

La veille, ils avaient prévu d'aller prendre un café pour discuter de la chose et elle découvre tout à coup que l'amour et la vie se résument pour elle à céder sans perdre de temps, à écarter les cuisses et, si possible, à se tortiller et à faire semblant d'être en chaleur. Selon ma cousine, le regard absent de la jeune fille ne signifie pas qu'elle refuse de vivre ce moment mais qu'elle est humiliée par l'encouragement vulgaire, le tôt ou tard il faudra bien que tu y passes, tu m'entends, sainte nitouche ? Un sale moment enveloppé dans des mots prononcés tout bas pour que les passants ne s'aperçoivent pas du chantage et de la pression qu'on exerce sur elle et qui la poussent à résister aux arguments inspirés par un désir forcené, aveugle, à des insinuations grossières, à un amour dont l'hypocrisie et le mensonge ne cessent de grandir, en se murant dans un silence stupide qui équivaut à une réponse négative, inacceptable pour l'autre. Le salopard était prêt, m'a-t-elle raconté en évoquant cette scène qui lui paraissait plus épouvantable que les événements du parc Posadas, à tout mettre en œuvre pour la rabaisser en proférant les pires phrases dont un prédateur est capable, celles que l'on crache quand on comprend que pour aujourd'hui la proie est définitivement perdue.

Ce qu'Anastassia Lizavetta observe est d'une infinie tristesse, la jeune fille ne dit rien et n'a rien à dire. L'attaque qui a tué la tendresse entrevue lors des précédents rendez-vous a été si violente qu'il est inutile de prétexter qu'elle préfère attendre. Elle oscille entre l'envie et la dignité, la crainte absurde de perdre ce petit salaud aux yeux qu'elle croit couleur de miel et le sentiment que tout lui est égal. Par moments, son regard perdu dans le vide se tourne vers lui comme pour s'assurer qu'elle a bien entendu, et ma cousine m'a confirmé que oui, elle avait pu lire ces mots sur les lèvres du garçon : « Allons dans un endroit plus tranquille, tout près d'ici, c'est discret, on y sera en deux minutes et personne ne nous verra. » Ma cousine observe la jeune fille avec une tendresse solidaire, voit nettement son visage se découper dans la banalité du tableau. Pour le garçon, c'est différent, il semble se confondre avec le paysage urbain. Soudain, ce qui les entoure ne compte plus, ils semblent contrariés, ce qui va se passer n'a plus rien à voir avec cet endroit. Il se penche et son visage adopte une expression qui se veut convaincante afin de précipiter la décision, tandis qu'elle frotte ses mains agrippées à son mouchoir sur ses genoux, et qu'il parle, parle sans s'arrêter, demande où est le problème, veut briser la résistance de cette idiote qui se prend pour on ne sait qui, insiste en espérant la calmer, la convaincre qu'il n'y a rien de plus normal que ce qu'il lui demande, puis finit par abandonner sur le bord du trottoir tout vestige d'un quelconque sentiment sans même attendre de réponse. Le silence qu'elle lui oppose est éloquent, elle n'a qu'un geste à faire pour exprimer ce que ses lèvres ne peuvent prononcer. Pour mettre un point final à la scène, il lui va lui suffire de laisser tomber le petit mouchoir roulé en boule, d'enlacer ses doigts à ceux de ce moulin à paroles qui a commencé à hausser le ton, de poser sa tête sur l'épaule de ce don juan de pacotille comme si elle lui faisait confiance, en glissant son bras sous le sien, ou de se lever pour dire qu'elle accepte, qu'elle se rend à l'évidence qu'il lui faut connaître la triste vérité de la vie.

Le spectacle est triste et désolant. Anastassia Lizavetta les regarde tout en soulevant sa tasse avec la serviette en papier pour ne pas se brûler les doigts et en soufflant sur le liquide brunâtre qui a la même couleur que le poil du chien mort. Elle croit se reconnaître dans la jeune fille. Parfois, dans des situations semblables à celle qu'elle est en train d'observer après avoir tué son malheureux mari, ma cousine pleurait et partait d'un pas pressé vers nulle part, les bras croisés sur la poitrine ; tout ce qu'elle voulait, c'était s'en aller. D'autres fois, elle penchait la tête, car malgré le sempiternel baratin elle était excitée, et elle atterrissait dans des hôtels minables, des appartements prêtés, où elle se déshabillait à la hâte pour en finir le plus vite possible. Elle ne pouvait souffrir les boniments mielleux qui teintent de fausse tendresse une situation brutale, et trouvait une excuse quelconque pour se tirer au plus vite, après quoi elle cherchait à se persuader qu'il ne s'était rien passé.

Elle m'a avoué avoir éprouvé un certain dégoût au spectacle du couple sur la petite place, peut-être à cause des souvenirs qu'il avait fait naître en elle, ou de ce qu'elle venait de vivre, ou tout simplement à cause du cadre déprimant. C'était pire que de la pornographie ; c'était d'une obscénité incommensurable. Parfois, on ne peut pas prévoir, c'est le garçon qui se lève, indigné, l'air offensé et méfiant, et plante là la fille – comme c'est arrivé à ma cousine, il y a des années de cela –, réduisant à néant les promesses d'amour, le rêve d'aventure, qui tourne court sur un « Va te faire voir, pétasse, je regrette de t'avoir invitée au cinéma samedi dernier ». Quel que soit le dernier acte de la pièce, il va anéantir le mirage de paix qu'elle s'est fabriqué, ce moment pour elle seule qu'elle ne trouvait plus depuis longtemps ; elle consacrait son temps aux autres, à penser aux autres, à faire des choses pour les autres, comme si le devoir était inscrit dans les gènes à l'instar de la couleur des yeux et de la finesse des mains. Anastassia Lizavetta refusait de l'admettre. Il devait bien y avoir autre chose que la détermination sociale, il devait y avoir quelque part un territoire de liberté, un iota de hasard. Mais après ce qu'elle avait fait – événement qui lui paraissait antérieur à ses souvenirs de la petite place –, elle a cru davantage au destin. Ce qu'elle avait fait était-il écrit ? Son histoire, son tempérament avaient-ils armé son bras, un accident cérébral l'avait-il conduite à la folie, ou tout avait-il été précipité par un mouvement des galaxies ?

26

L'éventualité que l'immensité de l'univers nocturne, les forces stellaires provenant de constellations échappant au monde visible, au pouvoir fouineur des télescopes spatiaux et à l'imagination des illuminés, ou encore les déplacements dans le silence le plus absolu de corps célestes situés à des centaines d'années-lumière de la petite place pussent avoir une incidence sur le spectacle lamentable du couple, éventualité doublée d'un certain romantisme, offrait à Anastassia Lizavetta un peu de l'apaisement dont elle avait tant besoin en ce moment, la soulageait d'un poids trop grand et rejetait sur un dieu la responsabilité de ce qui s'était passé. L'explication rationnelle résidait dans les déplacements de la matière, la rotation des planètes, la courbe des nuages de Magellan, la géométrie de l'espace et les spéculations mathématiques. Tout acte aussi insignifiant qu'il soit peut trouver une explication liée à l'origine de l'univers. Anastassia Lizavetta boit son café et cherche la page de l'horoscope pour y lire le récit de ce que lui réserve la journée. Ce récit diffère en tout point du mien et apporte la preuve que les prédictions s'écrivent toujours après coup. Si les médias n'ont pas encore rendu compte du meurtre, ils devraient au moins l'annoncer de manière cryptique en publiant ces messages qu'envoie le destin tapi derrière les signes du zodiaque ; l'ombre du crime devrait se profiler sous des indices anodins qu'une clé subtile permettrait de décoder, révélant en même temps le déroulement de la journée, seule inconnue qui l'encourageait à aller de l'avant. « Gémeaux : essayez de sortir de la routine qui vous étouffe depuis ces dernières semaines, un coup de théâtre vous attend. Ce sera une journée pleine de surprises, mais attention aux petits incidents familiaux. C'est le moment de réaliser vos projets de voyage. »

C'était tout. Elle l'avait bien dit et répété : elle ne croyait pas aux horoscopes qui cherchent à satisfaire des milliers de personnes par jour, des plus incrédules qui, au-delà de leur manque de foi dans le Grand Horloger, sont conditionnés par les exigences de la mécanique universelle, à ceux qui pensent que le monde est juché sur la carapace millénaire d'une tortue gigantesque, ou qui soutiennent qu'après avoir attenté à la vie d'autrui on se réincarne dans un être situé tout en bas de l'échelle zoologique. Chaque altération imperceptible dans la configuration cosmique influence des millions d'êtres humains et seule l'ignorance peut conduire à supposer que ma cousine pouvait y échapper.

Elle affirmait, avec une lucidité de créature venue d'ailleurs, que ce n'est pas l'écriture qui fait l'horoscope, mais la lecture. Anastassia Lizavetta avait cependant l'esprit de conciliation et croyait aux caractéristiques générales des signes du zodiaque. Il devait bien y avoir quelque chose, elle l'avait elle-même constaté en se livrant à diverses expériences, sceptique au début, convaincue à la fin. Elle était, disait-elle, un parfait Gémeaux du deuxième décan, ascendant Lion. Elle croyait que les astres déterminaient les principaux traits de caractère ; quant aux avatars de la vie intime, c'était une autre affaire : elle préférait les lignes de la main, là au moins c'était irréfutable puisqu'elles sont différentes pour chaque personne, à condition bien sûr qu'on ne les dissimule pas sous un gant de caoutchouc bleu. Il y avait aussi l'impondérable folie qui la harcelait de temps à autre, cette rupture radicale du lien entre cause et effet qui redonnait voix aux astres prophètes. Une crise de folie, devrait dans quelques mois plaider son avocat devant le jury et les médias, l'acte irrationnel et non prémédité d'une femme acculée ayant des circonstances atténuantes, une véritable tragédie. Voilà ce que déclarerait l'avocat devant les caméras de télévision, avant qu'un chœur vengeur ne lui rappelle le nombre de coups de couteau.

Ma cousine m'a également dit que s'il ne tenait qu'à elle, elle avouerait qu'elle avait agi en toute conscience. Même si elle ne sait pas expliquer ce qui l'a poussée à se saisir du couteau dans l'évier et si après son acte – c'est-à-dire maintenant, dans le grand café du boulevard, pendant qu'elle regarde un couple assis sur la petite place –, au cours des premières heures après avoir quitté l'appartement, elle peut entrevoir confusément les motivations qui l'ont inspirée. Des motivations qui refont surface parce qu'elles ont très largement précédé le crime et même son mariage. Tout ce qu'elle a avancé, non pas pour sa défense mais afin d'éclaircir les choses, c'est qu'elle n'était pas consciente d'obéir à des forces incontrôlables. Elle a dit que ce jour-là même l'horoscope n'indiquait rien de précis. Puis elle a ajouté qu'en prison elle ferait tout son possible pour reconstruire les faits en cherchant la cause première de son comportement.

Elle n'était pas certaine de pouvoir mesurer toutes les conséquences de son acte – ou, autrement dit, de comprendre l'incompréhensible – pour parvenir à un repentir sincère. Son introspcction ne donnerait, dans le meilleur des cas, des résultats que dans quelques mois, après l'hiver.

Pour l'heure, elle a bien assez de soucis. En quelques minutes, l'atmosphère du café est devenue insupportable ; la musique résonne entre les quatre murs, les clients affichent leurs côtés désagréables, et ce qui ressemblait peu auparavant au mal de vivre a dégénéré. Le reste de café froid et nauséabond qui tapisse le fond de la tasse lui soulève le cœur, et le jeune couple sur la place, sorti de son champ de vision, continue de jouer sa comédie triviale. Elle se laisse guider par l'autre, celle qui la hante, paie en laissant l'appoint sur la table et sort pour héler un taxi et se rendre chez sa sœur.

« Un peu de soutien familial ne me fera pas de mal », se dit ma chère cousine une fois dans la rue, emportant avec elle le regard de la fille assise sur la petite place, abîmée dans la contemplation d'un dépotoir vide et puant qui a été son idéal sentimental.

27

Une fois dans la voiture, isolée à l'arrière, elle s'avise qu'il est désormais impossible de se déplacer confortablement en taxi, chaque trajet est devenu une torture. La vitre qui sépare le client du chauffeur pour éviter les agressions a fait du véhicule une cabine étouffante où l'on est recroquevillé, encore plus mal à l'aise que dans un ascenseur. « Ce sont les voyous et pas les planètes invisibles qui dictent les normes de conduite », songe ma cousine en donnant l'adresse au chauffeur. Le trajet est assez long et pour gagner du temps ils vont devoir passer par des rues défoncées et peu fréquentées. Dans la voiture, la radio est à plein volume et la musique identique à celle du café, ce qu'elle prend pour un mauvais présage. On se croirait à La Havane par une journée de chaleur humide des plus tropicales et, pour ajouter à son inconfort, le chauffeur la regarde avec insistance dans le rétroviseur. « Il me drague, pense-t-elle, c'est un pauvre mec capable de dépenser les pourboires gagnés peso à peso depuis cinq heures du matin, quand je n'avais pas encore tué mon mari, pour s'envoyer la première idiote venue capable de lui rendre son sourire de débile mental. »

Anastassia Lizavetta craint qu'il ne remarque l'excitation qui la gagne malgré elle, réaction involontaire mais compréhensible à la violence. Sa culotte a une fois de plus glissé entre ses fesses, elle se trouve dans la situation la moins recommandée pour la remettre en place avec naturel, coincée comme elle l'est sur le siège ; elle sent le tissu frotter son entrejambe humide. Elle aurait dû aller jusqu'au bout, ce matin, tout aurait été différent, cela l'aurait distraite de ses pensées. Pourquoi n'a-t-elle pas laissé la vaisselle pour ce soir ? Le trajet en taxi risque de tourner au cauchemar si elle ne se contrôle pas. Elle met ses lunettes de soleil, feuillette la revue qu'elle a achetée tout à l'heure et se désintéresse du reste, de la conduite du type qui rajuste toutes les quelques minutes le rétroviseur pour lui lancer des regards d'intimidation et épier ses réactions avec impudence.

Heureusement, la circulation est infernale ; les rues de son enfance n'ont pas changé sauf que des milliers de véhicules y roulent chaque jour et que le macadam est craquelé et ridé comme une vieille peau. Les conducteurs s'énervent, y compris les dragueurs comme celui sur lequel elle est tombée. Il faut être prudent, les carrefours sont dangereux, ce n'est pas le moment d'avoir un accident en grillant un feu rouge, de percuter un autobus ou d'écraser un chien comme sur le boulevard pas plus tard que tout à l'heure. Circuler dans Montevideo est devenu impossible, des centaines de voitures stationnent dans les petites rues, la ville est un abominable parking à ciel ouvert et le clinquant du progrès grignote mètre par mètre le territoire de son enfance. Fini, les raccourcis, il faut passer par des rues qui se ressemblent toutes, la traversée de la ville est un véritable parcours du combattant, la distance la plus courte entre deux points a disparu.

Elle a le temps de lire un article sur les vedettes de la télévision et de se distraire un peu avant d'arriver chez sa sœur. Débarquer sans crier gare n'est peut-être pas la meilleure des idées, mais après tout elle n'a pas d'explication à donner, à moins qu'elle ne décide de tout déballer devant elle, quand elles seront seules. L'idée qu'elle est venue lui dire adieu, en quelque sorte, et qu'elle ne remettra sans doute pas les pieds dans le quartier de son enfance avant des années la réconforte. Se débarrasser de toute cette saleté n'a pas été une mince affaire. Au temps où elle était jeune et jolie, elle préférait finir la nuit dans de petits hôtels du centre-ville plutôt que de rentrer dormir dans la chambre qu'elle partageait avec sa sœur. Fuir l'odeur de croupi qui imprégnait les murs et collait aux vêtements, l'impression qu'elle ne s'en débarrasserait jamais, la déconvenue que signifiait chaque retour car, pour une raison ou pour une autre, ses tentatives de fuite échouaient les unes après les autres. Ce n'était pas faute d'avoir essayé ; elle cherchait périodiquement de nouveaux emplois, s'inventait de fausses histoires d'amour qui l'arrachaient à cet endroit. Peines perdues : on aurait dit que des forces facétieuses jouaient à contrecarrer son désir de sortir de là, ses efforts pour y parvenir, et la ramenaient immanquablement à la chambre puante.

Elle en a pris vraiment conscience l'année de ses quatorze ans. Un soir, en rentrant chez elle accompagnée par les parents d'une camarade de classe, elle a eu comme une révélation. Son enfance somme toute normale, ses affaires, les assiettes où elle mangeait sa soupe, sa façon de se laver en se passant une éponge sous les aisselles, ou de mettre ses chaussettes à sécher sur une malheureuse corde en plastique tendue devant la fenêtre de sa chambre, la cour de la maison qui ressemblait à une fin du monde, le jardin auquel des pots de fleurs qui ne contenaient que de la terre noire donnaient un aspect apocalyptique, le bruit du vieux mixer triturant des glaçons, ses sous-vêtements encore mouillés exposés à la vue de tous lui étaient apparus comme un concentré de misère. Le contraste entre le parfum d'eau de Cologne sur son gilet et l'odeur de chou sur le fourneau ainsi que le dégoût que lui inspirait le corps décharné d'une vieille parente malade qui vivait avec elles avaient rendu sa décision de s'enfuir plus impérative encore. Dès lors, elle avait vécu chaque journée comme une condamnation. La moindre bribe de son passé lui apportait la preuve criante de ce qu'on attendait d'elle : devenir une bonne fille au caractère facile et persévérant, ce à quoi elle s'était employée depuis son plus jeune âge. Comme toutes les adolescentes, ma cousine était impatiente, et la perspective de devoir attendre encore des années – toute une vie, peut-être aussi longue que celle qu'elle avait vécue jusqu'alors – avant de pouvoir décider de son sort lui semblait inconcevable. Ce désespoir propre à la jeunesse a duré cinq ans, cinq années de dérèglement intérieur prévisible. Personne ne s'était opposé, bien au contraire, à ce qu'elle travaille comme caissière dans une boulangerie située à deux pas de la maison et gagne quelques pesos qui amélioraient le quotidien familial : raviolis au jambon de meilleure qualité le dimanche, liquide vaisselle plus doux pour les mains, gants de ménage, et surtout paiement au jour dit des factures d'eau courante et des mensualités de la mutuelle.

C'est à cette époque, quand le tablier bleu ciel saupoudré de farine lui allait si bien, que ma cousine s'est donnée corps et âme à un garçon dégourdi, défenseur gauche de l'équipe de réserve du River Plate. Elle l'attendait à la sortie du parc Saroldi, du côté de la rue du 19 Avril, et ils se récitaient des poèmes en empruntant au Jardin des plantes les sentiers qui bifurquent. Le garçon promettait et avait un avenir, on murmurait qu'il passerait bientôt en réserve de l'équipe titulaire, qu'une personne influente du Nacional venait régulièrement suivre ses progrès à l'entraînement et que dans quelques mois il foulerait la glorieuse pelouse du stade Centenario et ferait des merveilles dans son maillot tricolore. La famille voyait ses fiançailles d'un bon œil et ma cousine se moquait des critiques qu'on ne lui adressait pas en face : elle était amoureuse, elle s'intéressait aux entraînements, elle vivait au rythme du prince de la pelouse.

Mais les dieux, les siens, depuis longtemps désireux de la mettre à l'épreuve, désapprouvaient son projet d'échapper si rapidement à la chambre partagée et honnie. Peut-être préparaient-ils déjà un lointain matin à venir, dans une autre chambre, celle du parc Posadas. Il se peut aussi qu'ils ne se soient mêlés de rien, qu'il n'y ait eu là qu'une banale relation de cause à effet. Dès qu'il ôtait ses chaussures à crampons, le prince, si brillant sur le terrain, n'était qu'une tête de linotte et, au lieu de se ménager en vue des compétitions officielles, il allait jouer avec ses copains en pariant pour gagner une bonne grillade, une bombonne de vin, quatre sous qui lui permettaient d'emmener sa caissière au cinéma le vendredi en matinée, ou par simple goût immature du défi, sans se rendre compte qu'il courait à sa perte. On raconte qu'un samedi après-midi, sur un terrain boueux non loin du carrefour des rues Veracierto et Spencer, un avant-centre avait malencontreusement raté le ballon que le prince venait de récupérer en une ultime et superbe démonstration de son habileté, et lui avait brisé le tibia comme un vulgaire bout de bois. Le jeu du prince était magique, ses déplacements aériens, mais il ne portait pas, pour ces joutes entre amis, de chaussettes de protection. La fracture était multiple et comme à l'époque la médecine sportive en était encore à ses balbutiements, il avait été impossible de remettre toutes les esquilles en place. La chute avait été définitive, et l'inconsolable caissière qui avait fait don de sa virginité à un avenir plein de promesses s'était vue, comme on dit, obligée de modifier ses plans.

L'échec fortuit et la tragédie du prince, associés à la caisse enregistreuse de la boulangerie, ont eu raison de la pleine jeunesse de ma cousine : elle avait déjà le sentiment que la vie n'est qu'un leurre, et elle s'est mise à mentir en toute connaissance de cause. Être pauvre, me disait-elle, c'est tirer un trait sur ses illusions, sur ce que l'avenir peut apporter. Il lui suffisait de voir ses camarades de lycée mariées et mères de famille à dix-sept ans, ses amies dévorées par des passions fallacieuses, éphémères désireuses d'en finir au plus vite. La plupart d'entre elles n'avaient même pas un travail pour les rassurer. À cinq heures du matin, elles abandonnaient leur gaieté devant les panneaux publicitaires des arrêts d'autobus pour aller faire le siège des usines textiles. S'épiler les jambes, à quoi bon ? Avoir des varices éclatées comme des mères de famille, quelle importance ? Faire des études, avec quels moyens ? Elles passaient des heures à échanger des cancans sur les conquêtes de leur chanteur préféré et regardaient pâlir les posters des acteurs qui avaient fait battre leur cœur de jeunes filles. Il ne faut pas se leurrer : on n'a aucune chance quand on vient d'un milieu défavorisé ; cette formule illustre ce qu'est la pauvreté. Anastassia Lizavetta était une jeune fille abattue et flétrie avant l'âge. Chaque nouvel ami (elle écartait les sportifs après sa triste expérience avec le prince et jetait son dévolu sur des étudiants ou des garçons dont le père était un commerçant prospère) était pour elle un moyen d'échapper à une misère de plus en plus oppressante, de moins en moins tolérable. Tout ce qui comptait, c'était son obsession de quitter le domicile familial ; pour l'amour, on verrait bien. Il viendrait plus tard, avec le temps et l'habitude de la vie à deux.

Si j'évoque ces épisodes, c'est pour montrer que le début de la vie de femme de ma chère cousine n'a rien eu d'exceptionnel, de monstrueux, et pour tenter d'élucider, en recourant même à la psychanalyse dite sauvage, le mystère que la science canonique que j'exerce ne m'a pas permis d'éclaircir. Pour le moment, seul ce récit peut le faire. Nulle trace, du moins en surface, d'un traumatisme infantile en lequel on pourrait voir l'origine de son geste. Nulle trace apparente de violence familiale, aucune institution publique ne l'a privée de son enfance, elle n'a pas grandi dans un environnement particulièrement agressif. L'itinéraire de ma cousine est somme toute tellement banal que je me demande si ce n'est pas en cette banalité qu'il faut chercher la principale raison de son acte. Toutefois, s'il fallait mettre en avant un épisode significatif susceptible de conduire à une conclusion rassurante, je choisirais le jour de ses quatorze ans, quand pour la première fois l'odeur de la misère l'a prise à la gorge pour ne plus la lâcher pendant cinq longues années de désenchantement, dont la plus grande désillusion est sa romance avec le prince déchu des stades, comme elle me l'a confié un soir où je suis resté dormir chez elle, alors que nous ne pouvions trouver le sommeil. Mais ce serait absurde. Si tous ceux qui dans leur jeunesse ont connu l'humiliation décidaient de s'en venger ainsi à la trentaine, toutes les prisons du monde n'y suffiraient pas. Le meurtre doit avoir une explication moins évidente, si explication il y a, car vouloir en découvrir une à tout prix ne relève peut-être que de mon acharnement à empêcher le crime de ma cousine de revenir tourmenter ceux qui l'aiment, comme si elle m'avait laissé ce devoir à accomplir pour lui permettre de se déclarer innocente.

Les cinq années dont je viens de parler, ponctuées de tentatives de rébellion, sans doute vaines, contre tout ce que représentait la chambre qu'elle partageait avec sa sœur, ont fini par la revêtir d'une couche de rancœur dont il devenait très difficile de se débarrasser, sauf au prix de sa vie. Après sa liaison avec le prince du football, ses amours n'ont plus été que des tentatives de fuite, jusqu'au jour où cette stratégie s'est épuisée : elle a trouvé un travail qui lui a plu ; lors d'un voyage à Buenos Aires, elle a découvert un autre monde de l'autre côté du fleuve, connu le premier orgasme affranchi de toute censure intérieure et les insoupçonnables possibilités d'un plaisir dont elle se croyait exclue. La découverte de ses dons pour la danse lui a donné de l'assurance dans sa vie sociale de jeune fille et le plaisir d'attendre les fins de semaine. Tant de projets excitants, tant de parfums nouveaux, tant de lumières psychédéliques ! Le spectre de la misère, relégué à l'état de cauchemar du passé, revenait pourtant de temps en temps pour lui souffler à l'oreille ses exigences.

28

Anastassia Lizavetta n'est pas montée dans le taxi pour aller demander conseil à sa sœur, ni pour lui faire une visite d'adieu avant que n'éclate le scandale de l'incompréhension, encore moins pour solliciter son pardon à l'avance parce que ses voisins vont la montrer du doigt au cours des prochaines semaines. Non, elle est montée dans le taxi pour aller à la rencontre de ses souvenirs et se préparer aux épreuves qui l'attendent. En voyant sa sœur, elle va sans doute pouvoir satisfaire son désir de faire revivre quelques moments de complicité, et retrouver l'odeur de leur chambre, qu'elle a chassée en s'inondant d'arômes délicats, d'innombrables eaux de Cologne, de senteurs exotiques, de fragrances habillées de flacons de contrebande alambiqués, d'eaux de toilette de contrefaçon, d'essences précieuses rapportées d'Espagne et débouchées en chemin par des amis et, ces derniers temps, de parfums français. Elle savait que sa sœur était encore imprégnée de cette odeur de croupi, à laquelle s'étaient superposées celles des couches sales de ses neveux, des ragoûts cuisinés dans une pièce sans fenêtre ni ventilation, de son beau-frère quand il rentrait du travail, de la glycérine des savons bon marché.

Cette odeur que sa sœur avait gardée comme on garde un trésor de famille pourrait fournir à Anastassia, quand elle l'aurait retrouvée, une piste pour comprendre ce qui s'était passé, et lui infligerait son premier châtiment : le retour à la case départ, après avoir perdu au jeu de la vie. L'odeur de la maison de sa sœur la préparerait à celle de la prison, aigre émanation d'aisselles velues, mêlée à l'effluve indéfinissable des détenues du pavillon pénitentiaire, à celle, tenace, du chou bouilli, à l'exhalaison de la nourriture enveloppée dans du papier journal que quelqu'un finirait par lui apporter – sa sœur probablement –, aux relents pardonnables et tragiques de vieille pisse, d'ulcères mal soignés, au souffle de la vie entrant par les lucarnes ouvertes sur les rues interdites.

Le chauffeur continue de lui jeter des coups d'œil avec une insistance gênante, de chercher son regard dans le petit rétroviseur afin d'entamer le dialogue. En dépit de la circulation, ils avancent. Elle connaît par cœur le baratin à venir, les femmes seules, les maris qui travaillent trop et rentrent épuisés à la maison, les transformations de la ville, la nécessité de transports publics sécurisés à toute heure du jour et de la nuit, la vie moderne qui facilite les rencontres, le stress qui empêche de profiter de moments de détente, la carte de visite signifiant qu'il est disponible à tout moment et le tutoiement final, aussi grossier que s'il lui avait glissé une main entre les jambes.

Parmi toutes les âneries que lui débiterait le type, un lieu commun ferait sans doute mouche. Hier encore, elle lui aurait peut-être répondu, peut-être lui aurait-elle même laissé entrevoir une suite quelconque pour gagner du temps et tromper son ardent besoin de rapprochement. C'est un homme jeune et arrogant, plutôt agréable, assez soigné, qui se prend pour Travolta dans le fameux film sur le disco, et il a une vague ressemblance avec le prince du ballon rond ; mais il suffirait qu'il ouvre la bouche pour que ses propos soient ceux d'un type de plus de quarante ans, usé et vidé, installé dans la routine qu'il suivra jusqu'à la fin de ses jours et qui consiste à tenter sa chance chaque fois qu'il transporte une femme seule et désirable ; un type qui se sait enfermé dans une cage dont les barreaux ont été remplacés par une vitre de séparation et qui s'oblige à se comporter comme s'il avait vingt ans de plus. Il veut être rassis avant l'âge pour éviter de se remettre en question, essayer d'aller plus vite que le temps qui passe sur la ville, indifférent, parce que, dans le fond, il est écœuré de lui-même.

Elle connaît tout ça et peut même comprendre le chauffeur de taxi. Adolescente, Anastassia Lizavetta voulait que tout aille vite, très vite, et peut-être a-t-elle tué son mari pour arrêter sa vie sur un dernier jour, parce qu'elle vit en quelque sorte le dernier jour de sa vie, consciente qu'avant ce jour-là elle ne pouvait plus se souffrir ; pas une heure de plus. C'est arrivé quand elle a eu son fils – son fils, simple façon de parler. La présence de l'enfant a provoqué un rejet que nous, les psychanalystes, connaissons bien et sa situation était un vrai cas d'école, mais elle, en tant que mère, ne pouvait l'admettre. Je me rappelle maintenant tout ce qui lui a traversé l'esprit, au sujet de son fils : la certitude qu'à la maternité on lui avait donné l'enfant d'une autre, l'envie qu'elle avait éprouvée de le tuer, la crainte qu'à tout moment on lui détecte une maladie héréditaire incurable qui l'emporterait avant la fin de sa première année, la peur qu'il reste toute sa vie un petit animal dépendant.

29

Cela avait coïncidé et non par hasard avec l'épisode secret des bouteilles. Les statistiques le prouvent : à Montevideo, pour une femme, il est toujours difficile, mais pas impossible, de dépendre de l'alcool. Le whisky importé, qui venait d'apparaître à cette époque dans les magasins chics, était trop cher pour une jeune mère de famille modeste. Le vermouth, qui lui rappelait son enfance difficile, lui donnait envie de vomir dès le second verre, et l'eau-de-vie lui provoquait des brûlures plus dévastatrices que n'importe quelle angoisse. Il lui a fallu des semaines pour trouver la boisson idéale associant plaisir du goût et dépendance, perdre peu à peu le contrôle d'elle-même sans avoir des nausées, tomber par terre et se réveiller avec un arrière-goût dans la bouche qui lui donnait envie de recommencer, d'attraper la bouteille, de se servir un verre, certaine de contrôler la situation, puis boire directement au goulot avant de préparer un mensonge de densité et de longueur variables. Le genièvre, qu'elle appelait gin pour minimiser l'incidence de la boisson sur sa vie, est incolore, on le boit comme on boit de l'eau, c'est un alcool exotique flamand, les bouteilles de forme allongée en grès portent des inscriptions ciselées, et leur opacité empêche de vérifier la quantité bue. Tous ces éléments avaient fini par la séduire. « Une boisson de battante », disait ma cousine quand elle me téléphonait complètement ivre. Je n'ai jamais su ce qui l'avait décidée à boire ainsi. Personne ne l'a jamais su.

De longs mois de solitude ont suivi. Parmi les membres de la famille, ses amis, ses camarades de travail (elle venait d'entrer à la Caisse de crédit) nul ne s'est aperçu de son état lamentable ; elle ne pouvait se confier à personne, sauf à son fils âgé de quelques mois quand il dormait dans son berceau. Elle aurait pu continuer ainsi jusqu'à la destruction totale sans l'accident de la baignoire, dans l'ancien appartement du centre-ville, avant le déménagement au parc Posadas. En réalité, l'accident a été un vrai miracle. La lourde bouteille de grès lui a échappé des mains, est tombée par terre, s'est brisée, et Anastassia Lizavetta s'est égarée sans même s'en rendre compte dans le labyrinthe du désespoir. Pour l'alcoolique qu'elle était alors, cette bouteille devait être la dernière et, en désespoir de cause, elle s'est précipitée à terre afin d'en recoller les morceaux. Elle voulait faire vite, en finir avant que son vice ne soit découvert. Les fragments de grès lui ont lacéré les mains, les éclats pointus de terre cuite s'y sont incrustés, et comme elle les saisissait avec force pour les ramasser, ils ont pénétré profondément dans sa chair. La baignoire, où elle avait commencé à se faire couler un bain aux sels aromatiques avant de boire la première gorgée en se jurant que ce serait la seule, a bientôt débordé. Recoller les morceaux de la bouteille était une tâche impossible, délirante. Devant ses yeux, le grès marron se colorait de rouge comme par magie ; horrifiée, elle prenait le genièvre pour de l'eau mais l'eau était du sang qui coulait de ses mains changées en fontaines. Elle en a vaguement conclu qu'il y avait un rapport entre son désir de recoller les éclats de la bouteille et le sang. Lorsqu'elle m'a raconté l'accident, elle m'a précisé qu'elle était consciente de l'hémorragie, mais qu'elle ne pouvait s'arrêter de ramasser les morceaux. Une seule chose comptait : reconstituer la bouteille et éviter qu'elle ne perde son genièvre comme elle perdait son sang. « Je vais y arriver, je vais y arriver, je vais y arriver », répétait-elle, tandis que l'eau débordait, que l'enfant pleurait dans la pièce voisine et que les débris de grès s'entrechoquaient dans ses mains ensanglantées.

Les bruits étaient de plus en plus forts et la tête de ma cousine, de guerre lasse, est allée en un dernier sursaut heurter le bord de la baignoire. À partir de cette chute, tout n'a plus été qu'une question de temps : elle a perdu connaissance, et bien qu'elle ait été incapable de le dire, je pense que son évanouissement n'a duré que quelques secondes. S'il avait duré seulement deux minutes, elle serait morte noyée et vidée de son sang. Ça n'a donc été l'affaire que de quelques secondes, un intervalle suffisant pour qu'elle revienne lucide de son bref voyage et comprenne à peu près ce qui s'était passé. Quand elle a repris connaissance, l'enfant avait cessé de pleurer, la maison était silencieuse et le soleil de midi pénétrait par la fenêtre de la salle de bains. « Il n'y a rien comme une bonne frayeur pour secouer quelqu'un qui a bu quelques verres de trop », m'a-t-elle dit, en ajoutant qu'elle s'était sentie rassérénée à l'idée qu'elle avait encore quelques heures devant elle pour effacer le spectacle du désastre. Ses mains étaient en charpie, et elle ne pouvait compter que sur elle ; le bout de ses doigts tailladés la faisait atrocement souffrir et il lui fallut plusieurs heures pour faire disparaître toute trace de l'accident. À mains nues, elle épongea, rinça, balaya, sécha, cira, puis se regarda dans la glace.

« Mes mains », murmura-t-elle, une fois qu'elle eut terminé. Elle les frotta avec de la crème cicatrisante, les pansa avec des bandes découpées dans une serviette et se servit de ses dents pour faire le nœud final, donna un biberon à son fils, le posa endormi dans son lit et partit pour l'hôpital. Aux urgences, elle soutint avec conviction la thèse de l'accident. Oui, elle était tombée les mains en avant dans une cave où il y avait des bouteilles vides. Les points de suture ne furent pas nécessaires, mais il fallut extraire les fragments de grès qui s'étaient profondément incrustés dans la chair, et le risque d'infection était réel. Ses mains étaient deux amas sanguinolents qui commençaient à enfler. On lui donna des antibiotiques avec interdiction de boire de l'alcool pendant plus d'un mois, on lui assura qu'il n'y aurait aucune séquelle, et on lui prescrivit plusieurs jours d'arrêt maladie. Ses mains, qui des années plus tard saisiraient le couteau du crime, la sauvèrent de l'alcoolisme et d'un voyage sans retour vers la dépression. Elle dut les garder bandées pendant plusieurs semaines, au cours desquelles elle eut peur qu'on les lui ampute si une complication survenait à cause d'une négligence de sa part ; les pansements que l'on changeait deux fois par semaine et qui étaient comme un linceul sur une partie de son corps qu'elle aimait lui ôtèrent le désir d'échapper au présent en ouvrant des portes dont seul le genièvre avait la clé.

Ma cousine avait peur de ne plus revoir ses mains, le jour où on lui ôterait définitivement les bandages. Les soins et la cicatrisation les auraient rendues invisibles, et elles ne pourraient retrouver leurs contours que si elle mettait des gants. N'était-ce pas préférable, après tout ? Elle n'aurait plus à les voir chaque jour, elles ne lui rappelleraient plus son insatiable soif de genièvre, souvenir d'une autre qui portait son nom et avait ses empreintes digitales. Ce n'était qu'une fausse crainte, un leurre protecteur : quand elle les laverait, elle se souviendrait de ses doigts qui s'efforçaient de ramasser les éclats de grès ; elle se reverrait par terre, à plat ventre, en train de chercher à faire entrer coûte que coûte le liquide dans la bouteille partiellement reconstituée. Ma cousine n'était pas une véritable alcoolique, l'alcool était pour elle une sorte d'épreuve nécessaire à son existence. Elle voulait tenter toutes les expériences et donner un sens à tout ce qui lui arrivait, même si elle n'y parvenait pas très bien.

En se rappelant cet épisode, elle se frotte les mains, non sans une certaine angoisse que le chauffeur de taxi, plus tard, évoquera peut-être. Le paysage urbain change, elle est presque arrivée chez sa sœur. Elle le sait parce que le chauffeur évite les nids-de-poule, les ornières, les morceaux de chaussée où l'asphalte a disparu, comme résigné à ce que ce quartier ne change jamais, à ce que les rouleaux compresseurs n'existent que dans l'imagination des riverains. Il est même impensable que ces rues aient un jour été asphaltées. Puis elle reconnaît l'odeur propre à ce quartier de Montevideo, mélange d'émanations dérivées de la vie moderne rejetées par les cheminées des petites fabriques environnantes – charcuteries industrielles jouxtant les abattoirs, tanneries dont les tuyauteries vomissent des impuretés qui retombent sur les habitants résignés des pâtés de maison proches, petites entreprises où l'on traite le tournesol pour en extraire de l'huile, où l'on chauffe le caoutchouc pour fabriquer des pneus de bicyclette et des bouillottes. Dans le voisinage, disait ma cousine, il y a toujours ce ruisseau dont les eaux vert-de-gris courent le long de caniveaux à ciel ouvert et exposent à la vue de tous les déjections les plus intimes, les déchets domestiques du progrès qu'elles emportent. Un chien lèche des immondices, des chats faméliques fouillent les poubelles, des chevaux maltraités paissent l'herbe contaminée, des chèvres qui n'ont plus rien à se mettre sous la dent bêlent, et des poules chient tout en picotant du crottin ou des déchets de déchets qu'elles transforment en œufs rachitiques.

Montevideo s'est miraculeusement bâti au gré d'occasions plus ou moins favorables, puis un beau jour son extension a semblé s'arrêter. La ville s'est d'abord étonnée de cet engourdissement, et depuis lors n'a plus cessé de décliner. Un déclin irréversible qu'on ne remarque pas dans les traces de son passé mais dans ce que les ombres du présent cachent de l'avenir et que l'on devine pour peu que l'on prête attention à ce qui nous entoure.

Anastassia Lizavetta préfère ne pas voir à quoi ressemble ce quartier de la ville, elle le connaît par cœur, elle ne peut empêcher son odeur d'entrer par la fenêtre du taxi et de l'emporter sur celle de son déodorant d'importation, sur son eau de Cologne allemande et les après-shampoings du coiffeur. L'odeur l'emporte même sur le parfum d'ambiance du taxi, qui évoque une cargaison de vanille avariée. Il y a quelque temps, cette zone était encore un quartier populaire ; maintenant, c'est autre chose, le début d'une déchéance et d'un abandon collectifs, un stade intermédiaire et indéfini qui ne constitue pas à proprement parler un bidonville. Là où vit sa sœur commence la décadence ou la normalité. Montevideo est un malade couvert de plaies et de pustules, un grand corps coupé en deux par le mur de la misère, où cohabitent deux réalités.

Le caractère obsédant de cette pensée la fait sourire ; il en va toujours ainsi, quand elle est forcée d'aller dans un quartier comme celui-ci ; toutefois, aujourd'hui, ces idées la tourmentent moins, parce que ce qui l'attend est encore plus préoccupant : elle va chez sa sœur pour se souvenir, pour essayer de comprendre pourquoi elle a tué, et peut-être aussi pour se consoler en se disant qu'elle a eu au moins la chance d'avoir tout ce qu'elle vient d'anéantir il y a à peine quelques heures. À mesure que le taxi pénètre plus avant dans le quartier, les odeurs deviennent plus lourdes et investissent presque complètement le véhicule qui, pour tout arranger, semble bien avoir des problèmes de carburateur. On dirait bien que l'autoflagellation de la folie a alors cédé place à une certaine lucidité, comme si la puanteur ambiante pouvait rédimer les crimes les plus atroces, et le sien en particulier. La pauvreté qu'elle voit croître tout autour d'elle lui montre que tous ceux qui ont fait son éducation, y compris les religieuses, l'ont trompée. Plus question de tout déballer à sa pauvre sœur. Il va falloir changer de discours, parler d'un voyage imaginaire aux chutes d'Iguazu ou au Grand Canyon, des potins de son travail, par exemple l'amourette d'une rousse du marketing avec le patron, un homme marié, commenter les aventures des vedettes de la télé qui, en fin de compte, font aussi partie de la famille. Oui, pourquoi pas ? Tout à coup, la perspective d'aller voir sa sœur est un plaisir.

30

Anastassia Lizavetta se dit qu'il ne faut pas que le chauffeur sache exactement où elle se rend. Il sera drôlement surpris quand on le convoquera au commissariat pour lui demander où il est allé aujourd'hui et plus particulièrement s'il est venu par ici. Le type, qui la regarde avec insistance – il la dévore des yeux, comme on dit –, jouera les distraits, dira qu'il se souvient vaguement d'elle (il fait tellement de courses, dans une journée, et avec ces vitres de séparation qu'on a installées, les contacts sont pour ainsi dire réduits à néant), parce qu'il a trouvé curieux qu'une femme si bien habillée se rende dans un quartier pauvre et populaire.

Quand le taxi s'arrête en bordure du trottoir, un vieux chien se met à aboyer devant les roues, hargneux, prêt à mordre celui ou celle qui se prépare à descendre. Ma cousine plie un billet, le glisse dans le petit casier sous la vitre de séparation comme on glisse un billet dans le tronc d'une église, et dit « Gardez la monnaie ». Elle sort sans laisser au chauffeur le temps de répondre et part dans la direction opposée à celle du véhicule, pour qu'il ne puisse pas la suivre. Le chauffeur démarre, aussi enragé que s'il venait d'attraper une contravention pour avoir grillé un feu rouge. Anastassia Lizavetta n'est pas dans un bon jour pour dialoguer avec les automobilistes. « J'espère, se dit-elle, que l'officier de police qui m'emmènera ce soir à la préfecture sera un peu plus aimable. »

Elle fait un tour dans le quartier, le temps de reprendre ses esprits perturbés par les événements récents, et se dirige vers la boulangerie pour acheter des petits-fours. Elle ne veut pas arriver chez sa sœur les mains vides et au passage la boutique lui renverra une image nostalgique de son adolescence. C'est vrai, ses vêtements sont trop chics pour le quartier, mais elle parviendra peut-être à se fondre en lui à la manière d'un caméléon, à moins que le milieu ne la pousse à des changements qui la dévêtent, la dénudent. Deux posters décorent les murs de la boulangerie. L'un montre le fameux pont de Brooklyn, et Anastassia éprouve un sentiment de déjà-vu ; ce petit tour de passe-passe de l'esprit lui permet d'oublier l'oppression du présent et d'activer ses défenses ; il lui faut mettre entre parenthèses et écarter les scènes vécues quelques heures auparavant. En sortant, elle invente une histoire parfaite pour justifier sa visite. Mieux encore : elle revoit son voyage de New York à Montevideo et son travail là-bas, dans un magasin de chaussures de sport. Sa vie ici n'existe plus, le crime lui est sorti de la tête et les souvenirs d'invention affluent : un type avec qui elle est sortie pendant quelque temps, la longue lettre d'une amie, un film à la cinémathèque par une après-midi pluvieuse et qu'elle a oublié l'ont décidée à acheter un billet pour New York en classe économique avec l'idée fixe d'arriver en fredonnant à Kennedy Airport.

Elle a fermé les yeux, son imagination et son désir que tout ce soit passé autrement font le reste. En deux minutes ma cousine s'invente une vie au nord du continent, elle se concentre pour évoquer le voyage de la semaine dernière sur United Airlines et décide qu'elle est revenue en vacances à Montevideo, où elle n'a pas remis les pieds depuis plus de trois ans, depuis sa dernière visite à sa sœur. Elle sait quel comportement adopter, comment être la voyageuse qui revient de loin avec des tas de choses à raconter sur une ville de rêve, non sans réserves et objectivité, cependant ; elle vient pour faire des démarches, acheter quelque chose, investir dans l'immobilier, parce qu'elle n'a aucune intention de mourir à New York. Elle vient voir, se renseigner, retrouver des souvenirs et des paysages, des odeurs peut-être, mais bon il ne faut pas exagérer. À New York City elle pourrait se perdre avec plaisir, mais pas ici, pas dans ce quartier misérable. Elle pense à tout cela, à l'exotisme, à la fuite en avant, au bien-être américain, tout en laissant son instinct et surtout son odorat la guider jusqu'à la maison de sa sœur. Elle y est, elle a quelques secondes encore pour se repentir de son initiative, faire demi-tour et s'en aller pour toujours, mais elle n'est pas prête à affronter son passé immédiat, la terrible matinée pourrait la détruire, il vaut mieux aller de l'avant et s'enfoncer dans le mensonge. C'est incroyable… à son âge, elle s'en fait encore pour des lieux communs tels que mensonge et passé. Le hasard décide à sa place, quelqu'un se blottit contre elle.

« Ah Tatie, tu es là, on t'attendait. »

31

Que l'on puisse l'attendre est incroyable, mais le geste de l'enfant la tranquillise. Plus besoin d'inventer des excuses pour n'être pas venue depuis si longtemps, plus besoin de raconter ce qui s'est passé ce matin, même si ce n'était qu'un mauvais rêve. On l'attendait, elle a tout simplement oublié quand elle était convenue d'un rendez-vous avec sa sœur. Elle se dit qu'en fouillant dans son sac elle trouvera la carte de l'hôtel où elle est descendue ou l'adresse du studio meublé loué par fax dans le quartier de Pocitos pour se sentir plus libre pendant son séjour parmi les siens.

Avec une sœur, on peut rester des années sans s'appeler, sans s'envoyer une seule carte postale ; l'indifférence fraternelle s'efface vite, les vieilles rancunes nourries dans toutes les familles s'oublient plus vite encore et quelques minutes de conversation suffisent pour recouvrer la complicité et les plus vifs souvenirs communs qui ne peuvent tomber dans l'oubli, pour reconnaître les différences de caractère connues depuis toujours. La femme qui vient de l'embrasser est-elle vraiment sa sœur ? Si elles ont les mêmes parents, pourquoi la traiter comme si elle était une inconnue ? Pourquoi a-t-elle eu l'idée saugrenue de venir la voir aujourd'hui, précisément aujourd'hui ? Quel sentiment exceptionnel justifie un tel déplacement ? Je pencherais pour la peur, peut-être aussi le besoin de se délester du passé, sans doute tout un ensemble de conventions sociales. Mais c'est bien elle qui a voulu cette visite, qui a prévu de raconter le crime de ce matin une fois passé le moment émouvant des retrouvailles, elle qui a décidé qu'elle ne lui demanderait aucun soutien et s'en irait aussi vite que possible pour ne pas la compromettre. Anastassia Lizavetta voulait se confier, même sans entrer dans des détails scabreux. Raconter c'était confirmer son acte, c'était la meilleure façon de commencer à comprendre les raisons inavouables de son crime qui semblaient lui échapper à mesure que les minutes passaient ; c'était établir la première version de ce qu'il lui faudrait répéter des centaines de fois devant des centaines de gens, en essayant de ne pas se contredire. Elle allait devoir trouver les mots pour décrire avec exactitude l'acte inconcevable aux yeux d'autrui, mais qui, pour elle, donnait sens à sa vie. Pourtant, ce qui devait être une libération resta coincé au fond de sa gorge et de son cerveau.

Jamais elle n'est allée à New York, mais dans la salle de séjour elle parle depuis une heure de sa maison de banlieue, des musées, des théâtres, des prodigieux appareils électroménagers, des jardins, des ponts ; elle récite le monologue d'une actrice qui passe une audition à Broadway. Tandis que l'enfant regarde la télévision, sa sœur l'écoute avec une admiration discrète et compréhensible, un peu d'envie mêlée à des sentiments plus avouables et une distance croissante. Elle a préparé un apéritif, plein de petites choses délicieuses, sûrement moins bonnes que celles qu'on sert là-bas, mais elle l'a fait avec amour, comme si elle avait passé toutes ces dernières années à l'attendre. La sœur aînée a gardé les habitudes de la famille comme on garde un trésor et cette curieuse fidélité à l'aura de la déchéance familiale a fait d'elle la légitime propriétaire des verres à sangria, ceux de leur enfance, couleur bordeaux avec des incrustations dorées, les verres des morts que les deux sœurs réunies lèvent pour porter un toast à la famille qui n'est plus.

Soudain, Anastassia est sur le point de revenir sur sa décision et de tout lui raconter, mais cela romprait l'illusion de cette réunion de famille, aussi fragile que les verres qu'elles ont en main. Sa sœur aime les histoires qui se passent dans les pays lointains, non qu'elle veuille y aller, non qu'elle ait envie de poser des questions, elle aime simplement les écouter, comme toujours. Anastassia Lizavetta s'inspire des feuilletons télévisés, sa sœur les connaît sans doute, mais elle fait comme si de rien n'était, pour entrer dans son jeu, sans chercher à savoir pourquoi Anastassia a finalement accepté de venir la voir alors qu'elle s'était éloignée d'elle, ces derniers temps. Et Anastassia s'inspire de scènes de films, de photos publiées dans les suppléments dominicaux des journaux, de publicités de voyages à la télévision, elle brode sur les heures merveilleuses passées à découvrir la ville qu'elle mêle avec brio à ses rêves de Londres.

Elle m'a dit plus tard n'avoir eu aucune difficulté à broder ainsi parce que de fait nous sommes tous allés à New York. Quand on se rend dans la grande ville américaine on va voir ce que l'on connaît déjà. Tout le monde a traversé le pont de Manhattan en décapotable, tout le monde sait comment sont décorés les restaurants de Little Italy où tant de maffieux ont été mitraillés, tout le monde a mangé du riz cantonnais à Chinatown. Nous sommes tous passés en ferry devant la statue de la Liberté, prêts à monter les marches jusqu'à la flamme. Nous avons tous fait au moins une fois du jogging dans les allées de Central Park et survolé en hélicoptère les gratte-ciel quand le soleil couchant est cent fois reflété dans les vitres des Tours jumelles. Tous nous sommes montés dans un taxi jaune conduit par un chauffeur coiffé d'un turban sikh et nous avons tous poursuivi de perfides trafiquants de drogue latino-américains. Nous avons tous eu peur de nous tromper de station de métro et de descendre en plein Bronx passé minuit, et nous avons tous vu les enseignes des théâtres annonçant les dernières représentations de *Cats*. Nous avons vu des gens de toutes races et de toutes couleurs postés devant d'énormes feux aux croisements de rues portant des numéros au lieu de noms, et acheté un hot-dog dans une rue de Greenwich Village. Nous sommes tous entrés au Plaza sans nous sentir des intrus et avons pourchassé des malfaiteurs venus d'Europe de l'Est sur des docks abandonnés, nous nous sommes tous reconnus dans les figurants des films de Woody Allen sur fond de jazz des années trente. Nous avons virtuellement monté au moins une fois les marches du MoMA, joué en bourse à Wall Street une minute avant la fermeture et hurlé lorsque Michael Jordan a fait son troisième panier au match de la ligue NBA.

Anastassia Lizavetta raconte et raconte encore devant sa sœur qui fait semblant de la croire tandis qu'elle verse du vermouth dans les verres de sangria de leur enfance et s'écrie soudain : « Quelle saloperie ! » en désignant le manga japonais que son fils regarde à la télévision. Un dessin animé d'une violence inouïe avec des personnages aux traits occidentaux, un compromis entre deux mondes. Il ne se passe pas cinq secondes sans un coup mortel, sans une mutation d'homme en machine, sans une catastrophe planétaire, sans qu'un monstre surgisse des fonds marins pour détruire la Terre ou que des guerriers exercent leurs superpouvoirs pour transformer une défaite en victoire. La capacité à engendrer le mal s'inocule dès l'enfance en même temps que le goût de dessiner des jardins zen avec du sable radioactif et des pierres ensanglantées d'Okinawa. L'absence de superpouvoirs déprime les enfants pour le reste de leurs jours car dans l'univers on est Superman ou rien. « Ça va les rendre débiles », dit la sœur aînée, et Anastassia Lizavetta voudrait trouver une réplique pertinente sur l'éducation des enfants, l'irresponsabilité des chaînes de télévision, le bien-fondé d'emmener les petits de l'âge de son neveu voir des spectacles pour enfants ou de les inscrire à un atelier de musique, mais, étant donné les circonstances, le rude coup qu'a pris sa crédibilité de femme de bon sens, elle n'y parvient pas.

« Quand on était petites, poursuit sa sœur, on ne voyait pas tout ça à la télévision ; nous on était innocentes et sentimentales. Toi, à New York, tu ne regardes sûrement pas de séries télé, il y a tellement d'autres choses à voir. Mais ici, tu sais, tout a changé. Les feuilletons argentins sont vulgaires et racontent des histoires de concierges, les colombiens sont rustauds, les brésiliens ne parlent que de nouveaux riches, dans les séries mexicaines il n'est question que d'enlèvements d'enfants, et nous on se contente de regarder les histoires des autres. Moi j'aime bien les séries vénézuéliennes. Elles parlent davantage de nous, du moins de ce qu'on était. Il y a deux ans, il y en avait une, on aurait dit notre histoire, je t'assure. Jusque dans les moindres détails. Je la regardais avec une peur panique, je me disais "Ce n'est pas possible", tellement le personnage ressemblait à papa, pas physiquement mais à cause de ses réactions. Tu te souviens ? Je te dis ça à cause de ce qui s'est passé entre papa et toi. Tu ne m'en as jamais rien dit et je respecte ton silence, même si connaissant papa je peux imaginer ce qu'il y a eu. De vieilles histoires de famille à moitié oubliées. Mais le personnage était le portrait craché de papa, il avait les mêmes réactions que lui quand on l'embêtait, la même manière de gérer l'argent de la maison, même la fin était pareille. Je le regardais et on aurait dit que celui qui a fait la série avait habité chez nous ou que quelqu'un lui avait raconté toutes nos histoires, tu vois à qui j'ai tout de suite pensé. Je sais qu'il y a souvent des coïncidences, des ressemblances, mais là c'était trop. Un jour je me suis dit que je ne la regarderais plus mais ça a été plus fort que moi. Toutes les après-midi je restais plantée devant la télé. J'ai pensé, ça m'arrive parfois, que le monde moderne permet à chaque famille de garder des souvenirs sous une autre forme, comme si nos vies pouvaient être interprétées par des acteurs de Caracas, comme si on pouvait organiser des concours de vie intime, un truc du genre, envoyez-nous un résumé de l'histoire de votre famille, si notre équipe de production est intéressée et la sélectionne, vous gagnerez une semaine à Cancún tous frais payés, et chaque membre de votre famille qui deviendra un personnage pourra choisir l'interprète de son rôle parmi trois acteurs que nous vous proposerons. Réfléchissez, prenez votre temps. Votre drame, le drame d'un quartier de Montevideo, sera regardé et suivi dans ses moindres détails par les Latino-Américains du monde entier. Même à Moscou, où on adore Veronica Castro.

« Moi je trouvais ça absurde qu'on regarde l'histoire de la famille à Moscou, même si tu portes un nom russe. Mais bon, je crois aussi qu'il nous est arrivé trop de choses sans qu'on s'en rende compte. Enfin, c'est du passé.

« Je te le jure sur mes enfants, je suis sûre que tu y es pour quelque chose si la série ressemblait tellement à la réalité, à moins que tu aies trouvé que l'acteur ressemblait à papa et que tu aies voulu que ce qui est vraiment arrivé ne soit plus qu'un feuilleton.

– Je ne suis pas venue de si loin pour que tu me racontes des téléfilms vénézuéliens, dit Anastassia Lizavetta.

– Tu as raison. Maintenant que tu es là, je ne sais plus quoi dire. J'aimerais te donner de bonnes nouvelles, mais tu as sûrement vu dans quel état est le quartier. Toi qui habites si loin, tu es habituée à autre chose. »

La sœur aînée aimerait bien raconter des choses agréables, mais depuis environ cinq ans elle trouve que sa vie n'a plus aucun intérêt, au point qu'elle préférerait que la famille l'oublie. La seule chose qui l'émeut encore ne serait pas agréable à entendre ; c'est son ancien travail, quand elle s'occupait de malades en phase terminale et de vieillards qui s'accrochaient désespérément à la vie au moment de mourir.

Ce qu'elle voudrait raconter à Anastassia Lizavetta s'est passé il y a trois ans, quand l'entreprise pour laquelle elle travaillait comme comptable a fermé ses portes du jour au lendemain, la laissant sans emploi. Elle ne se sent pas frustrée d'être mère de famille, n'éprouve pas le besoin de quitter le domicile conjugal pour ne pas se sentir femme au foyer à plein temps. Elle n'a pas peur de faire la cuisine ni de laver la vaisselle, contrairement à Anastassia Lizavetta, qui l'a fait ce matin avec le résultat que l'on sait, ni de repasser, surtout les cols et les poignets de chemise. Son problème était plus simple : elle avait besoin de trois mille pesos pour boucler les fins de mois.

32

Désespérée, la sœur d'Anastassia Lizavetta s'est sentie du jour au lendemain la femme la plus malheureuse du monde et a dû chercher du travail non pour être une femme accomplie, mais pour gagner de l'argent, des sous, de quoi vivre. Peu de temps après, on lui a confié une responsabilité : veiller sur un homme hospitalisé, en fin de vie. Elle devait passer la nuit auprès du malade, qui était dans le coma et pour qui il n'y avait plus aucun espoir. On la payait bien, la famille du mourant était aisée. Chez elle, toute l'organisation domestique s'en trouvait bouleversée, mais il fallait bien se débrouiller ; on n'avait pas le choix. Dès la deuxième nuit, elle a éprouvé de la compassion pour la famille du vieillard ; elle était en quelque sorte partie prenante d'une situation désespérée. Elle désirait de tout son cœur que le pauvre homme cesse de souffrir et meure le plus vite possible, mais quand elle a reçu les premiers billets flambant neufs, ç'a été comme si la pâte à papier étouffait sa conscience morale, et elle a prié pour que le mourant reste mourant, pour qu'il dure le plus longtemps possible jusqu'à ce qu'elle obtienne un autre travail, déclaré et aussi bien sinon mieux rémunéré.

L'agonisant pouvait bien souffrir, ce que laissaient entendre les infirmières, ou même aller mieux, ce que les médecins jugeaient improbable, elle ne voulait qu'une chose : le trouver chaque soir en vie, mais dans cet état stationnaire et semi-végétatif qui le rendait totalement dépendant. Quelles énergies, alors, se mettaient en branle pour éviter le triomphe de la mort, elle l'ignorait ; quels rêves, quelles images flottaient dans le cerveau au bord de l'extinction et l'activaient, envoyant de faibles signaux, elle s'en moquait ; quels souvenirs justifiaient ce combat secret dans l'inconscient, il lui était impossible de le savoir. Pourquoi l'aurait-elle voulu ? Une nuit, la douzième peut-être, elle a entendu des râles qui l'ont tirée de sa somnolence. À l'étage, le silence était total, on ne percevait même pas le frottement des espadrilles des infirmières sur le carrelage ni le claquement des portes battantes donnant sur l'escalier. Le vieillard était secoué de spasmes, comme si la mort et son cortège arrivaient en grande pompe ou qu'une force mystérieuse tentait d'imposer sa volonté. Pendant au moins une minute elle est restée comme paralysée à la vue de ce corps d'où la vie s'en allait, puis elle a décidé qu'elle n'allait pas permettre à la mort de fouiller dans ses poches pour lui voler ce qu'elle gagnait péniblement. Elle n'a pas appelé l'infirmière de peur que celle-ci n'administre à son patient un sédatif qui le calmerait. Déterminée à lui rendre l'envie de vivre un peu plus longtemps et surtout à continuer d'être payée, elle a pris la résolution de se battre contre la mort, et même toute seule si le vieux, lui, avait décidé de lui obéir.

« Je peux le faire », se répétait-elle en regardant le corps se convulser pour une raison inconnue. Alors, se prenant soudainement pour une sainte femme résolue à exercer un mandat divin, elle a posé la main sur le visage du mourant et s'est mise à le caresser, éveillant en lui, aux portes de la maison des âmes, le souvenir de ce monde tangible et impur. Le corps du vieillard a d'abord cru que la main de la mort lui annonçait que l'heure était venue. À l'instant où les douleurs et la vie s'en allaient, où la science déclarait forfait, dans le silence nocturne de l'hôpital l'inconnaissable prenait la forme d'une main qui allait le tirer par la cheville s'il résistait ou qui prendrait la sienne s'il se décidait à emprunter le tunnel au bout duquel l'attendait l'aveuglante lumière d'un autre commencement. La mort était la sensation d'une main sur son corps, mais pourtant cette main n'exigeait pas de la suivre dans l'autre monde, elle cherchait au contraire à apaiser son dernier instant, elle lui communiquait quelque chose de profond et mystérieux. Il arrive que la mort décide de feinter et de se rendre invisible. Mais là, une lutte avait lieu dans les régions abyssales et lointaines où le corps n'a pas son mot à dire.

Cela a duré une minute qui leur a paru à tous deux interminable, parce que les spasmes étaient sans aucun doute un avertissement de la mort. Le vieillard s'est calmé, sur son visage redevenu paisible les sillons creusés par la peur du voyage sans retour ont disparu comme par enchantement, même si entre les deux yeux est demeurée une ride qui se plissait quand elle retirait sa main. « Ma main », a-t-elle dit tout bas. La main consolatrice est devenue caressante, et le corps du vieillard (elle ne l'avait jamais vu éveillé, n'avait jamais vu la couleur de ses yeux, jamais entendu sa voix et ne savait pas si les paroles qu'elle lui soufflait à l'oreille parvenaient jusqu'à lui) lui a exprimé de la reconnaissance. Comme si sa volonté à elle et son corps à lui, immobile et comateux, avaient dessiné tout au long des dernières nuits un invisible échange, un ultime pacte biologique, attisé une ultime petite flamme à la frontière de la mort. Tout à coup, elle a perçu un mouvement insolite et, soulevant le drap pour voir s'il s'était souillé, a vu l'érection. Des testicules du mourant se dressait un arc, un invraisemblable phallus, comme si le peu de sang qui circulait encore dans ses veines s'était précipité dans le sexe, répondant à un appel.

Elle s'est dirigée vers le vestibule pour s'assurer qu'il n'y avait personne dans le couloir. Le changement d'équipe n'aurait lieu que dans une heure. Elle souriait à la pensée d'avoir fait une espièglerie interdite par le règlement de l'hôpital, puis cette réaction enfantine a fait place au sentiment d'être une sorte de vestale, d'hétaïre au service de la dernière frontière. La Mort, afin de retarder sa venue, l'incitait à renier ses convictions pour quelques pièces de monnaie. Elle a hésité, a réfléchi un instant aux composantes morales et compassionnelles de ce qu'elle s'apprêtait à faire, et finalement la balance a penché du côté de l'impunité que lui accordait leur isolement. L'envie d'avoir un secret et d'être mêlée à une situation qui, parce que inavouable, exigeait le silence, l'a emporté. La tentation de faire quelque chose que personne n'aurait osé imaginer de sa part en même temps que le désir de prendre le chemin inhabituel de l'abjection, si l'on pouvait qualifier ainsi la sensation qui la gagnait, l'ont décidée. Elle a approché sa main du sexe du vieillard, l'a regardé, fascinée, mesurant ses tressaillements à l'aune de la destruction qui l'attendait dans l'autre monde, l'a touché, caressé, guettant quelque réaction sur d'autres parties du corps, la bouche sans lèvres, les paupières diaphanes, les membres, mais seul le sexe répondait. Elle a fermé les yeux pour tenter d'endiguer ce que la scène pouvait avoir d'indécent et de désagréable, mais ce que tenait sa main sèche était bel et bien un sexe d'homme. Elle a humecté ses doigts avec un peu de crème et a renouvelé le va-et-vient, dans une intention qu'elle ne parvenait pas à préciser. Elle voulait le faire en toute conscience, attentive à la réponse et indifférente aux possibles conséquences ; mieux encore, elle avait l'impression d'être une bonne samaritaine libertine pénétrée d'une charité toute singulière. Elle avait peur que quelqu'un vienne et la surprenne mais il était trop tard pour arrêter, alors elle a remonté le drap sur la partie inférieure du corps, a approché une chaise du lit, s'est assise, a posé à côté d'elle une revue et évité de regarder directement ce qui allait se produire. Pendant un moment, elle a cherché la bonne cadence, attentive aux réactions, veillant à l'intensité et au rythme. Au bout de quelques minutes elle a senti la venue de l'improbable, les soubresauts, et un liquide tiède et visqueux a coulé sur la paume de sa main et entre ses doigts ; elle a voulu empêcher les giclées de tacher le lit, mais elles se succédaient comme si l'artère fémorale avait éclaté. Ensuite, elle a soulevé le drap, et a lavé le vieillard avec soin, comme s'il faisait partie de sa famille, tout en guettant un signe qui n'est pas venu. Le jour se levait, les moniteurs indiquaient que le patient avait survécu à une autre nuit d'hiver, les infirmières du matin sont arrivées et personne n'a jamais imaginé ce qui s'était passé dans la chambre jaune et moins encore au plus profond et au plus secret du patient.

Le diagnostic restait inchangé : état stationnaire, mais il y avait une très légère amélioration de l'activité cérébrale qu'il ne fallait pas négliger. Pendant la journée entière, elle est restée sur des charbons ardents, attendant un appel de la famille qui allait l'informer, entre deux insultes, que le vieillard était mort et qu'ils avaient tout découvert. Mais rien de tel ne s'est passé. Le lendemain soir, l'érection est revenue et l'intervention s'est renouvelée. Elle savait que dans leur pacte tacite il y avait des variantes qu'il était préférable d'oublier, mais quand elles avaient lieu, des objets apparaissaient sur la table de chevet. Des bagues anciennes, des colliers de perles authentiques, des pinces et des barrettes à cheveux en brillants, de la bijouterie fantaisie mais haut de gamme, une ou deux broches dessinées par des joailliers et jadis portées par des femmes élégantes le jour de la fête nationale. Elle n'a jamais su d'où venaient ces bijoux qui apparaissaient mystérieusement sur la table de nuit de la chambre de l'hôpital ; c'était comme si quelque chose ou quelqu'un les apportait de très loin et les posait là, profitant de ses moments d'inattention, opération indéniable qu'il lui était interdit de contempler.

Le manège a duré deux semaines et aucun membre de la famille n'y a fait allusion, aucune infirmière ne s'est inquiétée de savoir si l'on n'aurait pas trouvé une bague oubliée, aucun proche des malades de l'étage ne s'est plaint d'avoir été volé, et quand elle demandait au vieillard si c'était lui qui posait là ces bijoux, il ne réagissait pas. Elle a démissionné quand une des filles du patient, une femme avec qui elle s'entendait très bien, lui a raconté qu'un jour, quand son père n'était pas encore malade, on avait vidé la boîte à bijoux de sa mère : « Je ne sais plus pour quelle raison nous avons ouvert le coffret et nous nous sommes aperçus qu'il était vide. Il y a si longtemps de ça, je ne sais pas pourquoi je vous en parle. Peut-être parce que je sens que cette fois, c'est une question d'heures. Désolée. »

La fille du mourant, indignée mais confiante, lui avait décrit les bijoux volés, et sa description correspondait parfaitement à tout ce que la sœur aînée d'Anastassia Lizavetta avait trouvé sur la table de nuit, parfois sur l'oreiller, parfois sur la tablette de la salle de bains et même dans son sac à main. Si elle avait raconté ce qui s'était passé entre son père et elle au cours des dernières semaines, on l'aurait probablement dénoncée et elle aurait fini en prison. Au cours de sa lente agonie, comme preuve de sa gratitude, le vieil homme s'était débrouillé pour lui offrir les bijoux de sa femme, qu'il avait lui-même dérobés aux héritiers afin de pouvoir troquer ces souvenirs contre un peu de bonheur au moment de partir pour l'enfer tant redouté. En se défaisant de ce qui lui restait de plus cher en faveur de cette inconnue audacieuse et intuitive, perturbée et dans le besoin, il payait nuit après nuit une caresse qui retardait son départ et ses retrouvailles avec son épouse bien-aimée, même si chaque bijou qui passait aux mains de l'inconnue le rapprochait un peu plus des flammes éternelles.

Après avoir appris l'histoire de la disparition des bijoux, elle a attendu deux jours avant d'annoncer qu'elle ne pouvait plus assurer ses gardes nocturnes parce qu'elle avait trouvé un travail qui lui permettait d'en finir avec le chômage. La fille du mourant a exprimé sa compréhension et ses regrets, et lui a demandé de veiller sur son père une dernière nuit, le temps d'engager une remplaçante. Cette nuit-là, la sœur aînée d'Anastassia Lizavetta s'est autorisée quelques excès, et sur la table de chevet est apparue une pièce d'or mexicaine. Quelques jours plus tard, elle a appris que l'homme était mort dans d'horribles convulsions que ces dernières semaines de calme ne laissaient pas prévoir, avec des douleurs qu'aucun calmant n'avait pu apaiser, même en triplant les doses, comme s'il avait enduré avant l'heure les châtiments qu'il méritait dans l'au-delà.

Voilà ce qu'elle aurait voulu raconter à Anastassia Lizavetta, afin de se libérer d'un souvenir qui la poursuit depuis des années. Mais elle se dit que sa sœur, qui arrive toujours à l'improviste, ne manquerait pas de lui faire la morale. En revanche, elle lui aurait caché qu'elle avait voulu faire la même chose avec d'autres patients mais que le miracle ne s'était plus reproduit.

33

Les deux sœurs sont face à face, l'une écoutant l'autre, mais cette fois sans rien se dire de leur vie intime et personnelle. En deux heures, ni l'une ni l'autre n'ont osé aborder les vraies questions alors qu'elles l'avaient désiré et qu'elles ont le sentiment pénible qu'une telle occasion ne se représentera pas avant des années. Tout à coup, à la télévision, José Luis Rodriguez, El Puma, se met à chanter la ritournelle d'un feuilleton. Anastassia Lizavetta éprouve soudain le désir irrépressible de s'enfuir. Tout plutôt que de demeurer ici une heure de plus à regarder toutes les trente secondes les verres à sangria, à renifler les mauvaises odeurs d'autrefois qui pourraient bien lui rappeler qu'elle n'a jamais mis les pieds à New York. La perspective du cachot lui semble plus agréable, au moins elle y sera seule. Il faut qu'elle parte, maintenant, sans attendre. Finalement c'est une chance de constater qu'elles n'ont rien à se dire et que quelque chose s'est à jamais brisé. Si elle reprenait tout de suite son travail au magasin de chaussures de sport new-yorkais, cette visite appartiendrait à un passé révolu. Elle s'aperçoit que sa sœur aînée est lasse et a perdu l'occasion de lui faire des confidences sur sa vie, mais qu'au fond elle s'en moque, parce qu'elle n'a pas envie d'évoquer ses années passées à tirer le diable par la queue et que son intérêt teinté d'admiration et de fraternelle jalousie pour la vie à New York est feint.

La sœur aînée regarde la pendule accrochée au mur. Dans sept minutes son feuilleton favori va commencer et Anastassia Lizavetta – c'est à peine si elle a goûté aux bonnes choses préparées à son intention – reste collée à sa chaise sans arrêter de parler et l'empêche de regarder l'épisode du jour, qui promet des révélations décisives sur le passé de l'héroïne. C'est plus fort qu'elle, les tribulations de Perla Zulema sont pour elle plus importantes que tout ce que peut raconter sa grande voyageuse de sœur ; la sœur aînée est une femme simple qui veut retourner à sa vie de tous les jours, sans hypermarchés où l'on trouve de tout, même du maté venu d'Argentine, sans boucles d'autoroute surélevées, sans rotondes gigantesques. Elle veut se débarrasser une bonne fois pour toutes de la prétendue vraie vie de là-bas. New York est plus supportable dans les séries télévisées que dans ce qu'elle en entend et qui est quelque peu forcé.

« Il sera là dans trois minutes », dit la sœur aînée en consultant sa montre-bracelet, lançant ainsi le compte à rebours.

L'une a dit tout bas qu'il se faisait tard, qu'elle devait partir et qu'on se raconterait le reste la prochaine fois. L'autre a commandé un taxi par téléphone sans que nul ne le remarque, parce que la partie de la conversation entre la décision de s'en aller et l'arrivée imminente du taxi s'est perdue, si elle a jamais eu lieu, et j'en imagine difficilement la teneur, importante mais pas trop, compte tenu des faits.

Ma chère cousine doit continuer de faire semblant pendant quelques minutes encore. Ce devrait être supportable, le taxi ne va pas tarder, peut-être est-il déjà dehors à l'attendre. Les adieux sont rapides, on s'appelle, on ira dîner au restaurant un soir avant mon départ. Dans la tête d'Anastassia Lizavetta, les pensées se bousculent. Tu vas avoir une drôle de surprise demain matin quand tu allumeras ta télé. Oseras-tu venir me voir à la prison pour femmes ? Le taxi est-il là ? Le chauffeur est-il celui qui me regardait dans le rétroviseur ? Si je venais vraiment de New York, où demanderais-je au taxi de m'emmener ? Au bord de la mer. Si elle avait vécu à l'étranger, elle aurait aimé aller à Punta del Este voir ce que devient l'urbanisation de San Rafael, reconnaître les lieux où elle a jadis passé des vacances heureuses.

Il faudrait au moins paraître avoir envie d'y aller, comme quand la vie était douce et folle et aussi légère que les nuages, quand elle avait pour la première fois fumé de l'herbe et fait l'amour avec son petit ami et une inséparable copine. Grâce à sa petite sœur, elle y avait passé un été plein d'expériences nouvelles qui l'avaient pour un temps transportée loin des mauvaises odeurs ; mais elle savait que les vacances finies elle retournerait à la vie familiale, et c'était insupportable. Ce qu'elle aimait, c'était se promener le soir vêtue d'un short au ras des fesses moulant son entrejambe, motivée par une pulsion érotique profonde qui, cet été-là, lui semblait parfaitement naturelle. Elle aimait cette tenue qui lui imposait une nouvelle démarche, elle aimait s'approcher des terrasses des cafés et voir les mâles – jeunots boutonneux, serveurs, vieux beaux flanqués de vieilles peaux maquillées à outrance, fils à papa si choyés qu'ils en semblaient efféminés – mater sa chatte en la regardant passer tandis qu'elle faisait mine de chercher quelqu'un ; il est vrai que depuis sa prime jeunesse ma chère cousine avait un mont de Vénus rebondi, et elle me disait que les hommes, après l'avoir zieutée, la regardaient droit dans les yeux pour mesurer l'intensité et la lubricité de son regard derrière ses lunettes de soleil. Ils s'attendaient à ce qu'il corresponde à cette chatte couleur lilas suggérée par le short en lycra inséré entre les grandes lèvres et en contact avec la touffe soyeuse de ma chère et sensuelle petite cousine.

Pendant qu'elle attend le taxi, ce souvenir de ses désirs lui semble bien lointain, il est le legs intime et secret d'un été défunt, quand elle avait entre vingt et vingt-cinq ans. Elle pourrait retrouver l'année pour établir la succession exacte des épisodes évoqués, mais elle préfère laisser ce souvenir radieux flotter au-dessus de cette période, entre l'apprentissage et le commencement de la vie. Pendant cinq ans elle avait voulu vivre intensément car elle avait l'intuition qu'il n'y avait pas d'échappatoire et que la vie la rattraperait un jour ou l'autre. Elle se souvient surtout de cet été-là, entre Noël et la fin mars, de l'appartement au quatrième ou au dixième étage, entre les deux, entre trois et huit heures du matin, entre Lucio et Marcelo, à moins que ce ne soit entre Andrea et Maria José, du short en lycra collant à l'entrejambe, de l'avenue Gorlero entre le coucher du soleil et minuit, entre l'hôtel Palace et le casino Nogaró, à l'entrée de la péninsule de rêve de Punta del Este. Un souvenir entre deux vies, aussi lointain que son passé d'étrangère dans une banlieue new-yorkaise, mais l'un et l'autre plus proches, au moment de partir de chez sa sœur, que ce qui a eu lieu ce matin dans la tour L du parc Posadas. Les promenades délibérément aguichantes sur la grande avenue de Punta del Este lui semblent plus vraies et plus tangibles que ce qui a eu lieu chez elle au lever du jour. La capacité de sélection de la mémoire est incroyable. Elle se souvient de l'expression vulgaire de sa copine, elle se souvient de ce qu'aurait pu être l'amour secret de sa vie, et qu'elle était passée à côté sans même s'en rendre compte.

Des cinq années dorées, elle a surtout retenu cet été-là. Elle aurait pu choisir la voie que le destin avait assignée à sa petite sœur, il y avait un régime très strict pour ne pas prendre un gramme, une façon très tahitienne de nouer son paréo, un tube de Lionel Richie qu'elle écoutait toute la sainte journée, l'obligation de choisir la plage à la mode pour prendre des bains de soleil, autant de rites délicieux que ma bien-aimée cousine aurait voulu conserver toute la vie car ils recelaient l'idée même du bonheur et de l'harmonie, autant de rites intenses car associés inconsciemment au short lilas qui glissait entre les lèvres rebondies de sa vulve et attirait scandaleusement les regards. La forme rebondie de son sexe devenait le centre du monde et elle le centre de l'univers. C'est bon d'être le centre du monde au moins une fois dans sa vie, m'a-t-elle confié un jour avec une sincérité désarmante et une certaine difficulté à trouver ses mots. Ce qu'elle avait vécu cet été-là recelait quelque chose d'irréel qui jamais ne pourrait se reproduire. Elle était venue là presque par hasard, l'appartement était prêté, le petit ami un transfuge dans la bande et le short lilas de ces fins d'après-midi à jamais gravées dans sa mémoire, quand elle se promenait de terrasse de café en terrasse de café et mettait toute la communauté masculine en émoi, appartenait à son amie ; elles riaient, bras dessus bras dessous, suscitant l'équivoque, et son amie lui murmurait à l'oreille

« S'ils savaient que je te l'ai broutée toute l'après-midi ». Rien n'était à elle, on lui avait tout prêté, même l'inoubliable, avec une prodigalité qui l'avait chargée d'une dette dont elle ne pouvait s'acquitter. Ma cousine avait commencé à payer à la fin de l'été, aux premières pluies de mars, comme le chante Antônio Carlos Jobim. C'était comme si ces vacances n'avaient jamais existé, pas plus que son voyage et sa vie dans la banlieue new-yorkaise, ou que le couteau embusqué dans l'évier ce matin et ce qui s'était ensuivi. Mais ma cousine refusait d'aller s'en assurer en retournant à la tour L du parc Posadas.

Le neveu qui l'a accueillie à son arrivée ne vient pas lui dire au revoir car un bandit intergalactique lance au même moment une attaque mortelle contre l'hyperpouvoir des Terminators avec la ferme intention de supprimer le super-héros japonais au visage infantile auquel il est si facile de s'identifier. La sœur aînée lui donne un rapide baiser et, sans même attendre que le taxi démarre, rentre chez elle et referme rapidement la porte pour ne pas manquer le début du feuilleton. Sur une terrasse panoramique du quartier résidentiel de Caracas se joue le bonheur d'une pauvre jeune fille appelée Perla Zulema, élue il y a deux ans seconde dauphine de Miss Venezuela. Tandis que sur l'écran défile un résumé de l'épisode précédent, Anastassia Lizavetta décide de se faire conduire à la gare routière des Trois Croix. A-t-elle rendez-vous avec son destin ? Ne manquez pas le prochain chapitre de ce roman passionnant, que vous pouvez suivre grâce aux généreux subsides de notre sponsor, raille ma cousine, qui n'est pas dupe, en s'installant dans la voiture.

34

« Gare routière des Trois Croix, s'il vous plaît », dit Anastassia Lizavetta au chauffeur qui démarre sans lui répondre, pas même par un hochement de tête. Il ne cherche pas à lancer la conversation, comme son prédécesseur, mais à rejoindre au plus vite une grande artère pour se sentir en lieu sûr. Le chauffeur est du genre silencieux, et comme elle vient d'où nous savons, c'est ce qui pouvait lui arriver de mieux ; elle a le sentiment, compréhensible, qu'elle regarde pour la dernière fois ces rues inoubliables. L'épicerie est une ruine, la boucherie délabrée et son enseigne (représentant un veau gracieux et souriant) décolorée, la station-service est abandonnée et son Pégase lumineux a été détruit à coups de pierres. « Je ne remettrai plus jamais les pieds ici », se dit-elle, gagnée par la tristesse des convictions. Elle se détache d'une histoire qui aurait pu être la sienne si n'avaient pas existé ces cinq années d'expériences enivrantes, si elle s'était installée dans un quartier semblable à celui de son enfance et avait connu un sort identique à celui de Perla Zulema, sœur putative qui se serait enfuie à Maracaibo.

Elle songe un instant à demander au chauffeur de changer d'itinéraire et de se diriger vers le parc Posadas, mais il est trop tard pour crever les nuages de l'inertie installés au-dessus d'elle. Elle avait toujours gardé le cap, mais ce matin ses mains ont brisé la ligne droite de sa vie, elles ont ouvert la brèche où défilent, comme les rushes d'un film avant le montage, des scènes isolées de son passé, et si elle voit le travelling où elle arpente la terrasse d'un café de Punta del Este vêtue d'un short lilas, c'est parce que l'horreur, tel un acide, a dissous toute continuité. À moins que ce ne soit moi qui veuille me souvenir d'elle dans toute sa splendeur de cet été-là, moi l'égoïste qui refuse de la savoir en route pour les Trois Croix, en proie à des préoccupations immédiates et triviales. Elle ne regrette rien, nul ne regrette ce qu'il n'a pas fait. En guise de consolation, bien maigre il faut le reconnaître, il y a l'excuse du rêve, la possibilité d'un homicide fantasmé, d'une mystification des sens, et même l'hypothèse récurrente et déjà évoquée de la folie. Hypothèse séduisante, explication toute trouvée, mais insatisfaisante car sciemment éloignée de la vérité.

Il y a longtemps qu'elle n'a pas regardé ses mains. Quand elle le fait, assise sur le siège arrière du taxi, il lui semble impossible qu'elles aient mis fin à la vie de son mari. Ce ne sont pas les mains d'une femme heureuse ; sa sœur aînée a une vie de merde mais au moins elle l'accepte avec une résignation tout à son honneur, et quant à la benjamine, elle a organisé sa vie comme elle le souhaitait. Un doute l'assaille : ses mains sont-elles bien ses mains ou appartiennent-elles au rêve, au désir d'un bonheur médiocre qui a volé en éclats ? Quels avaient été les rêves de ma bien-aimée cousine ? Qu'aurait-elle voulu être ? Je ne l'ai jamais vraiment su. Elle a gardé ce secret pour elle, de même qu'est restée secrète sa recherche désespérée de n'être qu'une seule et même personne. Voulait-elle vivre dans une grande maison de Punta Carretas avec des domestiques ? Être une guérillera sans cesse exposée au danger ? Faire du théâtre et briller dans une pièce de Sartre ? Être une artiste de renom et exposer ses toiles à la galerie Aramayo ? Peut-être aspirait-elle à être une femme mystérieuse et énigmatique qui aurait récité des poèmes de Federico Garcia Lorca sous un pseudonyme gitan, ou écrit un roman à la première personne dont elle serait le protagoniste ? Rien de tout cela sans doute, ses rêves devaient être plus simples et ses mains ont démontré l'impossibilité d'abolir la distance entre rêve et réalité. Sa vie n'a été que l'échec de la tentative de concilier les histoires de trois sœurs, plus complémentaires qu'elles ne l'avaient supposé.

Anastassia Lizavetta détourne les yeux du paysage désolé qui la renvoie à son passé – cheminées éteintes des usines de brique, craquelures de l'asphalte pareilles à de longs serpents, immeubles coopératifs inachevés et gens qui marchent tête basse dans des rues se croisant toutes à angle droit et ne menant nulle part. Avant c'était autre chose, mais aujourd'hui, après tant d'années passées à New York, il lui est impossible de se reconnaître dans la démarche faussement sémillante des jeunes filles qui se dirigent vers l'arrêt du 105 pour se rendre au centre-ville dans un autobus bondé où le silence est écrasant.

Il y a dans le taxi une odeur de fruit gâté due à un désinfectant bon marché. Pour se distraire, Anastassia Lizavetta détaille la décoration à l'avant de la voiture : une tête de mort en plastique dont les yeux s'allument à chaque coup de frein, un peu sur la droite un saint Georges, un chat dont la tête montée sur ressort salue les passants, une image très réaliste de saint Christophe avec en lettres dorées l'inscription « Roule doucement, tes enfants t'attendent ». L'habitacle est entièrement recouvert, indiquant une peur panique du vide. Divers objets accrochés ou collés le tapissent : des décalcomanies à la gloire d'avants-centres célèbres, la photo mythique du Che, une carte postale des cataractes d'Iguazú sur laquelle l'eau donne l'impression de couler. Le chauffeur demeure impavide et silencieux, peu surpris que sa passagère soit perdue devant cet étalage qui tient de l'autel, au milieu duquel trône une image du Christ auréolé de rayons lumineux, version comédie musicale des années soixante, auquel on a dû faire un shampoing beaucoup plus volumateur que celui versé sur la tête de ma cousine au salon de coiffure, un Jésus tel qu'on le voit dans les nouvelles églises évangélistes. À côté, un Mickey et d'autres objets encore, des médaillons d'Elvis à son apogée, une vieille photo de Juan Manuel Serrat (mais peut-être, tout à fait égarée, y met-elle un peu de ses rêves) et le compteur qui semble tout droit sorti d'un casino décrépit de Las Vegas. Le chauffeur, qui pourrait se fondre dans le décor, semble être un homme tranquille ; peut-être vient-il de commencer sa journée. Il écoute une émission de radio à laquelle les auditeurs participent, et les allusions graveleuses ne manquent pas. Dans la décoration de l'habitacle un détail échappe à la passagère, le début d'une inscription : Uruguay champion du…, mais elle ne parvient pas à lire le reste, et suppose qu'il s'agit d'un sport d'équipe ; enfin, on est toujours champion de quelque chose et ça remonte le moral.

35

Elle m'a raconté que pendant ce trajet en taxi vers les Trois Croix, sa confusion mentale était telle qu'elle s'était forgé un alibi de science-fiction et se sentait prête à jurer qu'elle avait été enlevée par un ovni. Ainsi, elle ne pouvait être responsable de la mort de son mari, puisque la nuit qui avait précédé le crime elle se trouvait très loin du parc Posadas. Les faits s'étaient déroulés de la manière suivante :

Elle était rentrée du travail vers dix-neuf heures trente, comme tous les jours, fatiguée mais contente de retrouver sa maison. Un accident de la route (les autorités compétentes pourraient le vérifier) l'avait empêchée de descendre à l'arrêt habituel. La police avait dévié la circulation et elle était descendue un peu plus loin. Pour rejoindre les premières tours du parc Posadas, il lui avait fallu traverser un immense terrain vague, non loin de la rivière Miguelete et tout près de l'impasse Lautréamont et de la place Gabino Ezeiza. L'hiver dernier, plusieurs agressions avaient eu lieu à cet endroit. Vols de sacs à main, violences gratuites, ouvrières et femmes âgées malmenées. Ma cousine n'était guère rassurée de devoir traverser cette zone toute seule, mais elle n'avait pas le choix. Sans pouvoir s'ôter de la tête les incidents passés et la chronique des faits divers toujours outrancière du marchand de fromage, au marché, elle s'était engagée sur le terrain vague pompeusement appelé espace vert en espérant croiser un voisin en train de promener son chien ou quelque autre personne dont la présence la rassurerait. Quand ils avaient emménagé c'était encore une friche, et personne ne comprenait pourquoi on n'y avait pas établi un terrain de jeu, un jardin public, une place. Pour le fromager gauchiste, il y avait des problèmes de succession et un litige familial, comme dans la célèbre série *Dallas*.

Quelle n'avait pas été sa surprise quand, au lieu de l'agression d'un rôdeur qui, avec la lâcheté de tous les malfrats, aurait profité de sa faiblesse et de l'obscurité propice pour assouvir ses instincts les plus bas, une lumière étrange, qui ne provenait d'aucune source identifiable mais ne semblait pas pour autant insolite en ce lieu et à cette heure, était descendue sur elle. Cette lumière aveuglante, qui n'était due ni à une hallucination ni à une explosion, se dirigeait vers elle avec des intentions pour le moins insondables. Anastassia Lizavetta avait cherché du regard un endroit où trouver refuge, mais elle avait très vite compris que toute attitude défensive serait inutile ; elle essayait de s'enfuir et de se mettre à l'abri, mais la lumière possédait des propriétés hypnotiques telles qu'elles paralysaient tous ses sens pourtant en alerte. Elle était décidée à se rendre, comme elle me l'a dit, mais elle savait que l'étrange agresseur attendait d'elle une certaine résistance, pour le plaisir de la traquer. Alors, elle s'était évanouie. Ce qui s'est passé pendant son évanouissement, elle l'ignore ; il s'agit probablement d'un trou de mémoire comme ceux qui suivent parfois les ivresses profondes. C'est très certainement pendant cette perte de conscience que les faits horribles qui lui sont reprochés se sont produits. Elle ne peut parler que de ce dont elle se souvient, après son réveil. « S'il vous plaît, baissez cette lumière qui me brûle les yeux. »

Quand elle revient à elle, elle est allongée, nue, sur une surface lisse de cristal de roche très pur qui communique de la chaleur à son corps. Elle ne peut remuer. Tout effort se révèle inutile : elle est rivée à un artefact suspendu dans une position qui laisse supposer qu'elle va subir ou vient de subir un examen médical. Quoi que lui aient fait ou aient l'intention de lui faire ses ravisseurs, elle sait aussitôt que c'est son appareil génital qui les intéresse. Elle a sans aucun doute été kidnappée et amenée très loin du lieu de son enlèvement. À cette heure, sur Terre, on doit la considérer comme disparue. Cependant, la pièce où elle se trouve lui rappelle quelque chose, et la forme non humaine du premier être qui s'approche d'elle le lui confirme. Dans sa jeunesse, elle a lu d'innombrables romans de science-fiction, et elle m'a un jour raconté l'histoire d'un enlèvement dans l'espace. Elle est à présent certaine de connaître le même sort. La créature qui s'approche d'elle est le résultat d'effets spéciaux particulièrement réussis mais, comme dans les romans qu'elle a lus, il est dépourvu de volonté propre. Il est évident que des extraterrestres la séquestrent et la question qui lui vient à l'esprit est : pourquoi moi ? Elle se sent prise de panique à l'idée d'avoir quitté la Terre sans laisser aucun message. Si, après avoir procédé à leurs expériences sur elle, ils la renvoient à Montevideo à demi amnésique, personne ne la croira. La raison pour laquelle ils l'ont choisie est due au hasard, qui intervient si souvent sans que personne ne se doute qu'il est une constante essentielle de l'univers.

Ma cousine essaie ensuite, me dit-elle, de mobiliser cette zone de la conscience qui s'active quand on s'efforce de se réveiller après avoir pris un puissant somnifère. Elle fait l'expérience la plus dévastatrice de sa vie, veut en même temps ne rien en perdre et l'oublier, persuadée que dans l'avenir elle lui vaudra des cauchemars nés de l'ignorance, réveillera la douleur, le dégoût. Immobilisée sur le cristal, elle peut cependant tourner la tête et voir, sur le côté, un écran où ses pensées défilent, retranscrites en plusieurs langues reconnaissables, comme des messages envoyés par de vieux télétypes. Quelle honte, songe-t-elle. À présent je dois penser et en même temps ne pas penser à ce qui me menace. Chanter, voilà ce que je vais faire, chanter. « Marlborough s'en va-t-en guerre, mironton mironton mirontaine », me dit-elle en riant. C'est la seule chanson qui lui est venue à l'esprit en ce moment de désespoir car elle lui rappelait l'Angleterre. Chanter et ne pas penser. « Chanter et ne pas penser » apparaît sur l'écran que ma cousine est autorisée à regarder. De plus en plus de créatures s'agglutinent autour de ce qui s'apparente de plus de plus à une table d'opération, où elle est comme ligotée, et ils sont tels que nous imaginons qu'ils seront le jour où finalement nous les rencontrerons. Ils déchiffrent son passé et il est clair qu'elle leur sert de cobaye. L'un d'entre eux approche tout à coup de son visage un appareil semblable à un parapluie qui projette un gaz glacé. Tout d'abord, Anastassia Lizavetta est comme étourdie puis peu à peu elle comprend : le gaz est l'haleine de son père, un lointain soir d'été.

Son père était ivre mais elle ne pouvait le comprendre, comment savoir que son haleine sentait le vin rouge ou le gin ou l'eau-de-vie ? Elle ne l'avait compris que beaucoup plus tard. Et maintenant, oui, elle se souvient, elle se souvient que ses seins ont commencé à pousser cet été-là, justement, et que son père, la conscience désinhibée par le vin, la pelote. Il lui a laissé en guise de cadeau ce souvenir, pour qu'elle le garde enfoui toute sa vie, avec l'ordre implicite d'user de la boisson pour l'oublier. Alors, cherchant le salut dans l'effacement, elle a nié la réalité et interprété cet abus comme une expérience pratiquée sur son corps où se produisent les changements de la puberté, et elle a imaginé une créature venue de l'espace semblable à son père et un habitacle qui n'était pas sa maison. Elle en a conclu, avec le temps, qu'une fois de plus son père s'était comporté comme un lâche.

Avec le temps elle a fini par considérer cette scène comme vraie. Elle aurait encore préféré un comportement quotidien violent et abusif qui aurait conduit, cette nuit-là, à un viol ; un traumatisme franc accompagné du classique secret de famille, de regards entendus et de l'excuse de l'alcool. La mère qui refuse de reconnaître la répétition d'un acte toléré, l'audace accrue des mains soir après soir, le premier viol, la prise de possession, l'inceste installé dans la mémoire. Preuve d'amour primitive, syndrome de maladie masculine, traumatisme qu'une thérapie sérieuse aide à assumer : il existe sur ce type d'agression une abondante bibliographie facilement consultable, dont un cas relaté par les cliniciens viennois et résumé dans maints articles de divulgation. C'est une blessure lourde à porter, mais dont on peut parler sur les ondes, dans une de ces émissions où l'on se confie, pour se sentir mieux. Avec un peu de chance une thérapie aide à évacuer le viol culpabilisant et anthropologique, le silence de la famille, la complicité maternelle. On peut même le raconter un matin à son mari, qui d'abord aura envie de battre son beau-père jusqu'à ce que mort s'ensuive, puis acceptera la part d'ombre de sa femme pour finir par l'aimer furieusement. On peut aller jusqu'à faire un livre de cette histoire et, pourquoi pas, recueillir l'éloge des critiques.

Disons qu'il est possible, à la longue, de tirer parti d'un tel acte de violence, de lui attribuer une fonction dans l'ensemble des fantasmes et des sentiments contradictoires. Mais que peut-on faire d'un souvenir imprécis comme celui légué par ce père qui a une nuit, une seule et unique nuit, corrompu l'enfance et la puberté de ma cousine, qui lui a gâché la vie sans qu'il y ait eu passage à l'acte, pour paraphraser les magazines ; du souvenir d'un père qui lui a léché le ventre d'une langue rendue pâteuse par la tournée des bistrots, a caressé d'une main lascive sa petite fente encore imberbe sous la culotte en coton imprimée de chatons, et l'a fouie d'un doigt, curieux de savoir si sa tendre enfant mouillait de plaisir involontaire, de ces minutes indécises ? On ne peut rien faire. C'est comme une vomissure qui reste coincée dans la gorge, un haut-le-cœur puant la vinasse. Elle aurait pardonné à son père de l'avoir violée si celui-ci s'était au moins cherché des excuses : la chaleur accablante et humide de l'été, la boisson qui l'avait empêché de savoir ce qu'il faisait. Mais cette haleine qui lui avait laissé sa virginité en la traitant comme la première venue avait été la cause principale de la haine qu'elle avait nourrie envers lui. La haine qu'elle nourrissait envers son père trouvait son origine dans cette haleine que ses sens et son esprit liaient indissolublement à sa virginité souillée et à une humiliation cuisante. Était-ce à cela que sa sœur aînée avait fait allusion en disant « je te dis ça à cause de ce qui s'est passé entre papa et toi » ?

Eux (les extraterrestres chargés de prouver qu'elle n'avait pas pu poignarder son mari) l'ont en tout cas deviné avec une précision stupéfiante ; ils semblent vouloir étudier les réactions de sa sexualité refoulée en l'amenant à revivre les émotions de cette nuit-là, dont elle n'avait jamais parlé à personne, pas même à moi qui pensais connaître tous ses secrets, émotions maintenant masquées par cette histoire, qu'elle voudrait crédible en dépit de son caractère rocambolesque. Elle ne saurait affirmer qu'ils l'ont soumise. Un extraterrestre se couche sur elle, adoptant la position du missionnaire, et se transforme sous le regard terrifié de ma cousine en une gélatine qui a la couleur, l'odeur et la texture du sperme ; cette matière mi-liquide mi-solide épouse la forme de son pubis, se glisse sans violence dans son vagin, l'inonde littéralement, comme si elle ensemençait en elle la scène de ce matin. Elle ferme les yeux et éprouve une sensation inconnue qui, elle le sait, ne se renouvellera plus jamais (sauf si elle reste dans ce monde étranger), ou que seule une sensation plus forte pourra effacer ; commettre un meurtre gratuit, par exemple. Peut-être vont-ils la libérer, mais peut-être font-ils en sorte que son souvenir le plus profondément enfoui ait une suite. Peut-être que ce en quoi elle voit une expérience sexuelle abominable a seulement été une plongée dans la plus lointaine galerie de sa mémoire ; parce qu'elle aurait tout supporté sauf l'aigre odeur de vinasse qui sortait de la bouche de son père en cette nuit d'été, sa langue qui cherchait avec insistance le cou de sa fille, la chair de sa chair, s'abaissant jusqu'à l'abjection et lui réclamant le droit de savoir jusqu'où il pouvait aller.

À première vue, on peut supposer qu'« ils » cherchent une forme inexplorée du plaisir, qu'ils la pénètrent sans copulation et en contrôlant la situation, comme aucun homme né d'une femme ne pourrait le faire, pas même son père si, par cette nuit d'été caniculaire, il lui avait enfoncé en plus du doigt son sexe entre les cuisses, tout en tenant quelque chose dans sa main, un mouchoir sale, au cas où la gamine se serait mise à crier. Il semble qu'Anastassia arrive par la tangente à un certain équilibre entre mémoire et désir, culpabilité et sensualité, à un état qui devait la conduire à l'extase unique et absolue, incluant l'oubli complet du meurtre commis à l'aurore. Malheureusement, l'expérience dérape et à la place de cette matière qui ressemble à du sperme et la pénètre comme un amant bien pourvu et bon connaisseur de la physiologie féminine, elle sent couler en elle, verre après verre, tout l'alcool que son père a bu cette nuit-là avant d'entrer dans sa chambre pour lui souhaiter une bonne nuit et lui caresser le sexe ; non, se reprend ma cousine, lui caresser sa petite chatte de son majeur et enfouir son visage dans son cou, pour le lécher de sa langue épaissie par la piquette. C'est peut-être pour cela que l'expérience des extraterrestres a été un échec. Elle a senti un liquide monter de sa gorge ; une marée irrépressible, acide et fétide. Pliée en deux par le dégoût, c'est à peine si elle a eu le temps de pencher la tête pour soulager son estomac. La vomissure a jailli en un torrent de grumeaux d'un rouge bordeaux intense et a souillé les petits seins en bouton de cet été-là devenus les seins magnifiques de ma cousine aux aréoles dorées comme le pelage de Bambi. Elle s'est souvenue de tout quand elle s'est réveillée devant sa porte, sans savoir comment elle était arrivée là. Elle avait bel et bien perdu connaissance et vomi, c'était le premier signe de sa grossesse, associée à ce souvenir terrible.

36

Quand elle se penche pour achever son inspection du taxi, elle aperçoit une bouteille thermos pour le maté et plusieurs copies de cassettes, mais pendant le trajet vers les Trois Croix le chauffeur ne met pas de musique, il écoute le dialogue entre l'animateur radio et ses correspondants au téléphone. « Dis-moi si ton fiancé aime lécher ton petit bonbon à la fraise. Il aime bien te secouer les tresses ? Il saute surtout les étapes ? Et tu avales ses mensonges ? » demande l'animateur pour la plus grande joie des auditeurs qui saisissent au vol les saillies du génie des ondes. La caractéristique de l'émission est de ne pas laisser cinq secondes s'écouler sans un fin jeu d'esprit ; « Nous, les Uruguayens, nous caractérisons par notre humour subtil, rien à voir avec la vulgarité des magazines de Buenos Aires », dit le marchand de fromage sur le marché, et il a droit à l'approbation du mari de ma cousine. L'émission change les idées d'Anastassia Lizavetta, et l'écouter dans ces conditions est une expérience proche de l'hallucination ; elle vient de trouver un alibi qu'elle fournira à l'enquêteur pour justifier son emploi du temps de cette après-midi. Il ne faut pas oublier le mot de passe qui pourrait sauver sa tête : « Il aime bien te secouer les tresses ? » C'est, lui semble-t-il, comme un message venu d'une autre planète. Le taxi roule sur l'avenue du 8 Octobre et a dépassé le café San Antonio, à l'angle de l'avenue Propios. Vue de la voiture, la grande artère est étrange, Anastassia Lizavetta a l'impression de voyager dans un vaisseau spatial, les passants marchent d'un pas pressé, comme s'ils poursuivaient tous le même objectif, pareils à des êtres contaminés, aux survivants d'une tragédie atomique dans l'espace indéfinissable qui caractérise la ville. En quelques années ils ont perdu leur condition d'habitants sans ambitions d'un quartier tranquille et modeste accordé au rythme de la sous-consommation misérable qui s'installe quand le capitalisme en vient à exiger des pauvres les quatre sous de leur bas de laine. « Si tu ne peux pas aller au capital, le capital viendra à toi pour satisfaire tes désirs élémentaires », disait le fromager du marché, grand lecteur des articles de fond oniriques de *Brecha*.

Les devantures des magasins ne parviennent plus à contenir la vertigineuse production industrielle, les marchandises s'amoncellent à l'entrée des boutiques ou inondent les trottoirs défoncés, gênant la marche des piétons. Il est devenu impossible de faire un pas sans que survienne une impérieuse nécessité d'acheter quelque chose. La rue est un couloir flanqué de lunettes de soleil en plastique fabriquées à Saigon ou, non loin de là, de jouets en polyéthylène, de chandails multicolores tricotés dans des ateliers clandestins, de calebasses à maté fabriquées dans des matériaux divers, d'objets de pseudo-artisanat confectionnés à la chaîne, de piles de jeans de contrefaçon avec de fausses étiquettes, de kiosques à journaux remplis de toutes les productions de l'industrie éditoriale internationale : hebdomadaires d'économie destinés à aucun des lecteurs du quartier, revues pornographiques en quatre langues sous blisters noirs, mensuels consacrés aux progrès du Heavy Metal dans le monde libre ou aux jeux de mots graveleux des étoiles du téléthéâtre caribéen. Un kiosque vend des gaufres recouvertes d'une matière rose répugnante, des bonbons, des tablettes de chocolat sans cacao, des friandises de contrebande, des pralines manipulées par des doigts aux ongles en deuil. Se succèdent encore des meubles en osier vernis à la va-vite, des chaises en plastique, des réfrigérateurs Siam exposés sur le trottoir et attachés les uns aux autres par des chaînes, des meubles de salon, des tables en solde, des caisses de chiffons sales que les femmes retournent sans même savoir ce qu'elles cherchent.

La paix d'autrefois n'est qu'un lointain souvenir, l'offre perpétuelle déguise la misère, et si les pauvres n'ont pas la force d'aller jusqu'au bazar, le bazar va jusqu'aux pauvres. C'est la crise du système, et le système se reproduit grâce aux damnés de la terre. Ils en sont le dernier avatar, le système ne connaît pas de limites au sein de la condition humaine, on est en lui, on croit lutter contre lui, lui résister, mais on finit par être lui. La guerre fait rage entre les commerçants pour un emplacement dans telle ou telle rue, selon l'orientation du trottoir, pour l'estimation de la surface exacte d'un fonds de commerce ou les dimensions d'un kiosque ou encore la location de dépôts quelques centaines de mètres plus loin, les vigiles en uniforme tiennent des chiens efflanqués en laisse pour protéger le marché des pauvres de la rapine des miséreux, ceux qui viennent des bidonvilles les plus proches de l'avenue. Les gens se déshabillent entre des tubes de métal derrière des rideaux de plastique sale pour essayer des pantalons en tissu rugueux, des culottes ou des soutiens-gorge de fin de séries. Sur le trottoir, en sens contraire du taxi, passe un groupe d'individus qui jouent du tambour sur un rythme monotone et mendient quelques pesos pour boire un verre de vin à la fin de leur parcours, dans un des derniers cafés du quartier de la Curva de Maroñas. Là où il y avait un cinéma, on annonce un départ imminent pour l'authentique royaume de Dieu, là où se trouvait une librairie universitaire on solde des livres, tout à trois pesos. De temps en temps, on peut voir les restes carbonisés d'un ancien magasin de meubles et des vitrines éventrées, signes que l'effort humain pour lutter contre le temps est éphémère.

« C'est notre Cinquième Avenue, songe-t-elle ; à New York, les quartiers pauvres doivent ressembler à ça. » Après tout, on n'est pas si mal au parc Posadas. Il y a des années qu'elle ne s'intéresse plus à cette partie de la ville, comme si elle vivait réellement à l'étranger. C'est devenu une habitude, et son étonnement est d'autant plus surprenant que son métier consistait à octroyer des crédits pour tout : un four à micro-ondes, deux paires de chaussures, des lunettes pour corriger une forte myopie héréditaire, des robes de mariées d'occasion, des excursions à Blumenau en autocar climatisé pour la fin de semaine ou huit jours dans une station thermale de la côte en demi-pension, vingt litres de peinture acrylique, un kit de couteaux coréens vanté à la télévision. L'âme de cette partie de la ville a battu en retraite, un pan entier de ce qui a un jour été Montevideo a déguerpi sans éveiller aucune solidarité. Où a pu passer ce spectre ? En commémoration de la mort de ce secteur, quelqu'un d'assez puissant pour évangéliser le paysage avait fait ériger une immense croix au centre de la ville, mât dénudé d'une cité partie sur la mer de l'histoire à la rencontre de son naufrage. Tout à coup, l'éclat du soleil sur une esplanade, de nouvelles voies d'accès et des rampes entre des murs de brique l'aveugle. Le type freine, sort de son silence pour lui demander trente pesos, quelqu'un ouvre la porte. Un homme tenant à la main une Samsonite veut monter et s'impatiente parce que Anastassia Lizavetta tarde à réunir les billets.

Ce doit être le vermouth qu'elle a bu chez sa sœur aînée qui l'a étourdie, elle n'a pas l'habitude de boire de l'alcool à cette heure de la journée, et elle n'a presque rien mangé, comme chaque fois qu'elle est invitée. Pourtant, l'effort physique de ce matin, son vagabondage à l'aveugle, sa mémoire immédiate pilonnant sans relâche une partie indéfinissable de son cerveau, l'énergie déployée pour mentir, sans compter tout ce qu'elle a vu, comme si le crime de ce matin lui avait ouvert les yeux sur un monde apportant des nouvelles de l'enfer, tout cela lui a donné faim. À l'intérieur du grand hangar appelé Shopping, le centre commercial n'a pas changé et il y règne un ordre apparent.

Les claires-voies de couleur verte du Shopping des Trois Croix laissent filtrer la lumière comme dans les maisons anciennes, et les annonces aguichantes qui tiennent lieu de décoration lui rappellent, comme une provocation, que c'est bientôt jour de fête. La fête des pères, peut-être, ou celle des grands-mères, ou la journée des femmes, ou celle des secrétaires, ou des médecins, ou des beaux-frères, des belles-sœurs, des qui sait quoi encore. Il faut acheter, acheter comme si on était à Noël mais que les guirlandes étaient différentes ; si tout le jaune promotionnel virait au rouge, on serait peut-être en fin d'année. En fait, c'est une fête hépatique, jaune et maladive qui pousse à l'indisposition, comme ce matin. Ma cousine se souvient que c'est la saison idéale pour acheter des sous-vêtements. Elle passe devant un magasin de lingerie, une boutique bien approvisionnée, et s'arrête pour regarder la devanture, sans pouvoir s'empêcher de penser que le moment est mal choisi. Là où elle va passer les prochaines années, des tangas affriolants ne pourraient être que de la provocation, même si elle suppose que l'assassinat de son mari avec un couteau de cuisine inspirera un certain respect aux autres détenues. Les prisonnières sont-elles en uniforme ? Lui donnera-t-on une tenue rayée avec un numéro qui peut se lire dans les deux sens imprimé sur le devant ?

La gare routière se trouve dans le centre commercial et c'est sa dernière chance de pouvoir s'enfuir à Punta del Este, comme elle l'avait décidé juste avant que Perla Zulema ne fasse son apparition sur l'écran de télévision. Dans un haut-parleur, une voix annonce le départ du prochain autocar dans dix minutes ; si elle se décide – il y a encore des places et personne n'attend aux guichets –, dans moins de deux heures elle sera face à la mer et regardera les vagues. Debout sur la pointe rocheuse qui sépare la Playa Mansa de la Playa Brava, à l'endroit même du partage des eaux, point imaginaire où finit le Río de la Plata et commence l'océan, elle pourrait contempler une dernière fois cette frontière marine. Ligne de démarcation entre le passé et un avenir incertain, frontière où l'on passe sans transition du calme à l'inconnu. Se décider ne coûte pas grand-chose, le guichet est à quelques mètres de l'endroit où elle est assise. Mais Anastassia Lizavetta préfère observer les alentours plutôt que de prendre une décision ; on dirait que cet autocar l'attend depuis l'aube. Elle jette un coup d'œil impatient aux chiffres rouges de l'horloge à quartz et aux aiguilles qui tournent, elle entend l'employé crier le départ imminent du véhicule dans lequel elle pourrait encore monter, et lui la considère en se disant qu'elle a la tête ailleurs, si elle a toute sa tête. Elle savoure ces instants de tension non sans une certaine anxiété, contemple les effusions des gens qui se séparent dans le hall et la course des retardataires. Les mêmes scènes se répètent toutes les quelques minutes, à mesure que les autocars abandonnent les quais et se dirigent vers les différentes sorties de la ville et les routes qui mènent en province.

Plus que trois minutes avant l'heure de départ prévue, et la fenêtre du guichet se ferme avec un claquement sonore. Plus que deux minutes et le fonctionnaire regarde autour de lui avec insistance, puis ferme la porte qui mène aux quais. Plus qu'une minute et on entend le moteur commencer à tourner, puis l'autocar stationné quai n° 1, celui qui devait l'emmener voir, à l'extrémité du Río de la Plata, la vague écumante du commencement de l'Atlantique, s'en va, ponctuel.

37

Anastassia Lizavetta pourrait continuer à jouer les distraites, mais elle sent un regard torve se poser sur elle. Un rayon fouisseur l'a choisie, la caresse sans sa permission, se fixe sur son cou, cherche ses seins sous le chemisier, parcourt lentement ses jambes, de la pointe des chaussures à l'ourlet de sa jupe et même un peu plus haut. Elle les remonte comme pour dévoiler la boucle du porte-jarretelles, la fine douceur de la bretelle entre la bordure du nylon et la cuisse. Cela n'a rien d'étonnant. Outre ses courbes, qui pourraient attirer les regards une fois passé le moment de folie qui accompagne chaque départ de passagers, deux raisons font d'elle un point de mire séduisant : le soin avec lequel elle est habillée tranche avec les tenues ordinaires des gens qui vont et viennent dans le centre commercial, et sa blondeur n'a de toute évidence que quelques heures. À cela s'ajoute, bien entendu, le fait qu'elle est seule et ne s'en cache pas. Une femme seule est toujours attirante, il y a en elle tous les possibles, et s'il y a aussi, ici et là, quelques autres femmes non accompagnées, aucune n'est aussi joliment vêtue, ce qui, à cette heure indéfinie, peut passer pour une provocation.

Anastassia Lizavetta sent le regard la déshabiller, ce qui lui semble tout naturel. Une pointe de mauvaise conscience lui souffle qu'il s'agit peut-être d'un policier chargé de la suivre en attendant le moment opportun pour l'arrêter. Quoi de plus logique puisque ma chère cousine a tué son mari, qui plus est d'une épouvantable façon afin de rendre plausible l'hypothèse d'un fou ou d'un singe qui se serait glissé dans l'appartement une fois qu'elle serait sortie. Elle s'en expliquera le moment venu : « Aucune femme ayant assassiné son mari aussi sauvagement, à moins d'être un monstre, ne serait allée chez le coiffeur pour se faire décolorer les cheveux. » La passion sanguinaire incompréhensible associée à la froideur du comportement constituerait un paradoxe difficilement intelligible pour les enquêteurs chargés de son affaire. À moins que… c'est là que pourrait entrer en jeu le personnage de l'amant. Elle, l'épouse, a déambulé dans la ville après son crime afin de brouiller les pistes, prétendant déconcerter ses poursuivants, « allant jusqu'à changer radicalement d'aspect ». Mais l'impatience, l'excitation dues au meurtre et à ses mobiles « étaient si fortes qu'elle n'a pu résister à la tentation de rejoindre son amant l'après-midi même ». L'idée lui semble intéressante, elle est là pour retrouver son amant, l'instigateur du meurtre de son mari. Que se disent les amants après avoir tué celui qui les gênait et interférait dans leurs plans ? Comment la passion peut-elle faire oublier la culpabilité autrement que de manière tragique ? Le premier coït après un assassinat prémédité est-il plus intense que ceux qui l'ont précédé dans la clandestinité ? L'idée du meurtre est-elle implicite la première fois que les amants font l'amour ou surgit-elle aussitôt après ? Comment contrôler culpabilité et repentir, qui peuvent conduire à l'impuissance ? Ces questions sont absurdes, comme si elle avait besoin de fournir à quelqu'un ignorant les raisons de son geste un alibi, une explication psychologique, un argument qui aurait à voir avec le fauteuil de velours vert de *La Continuité des parcs*.

À partir de maintenant, tout va être simple, l'idée banale d'un amant va satisfaire la curiosité, permettre d'éviter les explications, de classer l'affaire et d'oublier les vérités profondes qui ont présidé au passage à l'acte. Sans amant, au contraire, l'éventail des possibilités va s'élargir indéfiniment. Avec un amant passionné, voire complice, le côté scabreux du crime sera escamoté. « Les amants sanguinaires » feront oublier l'histoire subsidiaire du mari mort. Après l'aveu, les coupables deviendront des personnages plus intéressants que la victime, le public établira une relation entre les détails macabres du meurtre et le fantasme d'un orgasme assimilé à un rite satanique.

Elle est curieuse de voir à quoi ressemble l'homme qui la regarde. Il n'est d'ailleurs pas le seul à la guetter. Comme lui, d'autres types sont à l'affût d'un sac à main entrouvert, de jeunes filles venues de province en vue d'un casting pour la télévision. Ils sont à la recherche d'un portefeuille sans surveillance, d'un billet de vingt pesos tombé par terre, leurs regards vont du panorama alentour à l'incompréhensible saleté de leurs ongles, ils se promènent les mains dans les poches ou arrangent le col ouvert de leur chemise, se déplacent avec lenteur, intéressés par des détails insignifiants pour le commun des mortels, passent d'un instant à l'autre de la quiétude du reptile endormi aux mouvements furtifs du fauve qui ne veut pas être vu. Il y en a de tous les âges, enfants livrés à eux-mêmes, adolescents en chaussures de sport, hommes jeunes habillés comme pour aller au bureau, vieux au bout du rouleau croyant encore pouvoir s'enfuir à toutes jambes.

L'homme qui la suit appartient au dernier groupe, celui des nostalgiques. Les autres s'efforcent d'être efficaces et productifs, de gérer leur temps et de veiller à la rentabilité sans perdre une minute. Seuls les plus âgés, de la génération des salons de thé et des boutons de manchettes, peuvent se permettre la faiblesse de contempler une belle fille et de sacrifier un travail lucratif ou la possibilité d'une arnaque pour le plaisir impromptu de la draguer ; eux seuls connaissent ces formules d'abordage qui se veulent sympathiques et sont en réalité brutales, eux seuls jouent le tout pour le tout. Ils savent que faute de pension de retraite, il ne leur reste au soir de leur vie que la persévérance et l'espoir de gagner le jackpot. Ces hommes-là draguent les femmes seules non pour les tourmenter comme autrefois, quand ils étaient jeunes, mais pour avoir l'illusion qu'ils sont encore dans la course. Ils le font pour se différencier des nouvelles bandes de prédateurs qu'ils méprisent, sans ignorer pour autant qu'ils seront infailliblement victimes de la loi du plus fort. L'homme en question dévoile ses batteries, passe du coup d'œil furtif aux regards insistants, et semble se demander si le moment de lancer une de ses vieilles manœuvres d'approche ne serait pas venu. Il regarde ma cousine, l'étudie, essaie de lire en elle, de prévenir ses réactions, d'évaluer à quel genre de femme il a affaire afin de décider de la stratégie adéquate. Il est évident que l'apparence d'Anastassia Lizavetta le déconcerte. Il tarde à s'approcher d'elle, peut-être doute-t-il des arguments à avancer, ou de lui-même. Mais ma chère cousine pense à autre chose, avec tout ce qui lui trotte dans la tête et ce qu'ont fait ses mains, elle ne semble pas disposée à souffrir une nouvelle méprise. Toutefois, elle se laisse regarder afin de ne pas paraître antipathique ou avoir l'air d'une malheureuse ou d'une pimbêche.

Ma cousine, qui ne sent plus la chaleur du regard et comprend que l'homme s'approche d'un pas décidé, réagit, se lève, prend l'escalier mécanique et monte au premier étage, là où se trouvent les boutiques chics. Elle se dit qu'il lui manque un sac de courses pour continuer de flâner dans le centre commercial des Trois Croix avec une certaine liberté. L'autocar pour Punta del Este est déjà loin, il doit être en train de traverser l'avenue Italie et elle ne sait plus quoi faire. Ses derniers désirs sont partis avec lui, elle a laissé passer l'occasion de fuir et aucun amant déséquilibré n'attend en tremblant d'émotion qu'elle lui raconte avec précision l'assassinat de son mari pendant qu'ils se déshabillent, ou lui souffle, au bord de l'orgasme, comment elle est entrée dans la chambre le couteau dans sa main gantée de bleu. Elle s'abandonne à la flânerie, consciente que c'est sans doute la dernière possibilité qui lui reste de s'acheter quelque chose, qu'elle est encore libre comme l'air et que son corps attire l'attention.

Les magazines disent (quand ses paroles ne venaient pas du cœur, c'était la formule qu'elle ne manquait pas de me servir : « les magazines disent ») que lorsqu'on se sent frustré, déprimé, il faut aller chez le coiffeur – c'est chose faite – et se passer un caprice ; pour compléter la liste des compensations rapides, c'était exactement ce qui lui manquait : un caprice. L'occasion est trop belle, la fête (des pères, des secrétaires, des femmes assassines) approche, les offres sont exceptionnelles, à des prix défiant toute concurrence. Les caprices, variés de nature, vont d'un désir d'aller chez le coiffeur à une petite folie qui coïncide avec le début des vacances, mais, pour elle, il en va maintenant autrement ; elle doit déterminer l'origine du sien sans commettre d'erreur, et compte tenu de la gravité des faits et du peu de temps qui s'est écoulé depuis, il est clair qu'il ne peut s'agir que de l'assassinat de son mari, un assassinat sans mobile apparent mais qui doit tout de même en avoir un. Un tel acte ne peut se satisfaire d'une explication superficielle car le mobile vient de loin. Peut-être faut-il le chercher dans le chaos grandissant de l'univers.

Jusqu'à un certain moment, ma bien-aimée cousine a pu établir une corrélation entre ses décisions et ses actes, mais elle a perdu depuis quelques heures le sens des corrélations et se contente d'avancer à l'aveugle. Elle ne sait plus prendre du recul en réfléchissant et se lance dans une série d'actions imprévisibles, ce qui pourrait bien mettre en évidence le rôle essentiel que peut jouer le caprice quand il n'est pas satisfait correctement. L'idée qu'avec le crime de ce matin elle a coupé tout lien avec les autres, et qu'elle est plus seule que jamais éveille en elle un égoïsme qui la renforce dans sa conviction qu'elle a cherché pendant des années pour les autres des promotions dans les magasins. Des promotions de vêtements masculins sans grand intérêt, en premier lieu pour son fils. Elle a toujours passé en dernier, quand il s'agissait de se faire plaisir, de manger, de se souvenir des anniversaires ou même de prendre rendez-vous chez le dentiste. La dernière, toujours la dernière, comme si une combinaison des normes sociales et de la génétique en avait décidé ainsi. En tout cas, que ce soit en société, en famille, au travail, grâce aux quelques minutes de sincérité pendant lesquelles ce matin à l'aube elle s'est autorisée à faire ce qu'elle voulait, elle décide qu'à partir de maintenant elle sera la première.

Le meurtre a été une façon de dire « je n'en peux plus ». Sa photo apparaîtra au journal télévisé du soir. Tous les journaux se disputeront son histoire scabreuse pour augmenter le tirage de leur deuxième édition et – qui sait ? – peut-être fera-t-elle l'objet d'un film. Quelle actrice aimerait-elle voir dans son rôle ? Elle va avoir tout le temps d'y penser. Norma Leandro, peut-être, si elle joue aussi bien qu'autrefois, quand elle est allée la voir au théâtre Stella d'Italia. C'est sans doute pourquoi elle se fait remarquer, dans la boutique où elle est entrée : elle hésite entre divers modèles, regarde avec insistance à plusieurs reprises la vendeuse, qui finit par comprendre qu'il y a là « quelque chose de bizarre ». Plutôt que de fuir et de passer inaperçue, elle laisse partout des traces visibles de son passage, comme le Petit Poucet dans la forêt, comme Thésée dans le labyrinthe jonché d'ossements humains qu'il contourne. Elle le fait pour faciliter la reconstitution des heures qui viennent de s'écouler, au cas où ce qui s'est passé aurait été un premier pas sur le chemin de la folie et que demain, enfermée dans un mutisme définitif, elle ne se souviendrait de rien si elle revenait.

La schizophrénie est la bien-aimée de la raison. Si en premier lieu un coup de folie peut servir d'explication, du moins pour l'opinion publique, et pour peu qu'on y ajoute des « signes évidents d'un processus de détérioration accéléré et irréversible de santé mentale », la tranquillité des intéressés est assurée. Crier l'écume aux lèvres sur une civière, aller grossir le chœur des folles furieuses qui ne se plaignent pas de la misère dans laquelle elles vivent parce qu'elles ne la voient même pas et que, de plus, elles méritent, pourrait être pour ma chère cousine une forme appropriée de châtiment. Quelle qu'en soit la conclusion, vu comment les choses se sont passées, dans le dossier figurera que, pendant les heures qui ont suivi l'épouvantable meurtre, la criminelle s'est rendue tranquillement, comme si elle ne mesurait pas la portée de ses actes, au Shopping des Trois Croix, et qu'elle a eu assez de présence d'esprit pour s'acheter une jupe, laquelle jupe, qui n'était qu'un caprice, un vêtement de demi-saison assorti à sa nouvelle couleur de cheveux, pourrait apporter la preuve décisive de son sang-froid, la confirmation que son esprit était alors étranger à des sentiments tels que la culpabilité, le remords, la compassion. La jupe serait un témoin à charge, qui effacerait ce qui avait été un vrai caprice pendant les heures qui avaient suivi le crime : elle avait profité d'une promotion de fête des mères ou des grands-mères.

Après tout c'est une jolie jupe, en popeline légère, droite, qu'on peut porter avec tout, une élégante jupe de couleur beige qui s'accorde avec la veste qu'elle porte en cet instant même. Ma cousine a toujours été coquette. La vendeuse lui propose un chemisier et une veste dans les mêmes tons, pour la semaine prochaine, peut-être. Il faut bien choisir, car ce sera avec cette jupe, qu'elle va payer en deux fois (sa première décision qui cherche à nier délibérément le meurtre commis au parc Posadas il y a quelques heures ou quelques nuits, en rêve), qu'elle se présentera devant le juge pour répondre de son crime. Il est vrai qu'elle ne sera pas très pratique pour monter et descendre du fourgon de police. Elle sera mal à l'aise, sur les photos prises à la sortie du tribunal on verra trop ses jambes, et les lecteurs préféreront (par une simple réaction des sens et une inclination compréhensible pour les fantasmes suscités par l'événement) les explications à connotations sexuelles, peccamineuses, qui priveront son geste de tout mystère et introduiront des mobiles vulgaires dans le séjour de son appartement.

Je pense que cet achat à la fois compulsif et contrôlé a été dicté par une raison pragmatique, que ç'a été une nouvelle manière de se faire remarquer et de s'assurer qu'elle évoluait bien dans le monde réel, ce dont elle doutait par moments. Au moment de payer, ma cousine a déclaré à la vendeuse « Vous allez dire que je suis folle » et, changeant brusquement d'avis, elle a choisi le pantalon bleu qu'elle avait essayé en premier. Décision aussi impromptue que celle de se faire teindre en blonde qu'elle a prise au supermarché, et qui a probablement contrarié la vendeuse. Mais les affaires vont si mal dans le prêt-à-porter que la jeune fille a dissimulé son agacement, répondu en souriant « Mais pas du tout, madame, bien au contraire », et a sans doute été plus irritée encore quand ma cousine lui a demandé un paquet-cadeau alors qu'il était évident que le pantalon était pour elle. Anastassia m'a dit qu'elle n'avait pas eu l'intention d'agacer la vendeuse mais de se donner un peu d'espoir, même si cela pouvait paraître absurde étant donné les circonstances ; à un moment ou à un autre de la journée elle pourrait ouvrir le paquet, faire semblant de recevoir un cadeau, le dernier de sa vie, et se changer pour porter un vêtement neuf. Ce qui m'a paru triste et significatif. Elle allait attendre avec impatience de pouvoir mettre le pantalon neuf, comme si, non contente d'avoir cédé à son caprice, elle s'était enfin fixé un but. « Elle avait un comportement bizarre, sa façon de ne pouvoir se décider m'a mise mal à l'aise. Son allure, ses hésitations, sa manière de toucher les tissus m'ont d'abord paru très féminines, puis elle a fini par choisir un pantalon et m'a même demandé à quelle heure je finissais mon travail parce qu'elle ne voulait pas passer la soirée toute seule. »

Il n'empêche que ma cousine se sentait rassurée avec le sac d'un des magasins du Shopping des Trois Croix, où elle allait pouvoir flâner tranquillement dans les passages bondés ; elle réalisait son rêve : être une femme anonyme parmi d'autres, et avoir l'illusion d'une amnésie pour oublier ce qui ne peut l'être.

38

Le type, amant imaginaire mais qui ne pouvait mieux tomber pour expliquer une part du mystère, pourrait être un policier discret sur ses traces, par exemple ; qu'il soit ceci ou cela, il rôde encore autour d'elle. Il a laissé passé l'occasion de l'aborder avant qu'elle achète le pantalon, et s'obstine à faire d'elle son point de mire. Un rien, un geste d'Anastassia Lizavetta l'a incité à s'approcher. Elle ne l'a pas franchement évité, en tout cas pas au point de le décourager et de le dissuader de la suivre ; elle joue le jeu en restant dans le centre commercial, le sac de la boutique bien visible à la main. Se faire suivre par un homme peut arriver à des centaines de femmes. Elle passe et repasse dans les allées sans but précis, l'autocar de Punta del Este est maintenant très loin et elle se rend compte qu'elle ne sait pas où aller. Elle m'a dit, je m'en souviens, qu'une force la retenait à l'intérieur du Shopping des Trois Croix, la laissait déambuler dans les passages mais lui interdisait toute échappée en solitaire ; quelque chose l'empêchait de se rendre jusqu'à la station de taxis et de faire la queue. Sortir du centre commercial quand le soleil tombe à plomb sur la ville, quand il pleut ou que souffle le vent du sud, demande un effort considérable ; les jardins qui l'entourent donnent l'impression qu'il a été bâti en pleine campagne. Un sentiment désagréable la gagne quand elle constate qu'elle croise les mêmes gens depuis plus d'une heure, et elle se dit que l'endroit est un écran où gesticulent des figurants. Le Shopping des Trois Croix n'existe pas, se dit-elle, rien de ce que je vois n'est réel, à commencer par l'homme qui me suit et en qui il me plaît de voir un amant complice ; en réalité c'est un flic qui sait très bien ce qui s'est passé ce matin. Tous ces gens sont des hologrammes nés de mon esprit.

Le centre commercial est un parc d'attraction pour ménagères désespérées, une conception nouvelle de prison pour femmes. Ce n'est certainement pas par hasard qu'il se dresse à seulement quelques centaines de mètres de la vraie prison. Dans ce nouveau concept d'enfermement de l'âme féminine, la peine consiste à mettre à portée des condamnées toutes les tentations, amants à foison, tunnels d'évasion vers les plages et la frontière nord, taxis aux portes d'entrée, gardiennes déguisées en femmes pressées, batterie de magasins où utiliser sa carte de crédit, pharmacies pour les indispositions légères, et salons de coiffure pour assouvir les envies irrépressibles de changer d'apparence. Dans cette ville, les centres commerciaux jouxtent les prisons, ils sont bâtis sur des terrains jadis occupés par des sanatoriums, il arrive même qu'ils soient des prisons rénovées, pour mieux faire comprendre que tout est à vendre sauf la liberté et la mort. À un moment de la journée, on a jugé Anastassia Lizavetta par contumace et prononcé la sentence sans entendre la défense et en rejetant à l'avance toute possibilité d'appel. Elle est emprisonnée dans le pénitencier qu'on lui a destiné, les haut-parleurs vont bientôt l'annoncer entre un tube de Madonna et une chanson de Sting. Elle a l'impression de payer pour sa faute mais ne s'en inquiète pas davantage, elle est fatiguée de fuir et bien décidée à ne rien expliquer du tout, et elle se sent soulagée de commencer à purger sa peine qui sera éternelle, elle le sait, en l'absence de circonstances atténuantes et de signes de repentir pendant les premières heures qui ont suivi le crime. Pourtant, elle ne se sent pas coupable au sens strict du terme. Bien sûr, ma cousine se rappelle ce qu'elle a fait, elle est même prête à reconnaître devant des tiers que c'est horrible, mais elle sait aussi, et cela l'apaise, que l'explication qu'elle cherche depuis qu'elle a quitté l'appartement avec le caddie à provisions doit se trouver quelque part dans la ville et dans ses souvenirs.

Elle n'attend pas d'éclaircissements exceptionnels qui la

dispenseraient d'une condamnation, non, bien sûr que non, mais il doit y avoir une explication raisonnable à ce qui est considéré comme une aberration, il doit y avoir un détail qu'elle n'a pas su voir pendant toutes les années qu'elle a vécues en couple. Un terrible secret de son mari qu'elle aurait découvert et qui aurait justifié une réaction démesurée ; une information confidentielle reléguée dans une oubliette de sa personnalité d'épouse, refoulée (pour utiliser un lieu commun), qui pour une raison anodine aurait resurgi ce matin-là avec une telle force qu'il lui avait été impossible de lui opposer une quelconque volonté et qu'elle était passée à l'acte. Ce qu'elle veut, c'est comprendre pourquoi, le mobile est toujours plus intéressant que l'auteur du meurtre. Son corps lui rappelle qu'on est au milieu de l'après-midi, la tension à laquelle elle est soumise depuis ce matin et les élucubrations mentales qui s'ensuivent ne l'empêchent pas d'avoir des fonctions biologiques. La transfiguration du centre commercial, devenu prison où on l'a enfermée, impose de nouvelles règles à son horloge interne. Elle a envie d'uriner et a très faim, comme si son corps était heureux de s'affranchir pour quelques instants de l'obligation de garder la ligne même en situation de fuite. Tu avais faim après ce qui s'est passé ? Et comment ! m'a répondu ma cousine. Tu avais vraiment envie de manger quelque chose ? ai-je insisté. Bien sûr que oui ! Un terrible appétit lui donnait envie de plats interdits, assaisonnés d'huile d'olive et saupoudrés de parmesan, accompagnés de pain, de beurre et de mayonnaise.

Elle renonce à se contrôler, elle sent la faim, cette bestiole nichée au creux de son estomac, et décrète qu'elle va se borner à attendre qu'on vienne l'arrêter et rien ne peut lui ôter cette idée de la tête. Elle songe à utiliser les toilettes publiques mais y renonce aussi, descend l'escalier mécanique et se dirige vers la brasserie La Mostaza, à côté de la gare routière. En général elle est toujours pleine (j'y suis allé à plusieurs reprises sans savoir ce que j'y cherchais, avant de me mettre à écrire) mais quand elle entre la vague du déjeuner est passée et les serveurs, fatigués, lui laissent choisir la table à sa convenance. Elle demande où sont les toilettes et va s'y enfermer. L'odeur d'eau de Javel est pénétrante, ce qui atteste que l'endroit est propre, et quand elle passe entre ses cuisses le morceau de papier, elle constate qu'il est rougi. Pourtant ce n'est pas la date, c'est donc que les événements ont chamboulé son métabolisme. « Mon corps réagissait comme si j'avais tué mon mari il y a une semaine, comme si ses fonctions voulaient être sauves, ne rien savoir de ma pensée. Normalement mes règles auraient dû venir une semaine plus tard, jour pour jour », m'a-t-elle dit, même si toute normalité lui semblait absurde en ces circonstances. Entre son esprit perturbé et la mécanique corporelle il y avait un malentendu d'une semaine, une erreur de calendrier, un ordre donné gommait sept jours de sa vie, sept jours qu'elle aurait passés dans les toilettes de La Mostaza. En fait, la tache n'est pas vraiment rouge, mais à peine rosée, son corps lui accorde quelques heures, le temps d'acheter des tampons. Mais aucun tampon, aussi absorbant qu'il soit, ne peut arrêter l'hémorragie du temps.

C'est peut-être elle qui, au long de cette semaine qui n'a jamais existé, a gravé toutes ces heures, ces dates, ces numéros de téléphone sur la porte des toilettes, donné au petit bonheur la chance des rendez-vous pour des affaires triviales. Anastassia Lizavetta sait très bien ce qu'aimait son mari, au lit, du moins elle croyait le savoir jusqu'à ce matin. Jusqu'à hier soir elle croyait connaître ses petites perversions, ses vices insignifiants, mais là, assise sur la cuvette, elle se dit qu'elle a perdu le corps de son époux et une semaine d'érotisme effréné.

Tout le reste, dans les toilettes, est net, elle se lave les mains sans dégoût, elle a même le réflexe de se remettre du rouge à lèvres. De ce côté-ci du miroir, c'est elle, aujourd'hui, la tête pleine des événements de ces dernières heures, mais de l'autre côté il y a celle de la petite perte rosée, le sang du temps où elle était presque pubère. Dans les toilettes de la brasserie La Mostaza du Shopping des Trois Croix, exactement en face de la gare routière d'où partent les cars pour Punta del Este, sa conscience s'est dissociée de son corps. Je suppose que la vérité sur ma chère cousine doit se trouver quelque part à mi-chemin entre celle qui se sent coupable et l'autre, la femme libérée qui semble se préparer pour quelque mondanité et a oublié les tracasseries de la semaine écoulée. Elle se complaît à des petites retouches supplémentaires de maquillage, refusant de se séparer de son reflet. Plus jamais elle ne se verra aussi belle, plus jamais elle ne se contemplera avec autant de plaisir. Ce qu'elle voit est le dernier reflet de ce qu'elle a un jour voulu être, comme si son crime l'avait parée d'une beauté inespérée.

Elle sait qu'à l'instant précis où elle poussera la porte des toilettes de La Mostaza et se trouvera dans la brasserie, elle commencera à vieillir. C'est peut-être là un étrange privilège. Il n'est pas donné à tout le monde de parvenir à cet exceptionnel éclair de lucidité qui porte en lui la douleur et la résignation. Mais ici, dans les toilettes, tout exprime sa beauté tragique, comme si rien ne pouvait retenir l'écoulement du sang rappelant peut-être la femme du miroir, comme si sa chevelure n'avait jamais eu cette blondeur parfaite et naturelle sauf peut-être le temps d'un été et d'une adolescence lointaine, comme si ses lèvres n'avaient jamais atteint cet équilibre angélique entre texture, tiédeur et souplesse. Dans son regard, le regard unique d'une femme qui vient de tuer et que les chroniqueurs de moissons rouges gratifieront des épithètes les plus dénigrantes, brille l'éclair d'un couteau.

À présent que je relate les faits, je me rends compte que ma chère cousine, à l'acmé de la douleur et avec l'aide de son corps, se projetait dans l'avenir, une semaine plus tard, quand j'aurais fini d'écrire ce récit, et qu'elle se sentait curieusement aérienne à l'instant où le commencement de sa décadence coïncidait avec la perfection de son apparence. Elle m'a dit que jamais elle ne s'était sentie aussi belle et désirable, pas même quand elle dansait seule sur les chansons d'AƎBA, au centre de la piste des discothèques à la mode de Carrasco, que devant le miroir elle avait même eu envie de se mettre à danser et de se déshabiller, de monter sur la scène d'un peep show. Ma cousine est un peu exhibitionniste, elle aurait aimé que son mari la regarde en ce moment d'aberration, que la regardent les mânes de son époux, que je la regarde.

Ce n'était pas le fait de ce fantasme, pas davantage celui de la chaleur, mais l'autre, celle du miroir, a tout à coup disparu. Mais pas elle, qui est là et dont le chemisier est déboutonné. Quelqu'un entre dans les toilettes et met fin à sa contemplation. C'est une femme avec un enfant qui a mal au cœur et court se soulager. Ma cousine se dépêche de ranger les produits de maquillage qu'elle avait posés soigneusement sur le rebord du lavabo, honteuse d'avoir été prise en flagrant délit d'intimité. Elle a aimé ce qu'elle a vu et veut jeter un dernier coup d'œil à son image avant de sortir. Mais le miroir est vide, il ne reflète que les portes de la cabine, comme si l'autre, celle de la semaine suivante, s'était évaporée dans l'immatérialité d'une onde lumineuse et transparente. La lumière des toilettes d'une brasserie à la fin d'un mois de mars au sud de l'équateur.

39

Anastassia croit voir l'autre, celle de la semaine suivante, droite au milieu de l'escalier roulant, avec la jupe qu'elle n'a pas achetée à la boutique, tout à l'heure. Ma cousine de ce côté-ci du miroir des toilettes de La Mostaza n'a pas le courage de se poser des questions pertinentes et se désintéresse de la fin de l'aventure. Elle demeure dans le présent, elle peut se souvenir avec précision de ses mains de ce matin, de la chaleur bruyante du sèche-cheveux dans le salon de coiffure, de la brûlure du vermouth qui remontait dans sa gorge chez sa sœur. Un vieil apéritif aigre, comme si la bouteille n'avait pas été rouverte depuis des années.

À la table qu'elle a choisie comme s'il s'agissait d'une de ses dernières volontés, elle commande du jambon fumé avec de l'ananas, des cannellonis et un Coca-Cola. Elle a besoin de se concentrer. Le brouhaha du centre commercial qui depuis une heure la protégeait du remords à présent la gêne, elle semble découvrir soudain le rythme propre de ce lieu, la bande magnétique qui passe en boucle, l'annonce des départs et des arrivées des autocars nationaux et internationaux, le roulement des employés des services de restauration, le va-et-vient des jeunes filles en tenues criardes qui distribuent des bons promotionnels, formulaires et stylo à bille à la main, et elle est épouvantée de découvrir si tard le mode de fonctionnement du système qui a contribué à sa perte. Elle se dit que c'est ce qu'elle doit assumer qui a dû la diriger tout droit vers cet endroit, ou plus exactement vers le nom qu'il porte ; l'image de la prison et la femme en avance d'une semaine dans le miroir ont été les deux premières croix sur son chemin. Il manque la troisième avant qu'elle ait trouvé la force de quitter ces lieux qui commencent à l'étourdir. Elle veut échapper à l'horreur du présent et comme elle ne peut se projeter dans la semaine qui vient, même si elle s'est vue descendre l'escalier mécanique, il ne lui reste que le bunker du passé. Elle est bloquée ; pour déverrouiller le coffre où se trouve le fichier de son histoire, il lui faut un code, un mot de passe qu'elle a oublié, les sept chiffres qui pourraient résoudre l'énigme de sa vie. Quand est-elle venue ici pour la dernière fois ? Elle ne peut répondre à cette question.

Quand elle essayait de devancer les pièges de la vie grâce à la cartomancie, une voyante très professionnelle lui avait un jour tiré les cartes et prédit des problèmes à la suite d'une liaison intense et passionnelle. Mais il y avait eu maldonne ou la voyante s'était peut-être tue par pitié ; les cartes n'avaient rien annoncé d'aussi crucial que ce qui se passait aujourd'hui. Ma cousine avait défié le destin, ce qui en soi était déjà hors du commun : elle lui avait ôté le caractère inévitable qu'on lui attribue généralement, pour le forger de ses mains. Finalement, le tarot n'avait pas révélé l'avenir. Elle avait tenté autre chose en se soumettant pendant un certain temps à l'analyse avec un étudiant en psychologie, qui n'était autre que moi-même, mais le résultat n'avait pas été plus concluant. Il faut dire qu'elle avait pris la chose comme un jeu. On dirait que ce qu'elle a fait ce matin a surgi de chambres obscures du corps, du langage, de la conscience et du destin dont nul ne pouvait soupçonner l'existence.

Le jambon fumé à l'ananas (entrée copieuse, comme si à La Mostaza on avait compris que c'était là son dernier repas de femme libre) ne lui inspire pas davantage de grands rapprochements révélateurs. C'est alors qu'entre en scène Félix Mendelssohn-Bartholdy, ouvrant une voie inexplorée. Une musique électronique, peut-être une publicité pour une boutique de mariage, évoque la marche nuptiale du *Songe d'une nuit d'été* ; à cause de la noce, du songe, de l'été ou même, qui sait, des fées de la forêt et des êtres surnaturels venus les retrouver, une lueur revient à la mémoire de ma cousine. « Les tambours du carnaval », pense-t-elle, et elle se souvient de ce qui s'était passé la veille de sa rencontre avec l'homme qu'elle a lardé de coups de couteau, un crime peut-être annonciateur de quelque chose de pire encore. Ce détail absurde, ce dernier souvenir avant de faire la connaissance de son mari prend tout à coup de l'importance, il est une croisée des chemins, le moment qui aurait pu conduire Anastassia Lizavetta à une autre vie, de l'autre côté du miroir, où c'est elle qui aurait été assassinée, et où quelqu'un d'autre serait en ce moment assis à une table de la brasserie La Mostaza, devant quelques tranches de jambon fumé et des morceaux d'ananas, scandalisé par les raisons qui l'ont poussé à tuer, accroché à son dernier souvenir personnel, juste avant sa rencontre avec une jeune fille prénommée Anastassia Lizavetta. Rien ne pouvait la détacher de sa pulsion meurtrière, mais tout l'éloignait du corps de l'homme qu'elle a tué de sa main dans le lit conjugal. Quel que soit son état mental et quoi qu'elle puisse envisager, il est clair qu'elle a commis ce crime, de ses mains gantées de plastique bleu : ce n'est pas un fantasme, une abstraction. Une bonne partie de l'explication devait résider sur le corps en décomposition du mort, peut-être fallait-il faire l'autopsie nuptiale du cadavre laissé au parc Posadas dans une chambre de la tour L. Sur cet homme doivent se trouver des éléments de réponse, et c'est pourquoi, croit-elle deviner, à défaut de pouvoir les chercher sur un corps en voie de putréfaction, ce souvenir lui vient à l'esprit, le dernier qu'elle ait gardé avant de rencontrer ce même homme, avant de lui jurer un amour éternel. Dans ce souvenir, très clair, ce qu'il y a de plus évident, c'est que son mari n'apparaît pas ; on sait à quel moment on a juré à quelqu'un de l'aimer éternellement, mais sait-on si cela veut aussi dire au-delà la mort ?

40

Le dernier souvenir de sa vie sans celui qui allait devenir son mari remontait à une nuit de carnaval, où elle était allée avec des amies voir défiler les *llamadas,* tous ces groupes de danseurs et de musiciens afro-uruguayens, dans le quartier sud de la ville.

Ravie parce que sa sœur cadette, qui n'avait pas revu l'Uruguay depuis la mort de son père, était venue de Florianópolis avec une amie brésilienne, Anastassia Lizavetta avait pensé que cette dernière, qui devait adorer le carnaval, serait surprise de découvrir que derrière leur apathie apparente les Uruguayens sont capables de liesse collective. Elle avait oublié, peut-être par excès d'enthousiasme, que la *llamada*, autrefois fête et cérémonie secrète du ghetto noir d'un Montevideo blanc et colonial, s'est transformée en un rassemblement chaotique où il est impossible de voir quoi que ce soit. Une fois l'an, les gens dansent dans les rues du quartier sud et l'événement tout entier est retransmis à la télévision pendant des heures. Désireuse d'éclairer leur amie brésilienne sur les *llamadas,* ma cousine avait joué les professeurs et s'était lancée dans une explication un peu longue allant de l'histoire de la ségrégation raciale à l'astrologie noire, des différentes dimensions des tambours et des divers diamètres des peaux aux personnages typiques des *comparsas*, de l'influence du rythme du *candombe* dans la musique populaire à la sophistication des cortèges. Elle était passée de la conversation à une forme de dissertation bien de chez nous, qui prétendait démontrer que les Uruguayens ne sont pas des racistes et sont sensibles à la culture noire. Au moins une fois par an.

Avec ses ambitions de faire de plus en plus d'adeptes, le carnaval d'aujourd'hui n'a plus grand-chose à voir, j'en ai peur, avec les intentions premières de sa création, mais le principe est resté inchangé. Une certaine nuit de février, les Noirs ou les mulâtres forment des groupes ou *comparsas* qui, par fierté et par goût de la compétition (comme pour le Palio de Sienne ou le carnaval de Rio), rythment les *llamadas* sur leurs tambours depuis les différents quartiers, véritables appels, réminiscences de mythes ancestraux probablement liés à la reproduction, la nourriture, la guerre, le dialogue avec les morts. Chaque *comparsa* traverse la ville en direction du quartier sud, où a lieu la grande fête orgiastique des sons, racontant sur la peau tendue des instruments ce qu'autrefois les Blancs les empêchaient de chanter en leur coupant la langue. Les danseurs miment en les raillant les amours du troisième âge, évoquent la puissance érotique de la jeunesse, et le cortège avance par groupes tels des escadrons bigarrés d'une race menacée. Ceux qui ont vu les *llamadas* avant qu'elles ne deviennent une mascarade disent que rythmes et danses étaient alors envoûtants. Mais depuis un certain temps, le manque d'imagination de notre petite bourgeoisie citadine et l'infiltration de Blancs qui se prennent pour des Noirs ont dénaturé ces rituels africains, pillant en quelque sorte les formes d'expression d'une autre culture. Le cas des *llamadas* est en ce sens emblématique ; elles sont aujourd'hui organisées, préparées, et on s'y pousse, on s'y bouscule, on y étouffe. Chacun se doit d'y participer, comme si un ordre supérieur l'emportait sur les préjugés et que manquer ce rendez-vous devait laisser un goût d'intolérance amer dans la bouche. Lorsqu'ils peuvent montrer aux étrangers une chose qui est bien de chez eux sans devoir reconnaître qu'elle leur vient d'ailleurs, les Uruguayens sont contents et croient justifier ainsi leur présence au monde. L'opération de marketing à peine dissimulée a pris ces dernières années une importance scandaleuse, la présence de policiers armés de matraques pour prévenir les incidents ou les bagarres d'ivrognes à la fin du défilé est devenue monnaie courante. Les délits de dévergondage sont nombreux, et une part de l'âme des *llamadas* s'est perdue pour toujours ou s'est retirée dans l'invisible.

La nouvelle de l'arrivée de l'amie de Florianópolis avait donc ravivé l'excitation des filles du petit groupe, et ma chère cousine s'était offerte de donner quelques leçons d'histoire à la compagne de sa sœur. Une agitation diffuse régnait, chacun se sentait obligé d'aller s'amuser même si au bout du compte le défilé était encore ce qu'on voyait le moins, car la fête continue en marge de la marée humaine et surtout du cortège dont chacun prétend avoir fait partie alors qu'en réalité il est resté simple spectateur, si ce n'est tout à fait à l'écart. C'était l'illusion de participer à la fête dans ce qu'elle avait d'incontrôlable qui était excitante. La Brésilienne, qui venait d'un pays où l'on sait tout du carnaval, regardait son professeur d'un air dubitatif. Les *llamadas* et la liesse populaire montévidéenne n'exigeaient pas autant d'explications, moins en tout cas que les inscriptions rupestres de la plage de Santinho.

Mais un imprévu avait surgi au dernier moment ; au cours du déjeuner, elles étaient convenues qu'Anastassia, professeur enthousiaste, conduirait la Brésilienne dans les rues de la capitale, mais un retard d'une heure dû à un surcroît de travail de dernière minute avait fait échouer le projet. Elles devaient se retrouver à dix-huit heures, ma cousine n'avait pu se libérer qu'une cinquantaine de minutes plus tard. Il n'était plus temps de changer de programme et elle ne voulait pas qu'à cause d'elle la Brésilienne de Florianópolis soit privée du commencement de ce spectacle exceptionnel. Ma cousine avait donc prévenu ses amies qu'elle les retrouverait sur place, et elles s'étaient donné des instructions précises sur l'heure du nouveau rendez-vous, le lieu, le temps d'attente et les alternatives possibles, en espérant in petto que tout se passerait bien. Au milieu de la foule les probabilités de se retrouver étaient quasiment nulles, mais leur désir d'être ensemble était si fort qu'elles n'avaient même pas osé l'envisager.

En sortant de son travail, ma cousine avait fait tout son possible pour suivre à la lettre les instructions, et en s'approchant du lieu de rendez-vous plus ou moins à l'heure dite, elle s'était trouvée devant un rempart humain impossible à franchir. Le plus rageant était qu'une centaine de mètres seulement la séparait de l'endroit convenu. La masse compacte, aveugle, mouvante de la foule oscillait sur place et accompagnait vaguement le rythme des tambours qui se faisaient entendre dans divers quartiers lointains de la ville. Personne ne semblait pouvoir se soustraire à leur cadence, même pas les enfants. Il ne lui restait plus qu'à prendre son mal en patience en tâchant de gagner quelques mètres.

Elle s'était dit qu'en jouant des coudes elle pourrait se glisser peu à peu à l'intérieur du grand serpent humain. Si elle avait pu arriver à dix-huit heures elle aurait été là quand la bête avait pris forme, et elle en ferait maintenant partie. Mais, de l'extérieur, elle découvrait tout à coup une peur inconnue. C'était absurde ; cette nuit était une invitation à la fête. Elle voulait faire partie du grand serpent rampant, retrouver son amie brésilienne et défiler dans les rues du quartier sud de sa ville en lui expliquant les différents pas et les différents rythmes, lui montrer le déhanchement si différent de celui de la samba. Le pas brésilien glisse d'emblée dans la simulation de l'épanchement d'une sexualité débridée et ressemble moins à une danse qu'à l'acte sexuel même. Ici, à Montevideo, le mouvement des hanches est tout simplement féminin et semble non pas appeler le désir, mais s'y dérober. C'est comme si on disait à quelqu'un « Regarde mais n'y compte pas trop », avait-elle expliqué à la Brésilienne pendant le déjeuner.

Elle avait calculé qu'il lui faudrait au moins une heure pour atteindre le coin de rue, distant seulement d'une centaine de mètres, où les autres devaient l'attendre. Ses amies, gagnées par l'effervescence et les rythmes des tambours de plus en plus proches, ballottées par la foule, dans la foule, n'allaient sûrement pas l'attendre malgré la lenteur avec laquelle le serpent se déplaçait, et elles obéiraient à la force de la *llamada* tout en espérant la retrouver par hasard un peu plus tard. Si elle était arrivée à temps, elle aurait suggéré à la Brésilienne de Florianópolis d'avancer pour ne pas perdre le meilleur du spectacle. L'amie de sa sœur était venue découvrir le carnaval de Montevideo, pas attendre les retardataires. Elle avait hésité à s'enfoncer seule dans le flanc de la bête, quelque chose la poussait à y renoncer, aussi était-elle retournée sur ses pas en se demandant comment elle allait bien pouvoir s'y prendre pour rejoindre ses amies, leur faire signe au moment où elles s'accorderaient deux minutes de pause pour scruter la foule tout autour d'elles, sur la pointe des pieds, tête levée au cas où elles l'apercevraient, avant de ne plus voir, à nouveau, que le cortège des *comparsas*.

C'était une nuit d'été sans fond, dangereuse, hostile. Un phénomène climatique, ou peut-être l'écho des tambours dans les chairs agglutinées et dans les murs des vieilles bâtisses coloniales, faisait du ciel de Montevideo une parfaite caisse de résonance. Dans le silence de la ville où toute circulation avait cessé, on n'entendait plus que la vibration du grand reptile qui se dévorait lui-même. Le monde tenait tout entier dans la tension des peaux chauffées aux feux allumés à l'improviste sur les trottoirs, dans les baguettes et les doigts bandés pour éviter de saigner, dans les échos des tambours – le *piano*, le *chico* et le *repique* – vestiges de douelles de tonneaux, de barriques de maté ou d'eau-de-vie, de feuillards aplatis à coups de marteau dans les forges de fortune de quelques arrière-cours. Au moment précis où la jambe du joueur de tambour pousse l'instrument qui s'élance à la rencontre de la main, les notes s'élèvent, légères, aériennes, et s'envolent afin de poursuivre l'aventure secrète et mystérieuse de l'appel des tam-tams né dans la nuit de la forêt africaine.

Installée dans le dernier souvenir du temps qui a précédé sa rencontre avec celui qui est devenu son époux et est désormais un homme mort, tandis qu'elle s'éloigne du grand serpent pour ne pas être involontairement dévorée, ma cousine touche sans l'avoir voulu au point névralgique de la cérémonie de la *llamada*. Un point obscur que l'on cherche chaque année dans le rite tribal des tambours et que seuls atteignent quelques élus. Dans un conte peu connu, même de ceux qui participent chaque année à la fête, il est dit que la *llamada* s'adresse à l'élu, celui que les tambours appellent depuis la nuit des temps, le chef ou le devin qui a reçu le don de parler avec les ancêtres disparus ou morts au combat ou dévorés par le lion, ceux qui ont été privés de vie par la violence. Le conte dit que c'est là l'unique finalité secrète, jamais révélée, de cette fête colorée, assourdissante et envoûtante.

Par ce qu'ils ont de mystérieux et de résigné, les tambours qui guident les danseurs et les possédés savent que, chaque fois qu'ils se réunissent, ils ne résonnent que pour l'élu. La *llamada* est l'épiphanie d'un rite d'initiation destiné à un esprit inconnu qui ignore qu'il a été choisi et ne l'apprend qu'à un moment de cette nuit unique dans l'année, un rite caché sous l'apparence d'un appel destiné à tous. Qui peut confirmer ou infirmer la véracité de cette légende mystérieuse qui, depuis le quartier sud et noir de Montevideo refait dans l'autre sens le long voyage jusqu'aux villages ancestraux, remonte de la puanteur des bateaux négriers, en passant par les mouillages dans les ports de l'Afrique, jusqu'au temps où l'homme blanc n'existait pas ? Peut-être seuls les fauves insomniaques veillant à la cime des arbres en ont-ils l'intuition. Cette légende n'est pas anodine, car quelque chose change dans la vie de ma cousine. Sur le point de perdre son sang-froid et de céder au désespoir, alors qu'elle enrage d'être arrivée en retard et sent que la fête en compagnie de la Brésilienne de Florianópolis est irrémédiablement perdue, alors qu'elle est au bord des larmes, debout, les pieds enflés, ma cousine voit le grand serpent hypnotisé par les tambours sorciers du village de Montevideo se métamorphoser en monstre africain et s'éloigner vers l'autre bout du monde.

Elle s'arrête pour fumer une cigarette, nerveuse, furieuse contre tout et contre rien, et accède tout à coup à la révélation. Le serpent s'est dirigé vers le fleuve, emportant avec lui la frénésie des percussions. Une brise funeste fait onduler la cime des arbres dans un rayon d'une vingtaine de mètres, les maisons sont closes comme si leurs habitants avaient fui précipitamment, il n'y a pas de lumière aux fenêtres, et si les gens se sont cloîtrés chez eux, c'est pour ignorer ce qui pourrait survenir dans la nuit. Immobile au bord d'un trottoir défoncé, sans s'inquiéter du vide laissé par l'éloignement de la bête, Anastassia Lizavetta lève la tête à l'instant précis où le ciel passe du bleu crépusculaire au noir absolu, quand les étoiles deviennent si lumineuses qu'elles s'étendent à l'infini en un feu d'artifice présent depuis des temps immémoriaux, depuis que les dieux fêtent l'instant où les primates ont conçu un être suprême, effet d'un champignon hallucinogène de la saison des pluies ou de la fermentation du fruit d'un arbre disparu depuis le dix-septième siècle de l'écosystème universel, un fruit perdu plus qu'interdit.

Un oiseau, ce doit être un oiseau qui chante dans la nuit ou dit quelque chose dans son langage d'oiseau. Anastassia Lizavetta n'a jamais rien entendu de pareil, et elle imagine un oiseau africain que le bruit des tambours frappés à l'unisson a dévié de sa route. Le sol exhale une forte odeur de terre mouillée et de feuilles écrasées par les sabots pressés de créatures sauvages. Elle ne serait pas surprise de voir un léopard aux yeux de braise se glisser sans bruit sur les terrasses des maisons voisines. Sa tête est légère comme si elle flottait dans le vide, elle ne pense même plus à la Brésilienne de Florianópolis et entend comme un battement de tambour qui se rapproche, de plus en plus fort. Elle comprend que c'est son cœur. Elle fume cigarette sur cigarette et a des fourmis dans les jambes ; elle entend son souffle s'accélérer, son ventre crier famine et sa peau murmurer. Tout son corps est une antenne ultrasensible, sans doute à cause de ce rendez-vous manqué – une heure de retard, cent mètres de distance à peine ; elle décide, malgré son angoisse grandissante, de ne pas s'écouter pleurer, et ce qu'elle entend alors ce sont les tambours, les autres, les vrais, pas seulement les cognements de son sang. Elle reconnaît sans hésitation ceux du quartier de l'Unión qui sont tout près, lui semble-t-il. Puis elle reconnaît ceux du Cordón, qui se mêlent aux premiers pour battre avec eux à l'unisson. Elle les entend à la fois ensemble et séparément, elle les confond tout en les distinguant, reconnaît chaque note frappée sur chaque instrument.

Sa première réaction est de se boucher les oreilles parce que cette fragmentation des sons paraît monstrueuse. En vain. Les tambours sont entrés dans son corps et dans son esprit. Quand s'approchent ceux du Cerro, elle se sent impuissante et comme anesthésiée, pareille à une bête traquée qui sait qu'un fauve invisible la dévorera avant l'aube, consciente de ce qui lui arrive d'unique et qu'elle ne pourra jamais raconter, pas même à la Brésilienne de Florianópolis et encore moins à ses autres amies quand elles se feront des confidences sur la plage. Elle ne va pouvoir le raconter à personne, parce que personne ne croira qu'elle est en train de revivre un souvenir intense des derniers moments qui ont précédé l'entrée en scène de celui qui allait devenir son mari, un souvenir qui lui reviendra en mémoire dans les heures qui suivront celle où elle l'aura occis. Elles diront que c'est une excuse inventée pour se justifier d'avoir manqué le rendez-vous qu'elle avait elle-même donné. Une fois le mécanisme mis en route, rien ne peut l'arrêter : les sons, leurs échos, les rythmes de centaines de tambours se superposent, du Buceo à la Vieille Ville, de Palermo à La Figurita, de Piedras Blancas à l'Hippodrome ; le rythme du *candombe* est entré dans sa tête : *Borocotó ! Borocotó ! Borocotó ! Chás chás !* Un esprit sacré est descendu en elle, par-delà la fête des citoyens qui vident les canettes de bière, et tout ce qu'elle a cru savoir jusqu'alors sur l'appel des tambours est complètement dépassé.

Elle m'a raconté que, même ainsi, elle n'était pas sûre d'avoir compris ce qui lui était arrivé, comme si elle était passée tout naturellement dans un autre monde, une autre réalité. Elle ne croyait pas non plus pouvoir un jour comprendre ce qui avait eu lieu dans cette zone de l'incompréhensible. Combien de temps cette hallucination au milieu de la foule a-t-elle duré ? Très peu si, dans ce cas précis, la notion de durée possède un sens. Un grondement de tonnerre semblable à un rugissement tout proche l'a tirée de sa léthargie, un unique et effrayant éclair a zébré le ciel de Montevideo en direction d'une énorme lune improbable et rouge que l'on voit rarement au-dessus de la ville. Une lune pareille à celle qui se levait au-dessus de la forteresse quand celle-ci n'était encore qu'un ensemble de cabanes où mouraient les enfants et couraient les rats, et qu'on débarquait sur les rives du Río de la Plata les premiers esclaves, ceux qui n'étaient pas destinés à mourir dans les mines d'anthracite de l'Altiplano américain.

Elle sent la braise de la cigarette lui brûler les doigts, qu'elle serre plus fort ; elle sent le plaisir voluptueux et surprenant de la brûlure. Tout près, une fenêtre s'ouvre et les voisins rendus au monde recommencent à s'agiter, comme si ce que tout le quartier sud avait attendu et désiré ce soir-là était fini. Une femme sort d'un porche voisin, s'avance vers elle et lui demande l'heure. C'est une très vieille Noire, sans âge, avec des yeux blancs, comme recouverts de taies. Anastassia Lizavetta, qui sent encore la brûlure de la braise sur ses doigts, consulte sa montre et sait, en donnant l'heure à la vieille femme, que jamais elle n'oubliera cet instant qui la rend à ce côté-ci du monde, le côté du mensonge. La Noire la remercie d'une voix ferme et s'éloigne.

Quelqu'un jette une bouteille de bière vide sur les pavés, signal que la fête de la *llamada* ne va pas tarder à dégénérer, à perdre son caractère de cérémonie ancestrale et sacrée. Comme si elle répondait à un appel, ma cousine se met à marcher avec une assurance nouvelle tandis que la foule, qui n'est plus une bête rampante, s'ouvre sur son passage ; elle retrouve sans peine ses amies, « avec une trop grande facilité », m'a-t-elle écrit en évoquant une fois encore ce souvenir dont le sens demeurait mystérieux. « Comme toujours, c'était la folie, désolée de mon retard », dit-elle à la Brésilienne de Florianópolis. Elle préfère garder le silence sur ce qui vient de lui arriver. Le petit groupe d'amies rejoint l'un des cortèges et tombe sur une *comparsa* très professionnelle et de haut niveau qui défile en rangs serrés. Tout va pour le mieux, mais la Brésilienne de Florianópolis la regarde avec insistance. Quand elle s'en aperçoit, ma cousine croit que l'amie de sa sœur veut lui signifier qu'il n'y a aucune commune mesure entre ce qu'elle a entendu de sa bouche pendant le déjeuner, son cours quasi magistral, et la réalité de cette foule qui s'agite en tous sens comme une créature fantastique sans tête, instinctive, primitive, dans un désordre qui se substitue au rythme et au spectacle pur et provoque à tout instant des troubles et des accidents.

Devant la nervosité de la Brésilienne visiblement anxieuse de l'interroger, ma cousine lui demande comment elle a trouvé le spectacle, et celle-ci lui répond simplement « Très beau », puis lui pose trois doigts de sa main droite sur le front et ajoute que ce n'était rien en comparaison de ce qui venait de lui arriver, à elle, et qu'il faudrait qu'elles en parlent un jour, seule à seule. Ma cousine sourit, répond qu'arriver en retard à une fête de carnaval n'a rien d'exceptionnel, et elle sent de nouveau la brûlure à ses doigts.

41

Après cette expérience improbable qui, lorsqu'elle me l'a racontée pour la deuxième fois en y ajoutant l'épisode de la vieille Noire aveugle, m'a semblé être l'annonce d'un sacrifice rituel au cours duquel elle aurait assisté, noyée dans l'indifférence, à une mort violente, Anastassia Lizavetta n'est plus jamais retournée aux *llamadas*. Elles l'avaient enthousiasmée jusqu'à cette nuit où, derrière le spectacle, elle avait vu la vérité. Le lendemain, elle faisait la connaissance de son futur mari.

Le quartier des Trois Croix devait avoir sa *comparsa* guerrière sinon, comment expliquer que, perdue dans le centre commercial, elle se soit rappelé la nuit où elle avait conclu un pacte avec les puissances originelles qui jamais ne l'avaient abandonnée – cérémonie secrète qui constituait son dernier souvenir avant le jour où elle avait rencontré celui qu'elle venait de tuer le matin même avec une inexplicable sauvagerie ; comment l'expliquer, à moins d'admettre l'hypothèse du sacrifice et de l'intervention de forces qui contrôlaient son corps et lui donnaient des ordres auxquels elle obéissait malgré elle ? Dans le centre commercial, son corps captait de nouvelles vibrations, m'a-t-elle dit et a-t-elle écrit sur un petit carnet de notes pour ne pas oublier les « étranges pensées » qui lui traversaient la tête. Après le crime, ma cousine s'est en effet mise à écrire, besoin qui allait peut-être l'aider à y voir plus clair en lui faisant revivre certains épisodes qui n'étaient ni son déjeuner pantagruélique, ni le souvenir de la nuit des *llamadas*, ni celui de son rendez-vous raté avec la Brésilienne de

Florianópolis, ni son achat payé en deux fois. Mais n'anticipons pas.

Le regard est posé sur elle, il l'enveloppe, en attendant qu'un mouvement dénonce sa vulnérabilité. Elle se sent observée de la même manière que, quelques heures plus tôt, dans des circonstances à la fois différentes et singulières, elle-même, témoin d'un dialogue muet, a observé le jeune couple sur la place. Mais n'était-ce pas il y a quelques semaines ? Elle est l'autre, celle que le type imagine en l'épiant, une femme au foyer dont la maladresse trahit une envie désespérée d'échapper à la routine, sa prison. Quand elle est sûre que le type qui la regarde ne devinera jamais la vérité, elle songe à ce qu'il doit être en train de se dire : qu'elle n'est pas une pute, parce que son regard évite de croiser le sien de manière trop évidente, mais une femme ordinaire de bonne famille, comme l'indiquent ses vêtements. Mais si elle n'avait d'autre intention que de faire des courses, pourquoi aurait-elle tourné pendant plus d'une heure dans le centre commercial, monté et descendu l'escalier roulant, feint d'attendre un autocar, passé et repassé devant les mêmes vitrines pour finir par s'asseoir à une table de la brasserie ? Elle n'a rendez-vous ni avec un homme ni avec une amie, elle ne tourne pas la tête dans toutes les directions pour guetter quelqu'un honteux d'arriver en retard. La conclusion est qu'il s'agit d'une femme qui cherche quelque chose d'inhabituel dont elle ne sait encore rien.

De ce raisonnement il est aisé de déduire que c'est une femme au foyer en proie à une psychose ménagère ou à l'ennui, dont la relation érotique et affective avec son mari s'est détériorée, mais pas au point d'avoir une liaison régulière avec un homme de son entourage. Pourtant elle est suffisamment à bout de patience pour se décider à franchir le pas avec un inconnu et choisir, au moment crucial, « le premier venu ». L'homme qui l'observe, ce fameux inconnu, surpris par la situation qui semble évoluer à son avantage, ne demande que ça : être le premier venu qui lui tombera sous la main, et elle admet que, dans ces circonstances précises, l'aspect méprisable et désagréable de l'individu peut jouer un rôle déterminant. Il y a encore, je crois, une touche de magie et de romantisme dans ces rencontres fulgurantes entre deux personnes qui ne se connaissent pas mais savent sans avoir échangé un seul mot qu'en moins de deux heures ils seront au lit et auront forniqué sauvagement. C'est comme un jeu silencieux, inattendu, dont personne n'ose se rappeler les règles car on y joue rarement. Moins il y a d'explications mieux ça vaut, comme si une pincée de vulgarité épiçait la chose.

Anastassia Lizavetta n'est pas de celles qui se laissent porter par le hasard, mais certaines des forces évoquées plus haut la poussent pourtant avec insistance à se livrer à lui ; l'odeur douceâtre du sang de son mari semblait l'avoir dépouillée de toute illusion et de l'idée même de rêverie sentimentale tout en l'incitant à une activité frénétique du corps et de l'esprit que le crime commis n'avait pas assouvie. Seule une expérience nouvelle de la sexualité allait pouvoir la révéler, en une profonde altération de son moi frisant la pathologie. Le type qui la suit est quelconque, mais ce sera lui ; il est hésitant, on devine sa stratégie paternaliste, son baratin fleuri pour épater de malheureuses filles à moitié analphabètes ou des femmes à la mémoire et la dignité défaillantes. Ma chère cousine aurait préféré quelqu'un d'une autre étoffe pour réaliser le fantasme de sa dégradation, qui se rapproche à grands pas ; une canaille plus princière. Mais c'étaient ainsi qu'allaient les choses, en ce jeudi du mois de mars.

42

« Allons-y. »

Cette injonction brutale, cet ordre balayant tout mystère, au sous-entendu obscène, suffit. Aussitôt, une certaine perversité éclôt en elle et à la seule idée de l'aventure qu'elle imagine, tout écœurante qu'elle est, elle est excitée. Il n'a nul besoin de s'inventer un faux nom, d'invoquer la solitude et une certaine ressemblance avec une amie au cours d'un bel après-midi lointain, encore moins de mentir en prétendant avoir été bouleversé en l'apercevant devant le magasin de chaussures ; nul besoin de proposer d'aller bavarder dans un endroit tranquille en tout bien tout honneur.

« D'accord, mais tu la fermes », réplique ma cousine en estimant que sa réponse devrait conforter le type dans le rôle dont une partie d'elle-même a besoin pour tomber un peu plus profondément dans l'abjection. Elle le regarde et ajoute sur un ton qui se veut méprisant : « Pas question d'aller dans l'appartement d'un type de ton acabit. Tu vas devoir payer une chambre pour au moins deux heures. »

Le type est ravi. La tension de la traque est évacuée, en même temps que la crainte d'être éconduit et de devoir retourner dans une de ces pensions où on essaye d'en finir avec la vie et de ne pas se rater, sans y parvenir. Il ne s'attendait peut-être pas à une réponse aussi agressive, mais plutôt à la trouver sur la défensive, dans l'attente d'un sourire et de quelques circonlocutions, et il a peur d'être tombé sur une folle. Peut-être songe-t-il à faire machine arrière, à se débiner sans perdre sa dignité, mais il est trop tard pour reculer. « La vanité masculine foulée aux pieds », a un jour ajouté ma cousine, au cours d'une de nos conversations téléphoniques.

Aussitôt, comme s'ils marchaient de conserve dans deux mondes parallèles, ils se dirigent vers la station de taxis ; on dirait que ces moyens de transport sont devenus les seuls endroits où elle se sent bien. Elle a pris plus de taxis aujourd'hui que pendant ces deux dernières années. La mémoire d'un côté et le corps de l'autre, sa volonté ne lui appartient plus depuis l'aube, et sa montre indique toujours la même heure. Par moments, elle ne sait même plus comment elle s'appelle et ne reconnaît plus la ville où elle a décidé de se perdre, comme si elle s'offrait son premier souvenir après avoir assassiné son mari et que le miroir ne lui renvoyait rien de tout ce qui a existé entre la dernière nuit des *llamadas* et ce qu'elle fait à présent, les yeux grands ouverts. Ce qui, il y a quelques instants encore, était la réalité tangible d'un monde qu'elle croyait connaître par cœur est à présent une succession d'images hostiles, de signes inconnus qui travaillent à sa perte. Elle n'est plus très cohérente. Ses gestes se fragmentent. Ce qu'elle était jusqu'à la veille au soir a volé en éclats au point que personne, pas même son mari, ne pourrait la reconnaître s'il la croisait dans la rue. Mais que fait-elle dans cette voiture avec ce type ? L'homme fume nerveusement tandis qu'elle regarde ailleurs. L'ordre donné au chauffeur est bref : « Motel Cortijo », dit-il, sans rien ajouter de peur de compromettre la promesse d'une harmonie parfaite.

Ils ont pris l'engagement tacite de ne pas dire un mot mais le type, craignant de voir s'envoler l'oiselle fébrile, lui caresse le mollet, puis le genou par-dessus la jupe, comme pour lui dire « Je vais te baiser, tu le sais, alors tiens-toi tranquille ». Elle n'a pas l'air d'une imbécile heureuse mais d'une professionnelle du délire. Le type est déconcerté de voir qu'elle le suit sans résistance, dominant à l'avance la situation, comme si elle savait depuis toujours qui a pris l'initiative et bien décidée à lui faire honte dès qu'ils seront nus sur le lit ; tout à coup, il sursaute, s'assure que les mains de l'inconnue ne sont pas trop grosses, parce qu'il aurait pu commettre une erreur d'appréciation et qu'il n'aimerait pas être piégé. Elle a des mains soignées, délicates, incapables de faire du mal à une mouche. La voir tout près de lui rabat ses prétentions de tombeur, il l'observe attentivement et ses premières déductions le déçoivent. Il y a là quelque chose de louche. Il se considère comme un semi-professionnel de la drague et, avec ses nombreuses années d'expérience, il croit connaître tous les cas de figure, même si depuis quelque temps il est bien obligé de se contenter de femmes sur le retour, de momies outrageusement maquillées. Celles-là sont capables d'emportement, de méchantes sautes d'humeur et même de règlements de comptes prémédités ; mais celle-ci a un comportement qui sort de l'ordinaire et que lui, expert et fin connaisseur de l'âme féminine, ne voit pas d'un bon œil. Il aimerait que tout soit déjà fini, qu'ils soient dans le taxi de retour, lui en train de tenter sa chance pour un prochain rendez-vous maintenant qu'ils se connaissent mieux, ou de s'amuser en voyant comment elle lui cache son adresse par crainte d'un scandale en disant « Arrêtez-moi là », ce à quoi il rétorquerait « Bien sûr ».

« Une chose est certaine, m'a dit ma cousine à propos de la situation dans le taxi, ce type ne voulait pas de complications. Il y avait en moi, dans mon comportement, un élément qu'il ne parvenait pas à cerner ; la principale information lui manquait. » Moi, je la comprenais. Dans quel état d'esprit peut-on être quand on suit un type qu'on ne connaît pas dans un motel de passe alors qu'on vient de cribler son mari de coups de couteau ? Je crois qu'elle ne voulait pas de circonstances atténuantes, qu'elle entourait sa conduite exagérément impudique d'un parfum de scandale et de bassesse pour que personne, à commencer par moi, ne s'interroge sur la véritable raison de son crime. L'idée que quelqu'un comprenne d'où venaient les forces archaïques qui l'avaient poussée à tuer l'épouvantait. C'est ce qu'elle a voulu me signifier en se moquant des tests qu'on n'a pas manqué de lui faire passer : « Les seules taches que j'aurai su interpréter sans problème étaient les taches de sang restées sur le matelas, pas les autres. »

« Que regardes-tu ? » demande-t-elle au type en se rendant

compte qu'il est inquiet. Les mains qui ont commencé à la caresser se sont immobilisées sur la jupe. « Ah ! je comprends, poursuis ma cousine, tu es un sentimental qui a besoin d'explications, tu veux que je te dise pourquoi je vais avec toi dans une misérable chambre d'hôtel. Ça ne te suffit pas de m'avoir emballée sans même m'avoir payé un verre, de ne pas avoir à échanger un mot, pas même les âneries que tu sers aux autres, celles qui ne savent pas si elles doivent s'empoisonner avec de la mort-aux-rats dans une pension ou te suivre ; il te faut un peu de chaleur humaine, quelques mots échangés parce que, après tout, on n'est pas des chiens. Tu veux que je te dise pourquoi j'ai jeté mon dévolu sur toi malgré ta dégaine lamentable et tes dents dont la propreté laisse à désirer ? C'est ça ce que tu veux, chéri ? – Pas vraiment, on peut aussi se détendre un peu, non ? » L'homme est tombé tout seul dans le piège de la conversation. Le taxi a une vitre de séparation et le type, à l'arrière, ne sait pas si le chauffeur les écoute ou pas, ce qui le met mal à l'aise. Que le chauffeur les écoute, après tout, c'est un moindre mal ; celui qui préférerait ne pas entendre ce que dit cette femme c'est lui, le type, mais il est trop tard pour la faire taire ; cette péroraison inattendue le gonfle, il sent le poids des ans s'abattre sur lui, quelle lassitude, on dirait que toute la bière avalée durant les mois d'été est concentrée dans ses pieds. Cette femme le regarde avec un mépris si évident qu'il va avoir honte de se déshabiller devant elle dans la chambre ; il aura sans doute besoin d'un verre ou deux pour retrouver un peu de confiance en lui ; à l'entendre, on dirait presque qu'elle commence à être prise de remords, comme la plupart des autres. Combien de fois n'a-t-il pas conclu ses petites affaires contraint et forcé de parler, encore et encore, à ces greluches, tandis que le taxi attendait dans le garage du motel, ou même parfois en bloquant les portes de l'ascenseur d'un immeuble !

Depuis plusieurs heures Anastassia Lizavetta s'efforce d'échapper à ce qu'on pourrait appeler la réalité, mais il lui en coûte terriblement, comme si elle n'était pas tout à fait décidée à passer d'un monde à l'autre et que la boîte de pandore qu'elle a ouverte ce matin, libérant un mauvais rêve qui se prolonge jusque dans ce taxi où elle parle à présent comme quelqu'un qu'elle ne connaît pas, lui réservait encore des surprises. Ses propos font référence à un autre rêve qu'elle a fait plusieurs nuits de suite, un rêve centré sur son corps qu'elle m'a raconté deux fois sans aucune variante, au temps où nous jouions à l'analyse, ce qui m'a permis de croire à son authenticité.

Il se situait à l'époque où le trousseau du bébé était prêt ou presque, quand elle perfectionnait avec un art consommé son sourire de madone de la Renaissance et qu'on remarquait à peine sa grossesse. Dans le rêve, elle se réveillait un matin avec des contractions. Dans le taxi – encore un taxi – appelé d'urgence, quelque chose sortait de son corps ; elle ne savait quoi. Ce n'était ni un fœtus mort ni un monstre, comme cela arrive dans ce genre de fantasme, mais un bébé au corps rabougri et à la peau parcheminée, une chose momifiée qui serait restée dans son ventre non pas le temps d'une grossesse, mais bien plus longtemps. Comme si – c'était là l'interprétation de ma cousine – cette gestation avait commencé en même temps qu'elle avait pris conscience de son corps en tant qu'appareil reproducteur.

Elle raconte le rêve au type dans le taxi, peut-être parce qu'elle cherche de l'aide, peut-être parce qu'elle sonde son ventre et sa mémoire pour retrouver une image qui l'aidera à comprendre ce qu'elle a fait ce matin. Elle le lui raconte en d'autres termes, et peut-être lui donne-t-elle l'impression que cela lui est arrivé aujourd'hui. Et puis je vois très bien, pendant qu'elle raconte ce rêve pour la première fois après le crime, qui plus est dans un taxi et à un inconnu, ses mains s'agiter et dessiner des cercles à hauteur de son ventre. Le type ne croit pas qu'il s'agisse d'un rêve qu'elle lui débiterait pour tuer le temps pendant le trajet jusqu'à l'hôtel, mais plutôt d'une histoire vraie – dans une certaine mesure il n'a pas tort – qui ne lui serait pas arrivée dans le passé mais va d'un instant à l'autre se produire à côté de lui, dans le taxi, et il s'imagine que cette chose répugnante va lui sauter à la figure avant qu'ils n'en descendent.

« Restons-en là », dit-il à ma cousine qui lui rétorque : « Trouillard. »

Dans les bureaux de la préfecture de police, il déclarera avoir éprouvé un profond dégoût, mais c'est probablement la peur qui a réduit à néant le plan qu'il avait conçu dans le centre commercial.

Ils sont dans le garage du motel où le gardien attend en regardant ailleurs.

« Paye et on y va », ordonne-t-elle en descendant du taxi et en claquant la portière. Elle s'aperçoit trop tard que le taxi fait marche arrière avec le type à l'intérieur et file à toute allure. Le gardien, discret, qui n'a pas compris ce qui vient de se passer et n'a pas reçu de contrordre, baisse le rideau métallique du garage et la laisse seule au pied d'un escalier. Ce n'est pas ce qu'elle a imaginé, mais la situation n'a rien de dramatique. Pour la première fois un inconnu l'a draguée et laissée tomber aussi sec. Poussée par la curiosité, elle monte l'escalier et ouvre la porte de la chambre. La pièce est dans la pénombre et il y flotte encore l'odeur du couple qui vient de la quitter. Le parfum d'ambiance n'est pas des plus raffinés, mais celui de la femme est un parfum de luxe. La lumière tamisée se veut propice à la sensualité, ce qui n'empêche pas Anastassia Lizavetta de distinguer parfaitement chaque détail. Ses sens sont comme aiguisés, elle devine l'aura de Chanel en même temps que celle des fleurettes de zone industrielle, l'odeur de lessive qui imprègne les draps du péché et celle de l'eau de Javel achetée par bidons et versée dans les WC. L'air conditionné véhicule des relents de sueur et de tabac froid, et sous la table basse récemment cirée des morceaux de savon ont échappé à l'aspirateur de la femme de chambre, ainsi qu'une serviette hygiénique que quelqu'un a jeté dans la corbeille et un préservatif usagé qu'une bulle d'air a maintenu en surface dans la cuvette des toilettes. La chambre a de toute évidence été nettoyée à la hâte ; de haut-parleurs en triste état sort en hoquetant une sélection douteuse de tubes vieux de vingt ans qui répandent une fausse nostalgie programmée sur bande magnétique pour donner au client une illusion d'éternelle jeunesse. Une fois dans la pièce on perd la notion de l'heure, des jours, de la température extérieure, de la ville et même de la disposition de la cuisine du parc Posadas.

Elle peut fort bien (ce n'est qu'une supposition qui me vient à l'esprit) croire que ce jeudi qu'elle est en train de vivre se déroule dans le futur, ou que le type qui l'a abordée avec désinvolture dans le centre commercial puis est reparti en taxi est son supérieur hiérarchique de la Caisse de crédit, ou son beau-frère qui la déshabille d'un regard concupiscent, ou l'ex de sa meilleure amie, ou le fromager du marché, tellement à gauche ; peut-être est-ce l'un d'entre eux qui a réglé la course, s'attarde à présent dans la salle de bains et va apparaître d'un moment à l'autre pour se rouler avec elle sur le lit. Après, chacun pour soi, ils retourneront à leurs activités habituelles. La pénombre de la chambre du motel, les odeurs qui rendent l'air encore plus lourd, le fait qu'elle soit seule, qu'il y ait de la musique nostalgique des années soixante-dix – dans cinq minutes, elle en est sûre, se fera entendre *Dancing Queen* d'AƎBA –, tout cela lui donne envie de se faire prendre sans préliminaires et sans penser à la mort. Au moins elle vit quelque chose d'original et apprécie cette manière d'être seule, comme ce matin dans la cuisine, d'ailleurs elle va même s'offrir le luxe de payer avec la carte de crédit du compte joint, ce qui ne manquera pas de sel.

L'après-midi est avancée, l'agitation du dehors a disparu et elle s'allonge sur le lit afin de se reposer un peu, comme si les événements de la journée n'avaient pas existé. Elle a envie de boire un verre, appelle la réception et demande un J&B, des noix de cajou, une grande serviette de bain, un savon de qualité et trois préservatifs. Elle n'a pas encore fini d'essayer les interrupteurs pour comprendre comment baisser ou augmenter l'intensité de la lumière qui semble jaillir de tous côtés, et cherche le cendrier, qui se trouve sur la table de chevet, quand on frappe doucement à la porte. Elle ouvre et en voyant une vieille femme habillée comme une infirmière, chaussée de sandales de caoutchouc pour ne pas faire de bruit dans les couloirs, elle prend peur, éprouve un sentiment voisin de la culpabilité qui lui évoque un futur très proche, mais soutient le regard de la femme en lui disant merci, car il s'agit peut-être d'une aide-soignante, d'une gardienne de prison ou d'un spectre du passé qui vient lui apporter son premier repas après une nuit de cauchemars.

De nouveau seule, elle pose le plateau sur le lit et s'assied en tailleur, se sert un premier verre de whisky avec des glaçons, ouvre le lit et s'y glisse comme si elle retournait sur les lieux du crime mais que la victime c'était elle. Elle prend la télécommande, allume le téléviseur accroché au mur, et la chaîne désirée apparaît sur l'écran comme si un lutin libertin l'avait programmée pour elle. Elle se déshabille sans quitter l'écran des yeux, pestant contre ce trouillard terrorisé par son histoire à dormir debout. Quand elle zappe, les chaînes porno se succèdent, trois films illustrent des fantasmes de débutantes qu'elle aurait aimé vivre au moins une fois, montrent des positions variées, mais il n'y a ni meurtre ni snuff movies. Si ce matin elle avait eu une caméra vidéo comme tout le monde, elle aurait pu en tourner un dont elle serait la vedette. Les fantasmes sont décevants, même s'il faut reconnaître que les scénaristes, accusés à tort de manque d'imagination, font du bon travail. Il y a des individus mâles à l'aspect exotique pourvus d'un membre démesuré en érection permanente, des acteurs de premier ordre qui pénètrent la même femme et éjaculent simultanément sur différentes parties de son corps, des scènes saphiques avec accessoires hyperréalistes en caoutchouc opaque et transparent, et même un ou deux chapitres de transsexualité triangulaire. La geste du corps comme prison et l'imagination pour l'en délivrer (quand elle était jeune, rien de tout cela n'existait), et elle s'interroge sur le rapport entre l'incorporation des vidéos à l'intimité sexuelle et la prolifération de l'industrie pornographique. Il faut bien le dire, les vidéos des chambres de motel ne laissent pas une grande place à l'imagination, mais leur monde virtuel offre ce qui n'existe pas dans la vie réelle de chacun – celle de la marchande de pommes de terre, celle du fromager, de la fruitière, de la coiffeuse, et même la sienne.

Ces films sont-ils vraiment un gain sur l'érotisme classique ? On a cru que grâce à eux les gens consacreraient plus de temps à leur sexualité, plus de temps c'est-à-dire le temps d'un film, que visionner des scènes érotiques pouvait augmenter le désir, faire tomber des barrières, et ma cousine voulait savoir si elle était passée à côté de l'érotisme par carence technologique. En voyant une grosse blonde, qui se fait passer pour une Suédoise genre AƎBA, ramoner avec un énorme godemiché à double pénétration une jeune Indienne portant une tache rouge sur le front qui évoque une gravure du *Kama-sutra*, elle se dit que c'est bien dommage d'être devenue veuve alors que commence la mondialisation. S'il n'y avait pas eu assassinat, si son brusque veuvage avait été dû à un cancer du larynx, un accident du travail, une crise cardiaque, après un silence prudent, l'état civil de ma cousine aurait fait l'objet de plaisanteries. On l'aurait appelée la Veuve joyeuse. En la voyant sortir d'une réunion pour aller aux toilettes, ses collègues n'auraient pas manqué de dire que chacun pleure son mort où il peut, d'autres auraient murmuré « Lit froid con chaud » ou « Son mari revient peut-être comme celui de Doña Flor ». Voilà ce à quoi elle aurait eu droit, mais elle sait que beaucoup d'eau va couler sous les ponts avant qu'on ne puisse faire à son propos des blagues d'aussi mauvais goût.

Au motel, elle se dit qu'elle peut enterrer doucement sa vie de femme mariée, et se sert un deuxième verre de whisky en songeant à commander une autre mignonnette de J&B. Seule après la fuite précipitée du type épouvanté par l'histoire du fœtus mort, tout lui paraît aussi naturel que dans un rêve énigmatique qui revient avec insistance. Elle aurait pu s'endormir chez le coiffeur pendant qu'on lui décolorait les cheveux, et s'y trouver encore, l'esprit hanté par la pensée de sa sœur partie au Brésil. Elle pourrait sommeiller dans l'un des taxis qu'elle a pris après être allée au marché, mais dans un recoin de son cerveau stimulé par le J&B bu pendant qu'elle est seule et nue dans le lit d'un motel de passe en train de regarder un film porno, sa conduite depuis ce matin, extravagante par rapport à son comportement habituel, ainsi que l'impossibilité de se rappeler ce qui s'est passé la veille la déconcertent.

Par comportement habituel, je veux dire la vie normale qu'elle avait menée jusqu'à la veille au soir. Un appartement dans la tour L du parc Posadas, un mari, un enfant et peut-être bientôt un deuxième, un bon travail et le rêve d'aller un jour à Londres en chantonnant *Sgt. Pepper's Lonely Hearts Club Band* dans ses rues. Elle n'était coupée de cette vie-là que depuis quelques heures et peut-être comprenait-elle que l'existence n'est qu'une succession de scènes aux contours imprécis, un changement de couleur, une différence de température, un enchaînement différent des choses. Peut-être le changement n'avait-il pas eu lieu au moment où elle avait tué son mari mais quand elle avait décidé de se teindre en blonde. « Je me suis masturbée », m'a-t-elle dit, et elle semblait, en se le rappelant, me raconter une anecdote fantaisiste et vulgaire où elle se caressait en regrettant de ne pas avoir sous la main l'artefact que la jeune hindoue brandissait à son tour, tel un emblème au bout d'un des bras de Shiva, pour l'enfoncer dans les sphincters vaselinés de la vierge viking, emblèmes du désir, sexes culturels de diffusion internationale, comme les chansons d'AƎBA.

Quand je les écris, de telles scènes m'égarent, aussi est-il préférable de reprendre sérieusement le fil de ce récit. Si tout avait lieu dans un monde normal, je pourrais croire, avec un peu d'optimisme, que sa fugue ne durera pas plus de vingt-quatre heures, quarante-huit au maximum, et qu'une fois les indigestes affaires judiciaires terminées (elle n'avait pas beaucoup de circonstances atténuantes et moi, qui couche sur le papier ses souvenirs fragmentés et les événements de cette journée dramatique, je devrais peut-être observer un temps de silence avant de m'avouer incapable de comprendre le mystère de la vie de ma chère cousine) elle écoperait de plusieurs années de prison.

Le téléphone sonne dans la chambre. Non, elle n'a pas demandé d'appareil Polaroïd, mais l'interruption la renvoie à l'insupportable réalité, dont, décidément, elle ne peut s'affranchir. Elle cherche sa montre sur la table de chevet et constate que plus de deux heures se sont écoulées depuis qu'elle est entrée dans la chambre. « Il faut y aller, trésor, le petit va sortir de l'école », aurait-elle dit en d'autres circonstances. Mais dans le miroir du plafond elle ne voit que son corps nu. « Il faut que je fasse de la gymnastique et que je commence un régime », songe-t-elle. Et elle se prépare à quitter le Cortijo.

Elle découvre, alors qu'elle croyait ne plus avoir d'argent, quelques billets de mille dans son sac. C'est loin d'être une fortune, mais dans l'affolement de ce matin elle a dû passer la main entre les piles de linge et prendre des billets qu'elle garde dans une enveloppe « en cas d'urgence ». Et en effet il y a urgence. Avec cette seule différence qu'elle va devoir faire ce que font les hommes en pareille situation. Demander la note, aller dans le vestibule, payer en liquide, laisser un pourboire, commander un taxi par téléphone et dire au gardien de la prévenir quand il arrivera. Elle a peur d'oublier quelque chose sur la table de nuit, un bijou, un colifichet. Un coup de klaxon, dehors, la décide à quitter la chambre. Sur l'écran du téléviseur, la Shiva suédoise brandit un godemiché à double pénétration, menaçant la cohérence du monde.

43

Mon histoire n'existerait pas si le monde était à peu près comme hier, quand elle préparait le dîner ; s'il était possible de revenir en arrière, d'arrêter la Grande Horloge, de suspendre le temps et d'en faire une superposition de situations interchangeables. Hier la vie était normale, mais ma cousine a pris un chemin différent de celui de la routine et du dévouement. Malgré sa journée agitée (de même que ses nuits ces derniers temps), la force des habitudes contractées ces dernières années reprend le dessus et elle s'efforce de retrouver un semblant de normalité en reléguant dans l'irréalité ce qu'elle vient de vivre au motel Cortijo, ces désirs qui normalement auraient dû être réprimés. Elle décide alors qu'une fois dehors elle demandera au chauffeur de taxi de la conduire près de son lieu de travail, parce que c'est l'heure où elle en sort habituellement, afin de concilier, autant que possible, les deux Anastassia Lizavetta qui ce matin ont décidé de prendre des chemins séparés.

Elle observera comment est l'endroit sans elle, et personne ne remarquera sa présence clandestine. Elle a tellement changé qu'elle est devenue invisible aux yeux des autres. Pour ne plus exister, pour disparaître, elle a franchi le seuil de l'insoutenable. Hier, à la même heure, au même endroit si elle se décide de s'y rendre, elle faisait partie du paysage. Mais ce qu'elle a vécu depuis vingt-quatre heures a fait d'elle une autre femme ou plutôt plusieurs, car elle est à la fois plusieurs femmes et aucune, et personne, même pas les collègues avec qui elle travaille depuis des années, ne pourrait la reconnaître. À partir d'aujourd'hui et pour toujours on la regardera comme on regarde une inconnue, et non pas comme celle qu'elle était et dont l'histoire n'a rien à voir avec celle qu'elle est devenue.

C'est ce que diront les autres. L'histoire de la dénommée Anastassia Lizavetta s'est brusquement interrompue, et le passé auquel la nouvelle Anastassia Lizavetta peut se référer ne remonte pas au-delà de ce qu'elle a fait ce matin au réveil. Quand elle pense à hier, c'est une autre qu'elle voit. Quelqu'un de son entourage pourrait-il préciser le moment exact où elle a cessé d'être ma bien-aimée cousine de toujours ? Le seul qui pourrait témoigner de la continuité de son être sous ces changements c'est son mari, à présent défunt. Les autres renieront cette créature imprévisible. Celle que ses collègues de travail connaissaient n'est pas celle qui a fait ce qu'on raconte. Ma cousine était la femme de l'appartement de la tour L du parc Posadas, et la confusion sera plus grande encore quand on apprendra son errance dans la ville après le crime. Cette femme-là sera une inconnue indigne de l'autre, que tout le monde connaissait. En ce moment nul ne peut deviner les femmes qui cohabitent dans le corps de ma cousine. L'énigme de la continuité de son être sous son inconcevable transformation est en elle, comme si elle était un personnage de roman. Le roman de ma cousine. Son père, homme complexe, défunt lecteur de Dostoïevski dans des traductions des années quarante qui se prenait pour un des personnages des *Démons*, l'avait prénommée Anastassia Lizavetta par simple lubie.

Ma cousine hésite sur le bien-fondé de retourner sur les lieux de son travail. Cela dépend de la distance qu'elle peut prendre vis-à-vis de ce qu'elle a fait et de sa volonté de s'en remettre à une puissance supérieure pour entreprendre ce qui ressemble à une véritable rédemption. Elle comprend que la vie continue malgré tout ce qui s'est passé, et peut-être vient-elle de découvrir la signification du terme péché mortel. Une sorte de machine bien huilée et sans défaut l'a éloignée de la divinité rédemptrice, une force l'a poussée à employer une méthode brutale pour la défier, pour obtenir la preuve de son existence, pour vérifier si l'insupportable peut éveiller quelque pitié ou quelque réprimande dans une région lointaine du cosmos, pour voir si l'accomplissement d'un sacrifice archaïque réveille des colères aussi anciennes que l'instant de la création. Ce qu'elle prenait pour la vie normale n'était que la répétition inlassable des mêmes gestes. Dans un monde qui se proclame haut et fort voué à l'anéantissement, le véritable enfer c'est la bonté. Serait-ce pour cela qu'elle l'a tué ? Serait-ce un geste symbolique plus proche du sacré que du comportement humain ordinaire ? À quel genre d'épreuve mystérieuse a-t-elle été soumise ? Devant qui va-t-elle devoir rendre des comptes ?

Anastassia Lizavetta a déclaré qu'elle avait tué cet homme parce qu'elle avait commis l'erreur de s'observer pendant qu'elle succombait à la routine. Elle était arrivée au dernier épisode de l'absurde série télévisée qu'était sa vie. Il suffisait qu'une femme avoue une aventure avec un beau-frère un mois avant de se marier, un voyage à Melo pour acheter un enfant contre de faux papiers fournis à la mère biologique, ou laisse entendre qu'elle envisage une fécondation in vitro à Buenos Aires avec le sperme d'un joueur de polo de San Isidro pour être aussitôt réduite à un personnage caricatural limité à une histoire de coucherie et un désir incontrôlable de maternité. Secrets, chantages, voire grossesse tournent au feuilleton. Dans celui de ma cousine, son mauvais caractère lui avait valu une année d'internat dans un pensionnat où les bonnes sœurs lui avaient inculqué qu'il ne faut surtout pas s'attacher à la vie éphémère en ce bas monde, et où elle avait subi l'influence spirituelle d'une mère supérieure soucieuse de la pratique quotidienne et rigoureuse de la prière destinée à faire de la jeune fille une digne représentante de la bonne société. À l'époque, elle se voyait volontiers en petite péronnelle des beaux quartiers en train de prier la Vierge des Miracles pour que sa maman guérisse de sa tuberculose tenace et que son papa millionnaire découvre enfin la vérité que lui dissimulaient de méchantes sœurs de lait, de fausses vierges menteuses qui se prétendaient ses amies, et des associés malhonnêtes. Ah… cette lettre cachée… Ah ! cet endroit où était enfouie la vérité qui tôt ou tard éclaterait au grand jour !

Elle voulait revoir le film de sa vie mais elle avait déchiré l'écran en essayant d'échapper à ces scénarios interminables où la vie devient trop tourmentée, en cherchant à s'arrêter brutalement en plein milieu de l'histoire. Rien n'était vrai dans ce qui avait été programmé pour elle, elle qui avait changé la course des étoiles, décidé de son propre destin et modifié son horoscope en l'écrivant elle-même : « Pour les natifs des Gémeaux la journée sera paisible si vous savez vous maîtriser et ne pas chercher querelle à votre conjoint ; aujourd'hui vous aurez tendance à dépenser plus que de raison, attention aux petits accidents domestiques dans la cuisine ; travaillez moins, cela n'empêchera pas le monde de tourner, faites-vous plaisir, un changement de coiffure est souvent la meilleure solution pour se sentir mieux et une promenade en ville peut changer les idées. Montevideo est superbe, souvenez-vous que vous avez encore quelques heures de liberté, et avec un peu de bonne volonté vous pourrez venir à bout de vos problèmes, aussi ardus qu'ils soient. » Elle ne se souvenait plus si elle l'avait décidé ou entendu à la radio dans un des taxis, à la télévision ce matin avant d'aller au marché avec le chariot à provisions, ou si elle avait consulté par téléphone chez sa sœur afin d'organiser le reste de sa journée, mais elle était au moins sûre d'une chose, les astres l'avaient décrété : aujourd'hui elle écrirait elle-même son horoscope.

C'est ce qu'elle est en train de faire. L'orbite des planètes, l'incandescence des supernovae, le déclenchement du big-bang, le mystère de l'expansion de l'univers, les innombrables planètes opalines pareilles à des lunes, les étoiles naines moribondes, les trous noirs qui se dérobent à la vue, les forces de la création et la gravitation universelle, le zéro absolu et l'antimatière, le principe de rotation elliptique, l'expansion de milliards d'étoiles, les déplacements rythmiques de Cassiopée, la possibilité d'une vie intelligente dans des régions reculées du cosmos, sans exclure l'hypothèse d'un dieu en tant que principe d'organisation, tout avait conspiré à lui dicter ses gestes décisifs. Une succession de physiciens spécialistes des mystères de la matière, des livres sacrés de l'Antiquité, des symboles animistes et leur incidence sur la vie de tous les jours, des équivalences entre les hémisphères et l'attraction lunaire avaient établi pour les natifs de ce signe des prédictions approximatives que par un beau matin, à Montevideo, elle avait appliquées à sa propre histoire en des termes aussi simples, en définitive, que l'énigme de l'univers et le mystère de la vie.

Attention, ces prédictions n'excluaient nullement la liberté ou le libre arbitre, elles n'étaient qu'approximatives. Pour les natifs des Gémeaux, personne n'avait dit « Vous commettrez aujourd'hui un meurtre, un épouvantable meurtre » ni « En raison de l'influence de Mercure et de Jupiter, vous tuerez un être cher ». Personne n'avait jamais rien dit de tel. L'astrologie, soucieuse de la morale et de la longévité, garde pour elle le secret de la mort, preuve éclatante de sa médiocrité devant le Grand Mystère. Ce qu'on peut faire avec ses mains n'a nul besoin de résidus de la science assyrienne ou de programmes informatiques.

Elle laisse une heure s'écouler, comme si l'évolution astrologique de son destin coïncidait avec le temps d'un trajet en autobus jusque chez elle. L'horoscope circonscrit le destin au compte en banque, il évalue l'état de santé à l'aune d'une grippe et d'un cor au pied, et confond l'éducation sentimentale avec un roman de gare. En un mouvement de rotation qui joint son égarement au mouvement des astres, ma chère cousine se fond avec le temps cosmique, dérive dans un univers en extension, ignorant ce qu'elle va bien pouvoir faire. Elle parvient ainsi à une conclusion : les coïncidences entre les prédictions astrales et la singularité de l'individu confronté à l'adversité infinie du cosmos ne concernent que les petits riens de la vie ; elle est aujourd'hui entrée dans une phase de rupture définitive, son avenir se borne à l'heure suivante et à la préparation du dîner.

L'univers est une recette de cuisine, le matin, le soir, à la télévision, dans les magazines, les journaux, et les suppléments dominicaux. L'important n'est pas le plat mais la recette et son langage odorant, les ingrédients inattendus, les justes proportions, les sauces, le temps de cuisson et les suggestions de présentation. Ce qu'il ne faut pas oublier, ne manquent pas de rappeler tous les livres, c'est que la cuisine est avant tout couleurs et parfums. Elle cuisine donc ses aveux selon une recette exclusive qui ignore les formulations conventionnelles : prendre le corps d'un mari endormi et tiède, qui sera le morceau de choix et l'ingrédient principal. Faites chauffer le four, prenez un couteau, coréen de préférence, pour le désosser. La bête doit être vivante et en état de catalepsie. Saignez, et tranchez les parties vitales afin que la mort survienne au moment où le sang coule abondamment, tout le secret de la réussite est là, puis coupez en plusieurs morceaux. Comme pour toute préparation d'un plat exotique, l'important est la métamorphose mentale du cuisinier. Dans une casserole, mettez un panaché de légumes coupés en dés à bouillir avec un peu de petit salé haché que vous aurez fait légèrement revenir. Vous pouvez utiliser des épices indiennes mais un assaisonnement traditionnel est recommandé : ail, persil, bouquet garni. On peut aussi ajouter un peu de noix de muscade mais le principal reste la créativité ! La recette du mari en sauce est meilleure si on la prépare sans hâte. Comme pour le petit gibier, il convient de bien laisser faisander la viande. Laissez le corps du mari se vider de son sang sur le lit où vous l'avez poignardé jusqu'à ce que mort s'ensuive, attendez que les caillots se soient formés et retiennent assez de résidus sanguins dans les tissus pour que la putréfaction soit plus naturelle que dans une morgue. Fermez portes et fenêtres, le résultat final dépend du dosage de l'air et de la lumière dans la pièce. Environ douze heures après la mort le corps exhale une odeur aigre-douce qui s'échappe par les plaies. L'intervention doit alors être rapide, la cuisine est l'art de métamorphoser la matière en quelques secondes. Le plus délicat est alors d'extraire les 700 grammes nécessaires (pour trois personnes comptez 900 grammes). Jetez le reste à la poubelle, la qualité d'un plat réside dans la quantité de déchets. On peut cuire le foie, le cerveau et les rognons, mais jamais ensemble. Le mélange foie-rognons est à proscrire.

Elle regarde sa montre comme si elle avait quelque chose dans le four ; il y a maintenant neuf heures qu'elle est passée à l'acte, le corps doit être en plein processus de décomposition. Elle aimerait voir la tête du commissaire quand elle lui récitera la recette, si elle en a le courage. Petite fille, elle n'aimait pas le foie de veau, même pas revenu à la poêle avec quelques oignons. Sa mère disait qu'elle était difficile, et c'était vrai.

44

Le soir tombe, et si tout n'avait été qu'un cauchemar, ce jeudi aurait déjà dû toucher à sa fin. Anastassia Lizavetta se dit qu'après ce qui s'est passé ce matin dans la tour L du parc Posadas, elle ne pourra plus jamais dormir, qu'elle sera condamnée à raconter des centaines de fois ce qu'elle a fait, à fournir des explications liées à des traumatismes infantiles, à décrire sa vie conjugale par le menu, tout ça pour que les autres puissent comprendre « le crime passionnel le plus inexplicable de ces dernières années ». On parlera d'elle dans *Télématin* entre une recette de bœuf strogonoff et des conseils pour suivre un régime ou arrêter de fumer. Son crime alimentera nombre de débats, sa médiatisation apportera la preuve de sa véracité et de sa valeur marchande, mais après deux semaines de scandale dans la presse, la nouvelle fondra comme neige au soleil et dans quelques années personne ne se souviendra des détails de l'affaire, même pas son fils. Pour les futurs locataires de l'appartement du parc Posadas ce sera la légende de la tour L, et quand la Patate aura disparu du marché et que le marchand de fromage sera un petit vieux à la mémoire défaillante qui volera ses clientes en pesant du gruyère sur sa balance trafiquée, bien d'autres faits divers sordides auront suivi le sien : les jumelles prostituées, le retraité pédophile, le garagiste qui dans un accès de vésanie a massacré toute sa famille à coups de marteau. La surinformation devient une forme paradoxale de l'amnésie, la préméditation médiatisée une démonstration du crime passionnel, c'est le Triomphe et l'Apothéose de l'Oubli.

Au lieu de commander un taxi depuis la chambre du motel, elle préfère finalement repartir à pied et ne pas se soucier du regard des autres qui à cette heure-ci, pour elle, ne comptent plus. Lorsqu'elle quitte le Cortijo, le gardien fait comme s'il ne la voyait pas, mais il n'en perd pas une, au cas où, on ne sait jamais, elle aurait laissé un mort dans la chambre et qu'il faudrait appeler la police. Un couple d'étudiants trop fauchés pour se payer un taxi en plus de la chambre entre à pied et à visage découvert dans le motel, défiant toutes les normes de bonne conduite d'une société qui finira par les anéantir. Sur les trottoirs plus personne n'échange de ragots comme autrefois, donc il n'y a pas de témoins gênants. C'est parce qu'à la télévision il y a des choses plus intéressantes à regarder. La prudence lui recommande de marcher jusqu'à l'avenue principale, de prendre la première à droite, puis la rue Pedro Vidal jusqu'à l'angle de la rue du Monte Caseros, afin de rejoindre le boulevard Larrañaga et d'aller jusqu'au rond-point. Quand elle était jeune, c'était un quartier épatant pour y faire des rencontres. Près du lycée Dámaso et du parc des Alliés, en prenant le boulevard Centenario, il y avait une école, *Al Aire libre*, où l'on envoyait les petites tuberculeuses, comme la fille des juifs autrichiens qui un beau jour était partie et qu'on n'avait jamais revue.

À présent, alors que l'aventure touche à sa fin, elle cherche refuge dans le passé. Deux fragments de temps dissemblables se fondent en un seul et chaque pas la ramène à un épisode antérieur. Elle est fatiguée de marcher au hasard, elle ne sait plus où aller, elle n'a plus d'avenir, chaque geste reproduit un geste d'autrefois, la confortant dans l'idée que d'une certaine manière tout était écrit. Les passions réveillées par le crime s'éteignent peu à peu, et elle opère un retour à l'adolescence, ce qu'on appelle communément une régression. Elle marche sans but, perdue. Mais l'ordre enfoui quelque part dans sa mémoire a ses lois secrètes, et ma cousine soupçonne qu'elle a rendez-vous dans un endroit précis. Elle sait qu'elle doit se hâter avant qu'on ne l'intercepte, qu'on ne la force à revenir au matin de ce jeudi en lequel elle voit maintenant quelque chose d'anormal qui lui arrivera dans un avenir lointain.

Pour que l'aventure prenne fin, il lui faut éteindre les lumières. Il y a une éternité qu'elle n'est plus passée dans le quartier de l'Unión, associé à sa vie de jadis et qui, en ce jeudi où le monde a changé, n'est plus qu'un souk, un marché aux puces barbare où tout vestige d'humanité et de convivialité a disparu. Dans son souvenir, les deux porches de l'école Felipe Sanguinetti étaient plus beaux, devant l'entrée il y avait des arbres fruitiers, des vendeurs de bonbons, de pochettes-surprises, et plein d'oiseaux. Elle est en train de refaire à pied le chemin parcouru quelques heures plus tôt en taxi, entre la maison de sa sœur et le centre commercial, quand elle a eu l'idée de prendre un autocar jusqu'à l'estuaire du Río de la Plata. Elle reconnaît quelques vieilles bâtisses, son cœur de jeune fille se remet à battre et son pouls s'accélère à mesure qu'elle se rapproche des salons de la pâtisserie La Liguria. Est-il possible qu'un jour on y ait fêté ses quinze ans pour lui souhaiter la bienvenue dans la vie adulte ? Dans un recoin de sa mémoire apparaissent les cartes d'invitation sur papier cloqué aux lettres dorées qu'on avait fait distribuer à domicile. Elle se revoit en train d'essayer sa robe chez la couturière, à quelques mètres de chez elle, en train de supplier pour qu'il y ait un véritable orchestre qui jouerait tous les tubes qu'on passait à la radio. Elle se rappelle avoir choisi les plus belles photos pour l'album souvenir et surtout l'énorme pièce montée dont elle a coupé le dernier étage avec une pelle à gâteau en métal argenté, inoffensive mais prémonitoire. Elle peut même réciter dans l'ordre les noms des hommes et des garçons avec qui elle a dansé, entendre les invités s'extasier sur son charme chaque fois qu'elle change de partenaire, comme elle en changera à chaque échec amoureux.

Elle se rappelle son excitation pendant qu'elle déballait les cadeaux, sa colère quand l'orage s'est abattu sur la ville au début de l'après-midi, menaçant de gâcher la fête, sa folle envie de tomber amoureuse, qui occupait toutes ses pensées (comme aujourd'hui depuis qu'elle s'est réveillée), et la sensation d'être au moins une fois, pendant quelques minutes, une princesse. Quand on l'avait photographiée reflétée dans le grand miroir des salons de La Liguria, quand, avec la pelle en argent, elle avait coupé d'une main tremblante la pointe rose de la pièce montée, quand elle avait monté l'escalier couvert d'un tapis rouge et moelleux sur lequel il était délicieux de poser les pieds, consciente que l'on n'attendait qu'elle, elle avait su qu'elle était le centre du monde et qu'elle allait, un peu plus tard, être la reine de la nuit. Que s'était-il produit entre la photo prise avec ses camarades de classe le soir de ses quinze ans et ce terrible jeudi où elle erre, quasi amnésique, en quête des ruines de sa vie ? Y penser n'était-il pas une façon de commencer à payer ? Le petit flirt de son quinzième anniversaire avait été broyé dans la déchetterie de la vie ; son père, qui avait été le premier à la faire danser, le premier à avoir voulu la pénétrer au cours d'une nuit d'été répugnante, était mort d'un cancer foudroyant qui l'avait exonéré de la souffrance.

Vêtue comme une mariée, en train de danser les slows des Bee Gees, le sourire aux lèvres, l'estomac noué, incapable de porter à sa bouche le moindre petit-four, la moindre religieuse, le moindre saint-honoré de peur de vomir, Anastassia Lizavetta avait fait ses débuts au bal de l'enfer ; ç'avait été horrible quand le premier invité s'était retiré, signifiant que la fête touchait à sa fin et que le bonheur tant attendu ne serait bientôt plus. Dès le lendemain, il n'y aurait plus de place pour le bonheur. Quand tout s'était terminé, quand elle avait enlevé sa robe, morte de faim, seule dans sa chambre où l'innocence dormait encore avec ses jouets et ses souvenirs d'enfance, le miracle annoncé n'avait pas eu lieu. Les amies un peu plus âgées qu'elle lui avaient dit que, le soir de ses quinze ans, l'excès de joie l'empêcherait de dormir. Mais elles lui avaient menti, pour la faire souffrir, ou lui faire découvrir un aspect de la cruauté jusqu'alors ignoré. Elle pleurait comme jamais, sans très bien savoir pourquoi. Verser tant de larmes avait si bien asséché son cœur qu'il ne lui en restait plus une seule, à présent, même pas pour pleurer sur les salons aujourd'hui délabrés et murés qui avaient accueilli le plus beau moment de sa vie. On avait eu le culot de fêter ses débuts dans cette chienne d'existence, on l'avait trompée, on s'était moqué d'elle.

Ses quinze ans avaient été un requiem prémonitoire sur rythme de slow, une messe pour son enfance morte. Quand on a toute la vie devant soi mais qu'on ne sait rien d'elle, fêter ses quinze ans a un parfum de félicité et l'on veut, en un désir suicidaire, accélérer le temps pour atteindre ce que l'on croit être le vrai bonheur. Mais qui pourrait imaginer la profondeur de l'horreur à venir ?

Sur le même trottoir, au milieu de sa vie, elle refait le chemin en sens inverse parce que c'est là qu'elle s'est emparée du couteau, en croyant saisir la pelle à gâteau pour couper la pièce montée pareille à une cathédrale rose, pressentant qu'il serait l'instrument de sa libération. Le bâtiment délabré qui, des années auparavant, a servi à la tromper lui apparaît sous son vrai jour et elle se sent devenir folle parce qu'elle tue aussi aujourd'hui, entre autres, ses souvenirs. Le plus beau d'entre eux n'est plus qu'un marché aux puces, son premier flirt un film au rabais. Trois pour dix pesos. L'envie de faire quelque chose de son existence est à vendre avec en prime un grille-pain, la vie n'est qu'une contrefaçon.

Elle remonte la grande avenue du quartier de l'Unión, où les lendemains ont cessé de chanter et sentent la merguez. Dans l'enthousiasme de façonner l'homme nouveau on a oublié la femme nouvelle. On a réduit la famille aux devoirs après l'école et aux tubes de l'été. La culture uruguayenne n'est plus que le bruit d'une benne à ordures mêlé aux coups de klaxon des autobus dernier modèle. Tout est à vendre, à toujours plus vil prix, et elle se dit que si elle a pu faire ce qu'elle a fait ce matin, c'est pour s'imposer un retour aux sources qu'elle n'aurait jamais pu envisager sans ce crime. Elle a le sentiment de voir sa vie exposée en vitrine. « Cette friperie, c'est moi ; voilà ma vraie vie, elle est là, c'est une culotte bradée à l'étalage, une culotte trop grande, décolorée par des semaines d'exposition au soleil, salie par la poussière et des centaines de mains », mais ce qu'elle ne sait pas, c'est pourquoi elle en est arrivée là. Un jour de sa jeunesse qu'elle n'a pas vu venir, les amarres qui la retenaient à la terre ferme ont lâché, elle est partie à la dérive dans l'inauthentique, a décidé de ne plus décider et d'accepter que la vie lui échappe. Le reste est facile à deviner, elle pense à ses quinze ans et à ses camarades du lycée. Si elle les croisait à présent dans la rue, elle n'en reconnaîtrait aucune. Dans la petite ville qu'est Montevideo, trente jeunes filles se sont perdues de vue en moins de vingt ans, comme éliminées par un tueur en série monomaniaque ; quelle raison auraient-elles eu de se revoir, puisque la réalité implacable entrevue au temps où elles collectionnaient les photos de Sandro et de Roberto Carlos avait eu raison d'elles ?

Peut-être avaient-elles toutes commis ce matin même, dans leur appartement, un crime horrible qu'elles revendiquaient comme une revanche sur le chemin qu'on leur avait fait prendre. Quelle satisfaction ce serait. Tuer et offenser la bonne société pour laisser une trace brutale de leur passage dans ce monde. Ma cousine savait qu'en commettant un crime abominable et impardonnable, elle réveillerait la conscience de trente femmes fatiguées et résignées à la vieillesse, attendant la mort sans que personne ne sache rien d'elles, de leur vie, de leur beauté et de leur fraîcheur quand elles avaient quinze ans. Le crime comme revendication du droit à revenir au point de départ : *Le 4 juin 1972, à l'angle de l'avenue du 8 Octobre et de la rue Cipriano Miro, dans les salons de la pâtisserie La Liguria, Anastassia Lizavetta Zabala vous prie d'assister à la fête d'anniversaire de ses quinze ans.* Anastassia Lizavetta avait cru que tout était possible, mais elle ignorait qu'à Montevideo le bonheur s'achève à l'adolescence, car personne ne sait vivre autrement que dans le doute et la défaite, comme si mûrir signifiait tout gâcher et commencer à mourir.

Elle l'a tué, je suppose, pour retourner à La Liguria débarrassée de tous ses échecs, monter une fois encore l'escalier en ruine recouvert de tapis jonchés de détritus, retrouver l'odeur des petits-fours, le parfum des roses jaunes disposées dans des vases remplis d'eau minérale pour qu'elles se fanent moins vite, et le goût des boissons sans alcool aux couleurs de potions magiques. Mais personne ne voudra entendre ces explications et moins encore les comprendre, car elles sont le miroir dévastateur de notre vie. Ma cousine a commis un meurtre romantique, mais tout le monde exige que ce soit un crime sordide. Anastassia Lizavetta veut retrouver l'instant où la perfection s'est matérialisée dans trois jeunes serveurs qui ont fait en même temps leur apparition dans la salle des fêtes, portant des plateaux de jus de fruits fraîchement pressés, vêtus de vestes amidonnées par des mères heureuses de voir leurs fils au travail. Elle veut retrouver l'instant où les flashes des appareils photo l'ont aveuglée afin de laisser une trace de son sourire avant que ne s'abatte le désastre, avant que les cloches de l'église San Agustín ne lui fassent savoir, de manière très cléricale, que la vie ressemble moins à une salle des fêtes qu'à une salle d'hôpital, que la réalité n'est pas le hit-parade des tubes de la saison mais une agonie misérable à l'Assistance publique.

Sur l'avenue, des militants font signer une pétition pour sauver le service public menacé de privatisation, peu convaincus qu'on puisse encore sauver quelque chose. Personne n'a jamais rien signé pour sauver La Liguria, alors qu'on y confectionnait les meilleurs petits-fours du monde et que ses salons étaient d'un raffinement sans pareil.

Après avoir traversé le quartier de l'Unión, elle arrive dans un espace vert qui ressemble au cadre de son enfance, et elle a un choc. Si elle n'avait pas remis indéfiniment à plus tard son analyse, remonter la spirale des souvenirs aurait certes été douloureux, mais aurait aussi témoigné d'une volonté de s'en sortir, démontré qu'elle se savait malade et voulait guérir. Le crime était à la fois sa plus grande histoire d'amour et sa cure psychanalytique ; en l'absence de véritables traumas, elle avait dû l'élaborer afin de pouvoir revenir sur ses pas, retrouver un moment de bonheur enfui, chercher l'instant où sa vie de jeune fille avait commencé à se faner. L'histoire de son crime était celle d'une consultation qui annonçait la fin de la thérapie.

Cependant, en confrontant son passé aux immeubles, aux trottoirs, à la rue, les nouvelles enseignes lumineuses, les bâtisses abandonnées, les porches en ruine, les béances entre deux maisons témoignent du passage du temps, de la vie qu'elle a vécue depuis. Son enfance n'est plus que des trous dans des trottoirs qui jamais n'ont été rebouchés, des nids-de-poule et des fissures dans l'asphalte de la chaussée, des terrains vagues convertis en parkings sauvages, des numéros incohérents au-dessus des portes d'entrée sur une avenue qui ne mène nulle part et où elle s'engage comme dans un cul-de-sac. Quel numéro à quatre chiffres sera le dernier de cette avenue sans fin ? La vue des gens entassés aux arrêts d'autobus et des éventaires du marché aux puces est plus efficace qu'une séance d'analyse ou d'hypnose, et moi, pauvre imbécile qui ne suis même pas né à Vienne, que puis-je dire ou faire ? Ses souvenirs sont nets et l'enfance est pourtant une invention qui a cessé d'exister, la vie une mutation inexorable vers la décadence. Sur le territoire de l'enfance de ma cousine, tel qu'il apparaît à présent, après le crime, règne quelque chose de pire que la misère. Si elle devait se présenter au psychiatre du pénitencier – ce pourrait être moi, en l'occurrence, bien que ce ne soit guère recommandé –, elle pourrait lui dire qu'elle a souffert d'un complexe, celui de la pauvreté ; c'est moins prestigieux qu'un traumatisme précoce mais plus proche de la vérité. Sa vie pourrait se résumer à l'apprentissage d'une série de formules : soldes, liquidation de stock, tout à dix pesos, offres exceptionnelles, prix de gros, promotion du mois, liquidation avant fermeture définitive, payez en plusieurs versements sans intérêts, paiement comptant avec dix pour cent de remise, on accepte toutes les cartes de crédit, change avantageux des devises étrangères, achat d'or au gramme.

Voilà les véritables mythes de son enfance, comme si les événements importants ne pouvaient avoir lieu que le dimanche, quand les magasins sont fermés. Ses souvenirs sont des étiquettes sur des marchandises exposées dans la rue ou dans les vitrines d'un supermarché dont la devise pourrait être : tout pour trois fois rien – curieuse devise pour percer le secret de la vie. C'est ce que valent ses souvenirs d'enfance : trois fois rien. Elle connaissait le prix de sa blouse d'écolière, de ses chaussures, de ses cahiers et de ses crayons, elle connaissait même le prix de ce qui était interdit, tout ce que la famille ne pouvait s'offrir. Un crime aussi horrible que celui de ce matin pouvait-il s'expliquer par l'interdiction d'entrer dans les grands et beaux magasins du centre-ville ? Les souvenirs d'enfance d'Anastassia Lizavetta avant qu'on ne lui jette un sort étaient la pauvreté, l'argent compté sou à sou pour acheter de l'huile, du pain, deux aspirines, cent grammes de farine. Quand un cornet de glace est un événement extraordinaire, quelque chose dans la vie d'un enfant ne tourne pas vraiment rond. Les premiers souvenirs de ma cousine étaient un porte-monnaie inaccessible et des tirelires de formes variées. Ils lui sont revenus en mémoire quand, après avoir vagabondé toute la journée, elle a arpenté le quartier de son enfance pour essayer de comprendre, ou peut-être d'oublier, le crime de ce matin, en serrant dans sa main une poignée de billets. Comme autrefois, la main devait rester fermée car si elle l'ouvrait dans un moment d'hésitation ou de faiblesse, elle serait perdue.

45

Un de ses souvenirs d'enfance récurrents, que je n'ai pas mentionné, par négligence sans doute, peut m'aider à entrevoir la fin de ce récit. Il fait partie de ceux qui refusent de s'effacer, même quand un autre, plus marquant, s'interpose, et il se rapporte à la perte d'un billet de dix pesos ; en l'évoquant, ma cousine m'a dit que sa hantise n'était pas la peur d'être grondée, ni l'idée qu'elle allait faire de la peine à ses parents, mais le sentiment que ce billet perdu était une bombe à retardement qu'elle ne pouvait désactiver. Si ma propre mémoire ne me fait pas défaut, c'était le premier souvenir qui surgissait avec netteté quand nous jouions à l'analyse, le premier qui lui appartenait en propre, comme la couleur de ses cheveux, et ne pouvait prendre le chemin de l'oubli que lui désignait si volontiers sa conscience ; certains souvenirs ne peuvent être décolorés. Cette étourderie avait eu lieu un matin qui s'était révélé particulièrement pénible pour elle et avait mobilisé toute la famille jusqu'au soir. À l'aveu qu'elle avait perdu le billet, elle avait préféré la fugue, chose dont sa famille ne l'aurait jamais crue capable, parce qu'elle ne l'avait jamais fait et que sa mère ne pouvait même pas imaginer une telle réaction, qui correspondait si peu à l'incident. Ma cousine avait filé tout droit vers la sortie de la ville, en direction de la localité la plus proche, située à vingt-cinq kilomètres de chez elle et qui, pour la petite fille qu'elle était, était aussi lointaine que Londres.

Elle se rappelait que cette malheureuse aventure s'était terminée par l'intervention de la police, qui l'avait retrouvée vers six heures du soir, alors que la nuit tombait. Elle avait faim et soif, elle se sentait fatiguée, mais surtout sa honte était si grande et elle avait eu si peur qu'elle ne s'inquiétait même pas de s'être sans doute perdue. Tout ce dont elle se souvenait parfaitement, c'était que la voiture de police l'avait retrouvée à l'entrée de l'Institut des aveugles, presque en pleine campagne. En fait, elle n'était pas allée très loin, mais sa fugue lui avait laissé un goût d'échec et de frustration. Elle était la preuve qu'elle était incapable de se tirer d'une situation difficile, parce que le reproche qu'on lui avait fait ensuite était resté gravé en elle : « Tais-toi, idiote, tu n'es même pas capable d'aller plus loin que chez les aveugles de la route de Maldonado. » Peut-être avait-elle été aveuglée, perturbée par l'éclat du paysage.

Le jeudi du crime, la vie avait acquis un sens différent et en marchant sur ses anciennes traces elle avait retrouvé l'émotion originelle, on pourrait même dire que la violence l'y avait aidée. Les épisodes déterminants de sa vie ont été de perdre un billet de dix pesos et de poignarder sans raison apparente son mari endormi, synthèse un peu trop courte pour contenir le mystère d'une existence. Sa vraie vie n'était peut-être, en définitive, qu'une fugue avant qu'une voiture de police ne la ramasse sur la route de Maldonado, et un vagabondage après avoir refermé sur son défunt mari la porte de la chambre à coucher. Entre les deux, tout avait été un vague songe. La vie n'est qu'une fuite perpétuelle, et elle était lasse de tout ce qu'elle avait dû supporter : attouchements dans le cercle familial, coups de colère de ses chefs, capitulations pour ne pas passer pour une imbécile, pour ne rien dire de sa longue vie de femme mariée. Bien entendu, il y avait eu entre-temps des moments agréables, elle avait eu des satisfactions personnelles et professionnelles, mais, pour une obscure raison, jamais elle n'avait retrouvé ce sentiment de bonheur absolu qui l'avait comblée le jour de ses quinze ans, quand elle était entrée dans les salons de La Liguria.

Voilà ce qu'aurait dû être la vie, tout le temps, mais elle avait survécu sur une corde raide tendue entre l'école *Al Aire Libre* et l'Institut des aveugles où les élèves apprenaient à lire en braille du bout des doigts et sans gants de caoutchouc bleu. Ce qui s'était passé dans le parc Posadas n'était qu'un simulacre, une manœuvre de diversion pour laisser aux machinistes le temps de préparer le décor de la scène qu'elle devait interpréter. Ma chère cousine voulait retrouver les lieux de son passé, mais sa déception devant les vestiges de la Liguria est si grande qu'elle en reste les yeux rivés sur le trottoir. Elle examine le pied des arbres, ramasse des prospectus, avec un nouvel espoir de retrouver le billet de dix pesos qu'elle a perdu quand elle était petite. Le meurtre est passé au second plan, ce qu'elle veut c'est trouver le billet et rentrer chez elle, être pardonnée et ne plus jamais entendre dire qu'elle n'a même pas été capable d'aller plus loin que l'Institut des aveugles. On le lui a peut-être volé à la boulangerie, mais comment en être sûre ? N'importe qui serait attiré par la couleur d'un bout de papier si brillant, qui semble beaucoup plus précieux que sa valeur réelle, au point que s'ils étaient retirés de la circulation, le pays ne serait plus le même. Ce billet était une sorte de lettre de change, de créance, de testament qui l'accompagnerait jusqu'à l'heure de sa mort.

Elle l'avait sûrement perdu à cause de son oncle qui, encore une fois, venait de la tourmenter, en insistant pour qu'elle « la lui montre ». L'oncle en question n'avait pas vingt ans, mais pour ma cousine c'était un homme adulte. Elle avait fini par la lui montrer, puisqu'il lui disait qu'il n'y avait pas de mal à ça, mais lui obéir ne laissait pas de l'inquiéter à cause de cette façon qu'il avait de le lui demander, en insistant encore pour qu'elle n'en parle à personne, et en lui promettant que ça allait lui plaire. Pour lui échapper, elle voulait rester chez elle le moins possible, et quand elle n'était pas à l'école ou en train de jouer avec ses petites camarades, elle s'offrait toujours d'aller faire les courses. Son oncle n'était pas agressif, non, il parlait beaucoup et lui faisait comprendre que le lendemain ou le surlendemain il reviendrait à la charge. Personne ne lui a jamais demandé comment elle a égaré le billet, tout le monde pensait que c'était par étourderie. À sept ans, elle pouvait bien perdre son innocence pour donner un peu de plaisir à un oncle pervers, cela faisait partie de la vie, de l'apprentissage de la vie, des secrets de famille ; avec le temps elle n'y penserait plus, pas plus qu'elle ne penserait à ses autres obligations, c'était dans l'ordre des choses. Mais elle n'avait pas le droit de perdre un billet de banque. C'était le signe qu'elle n'avait pas de cœur, rien dans la tête, et aucun sens des responsabilités ; c'était la preuve qu'elle n'avait que mépris pour ses parents qui avaient tant travaillé pour le gagner. La valeur de ce billet perdu résidait maintenant dans une fonction magique antérieure à l'apparition du papier-monnaie. Désormais, Anastassia Lizavetta pouvait ne plus être appelée par son nom, mais désignée comme celle qui avait perdu le billet de dix pesos, et tout ce qu'elle avait ou n'avait pas pu être tiendrait dans la formule : « Tu te souviens quand tu as perdu le billet de dix pesos ? »

Les souvenirs intolérables sont ceux dans lesquels le regard des autres nous en impose ou ceux que les autres nous ont imposés. Le jour même où elle avait fugué, son oncle lui avait dit dans un sourire : « Alors, comme ça, tu ne veux pas me la montrer, mais tu cours les rues comme une dévergondée en semant les billets de dix pesos, ce n'est pas beau, ma petite, c'est très mal, quand on le saura, dans le quartier, on en fera des gorges chaudes », en lui faisant comprendre qu'il se chargerait de vendre la mèche, sauf s'ils échangeaient un secret contre un autre. Elle s'était mise à pleurer, m'a-t-elle raconté, et avait soulevé sa jupe, tenu l'ourlet entre ses dents et glissé un doigt entre son ventre et l'élastique de sa culotte pour la faire tomber à ses pieds. Elle tremblait. L'oncle l'avait longuement reluquée, sans en croire ses yeux, tellement il était satisfait de contempler à son aise ce qu'il avait habituellement tant de peine à entrevoir, et fort de l'ascendant qu'il exerçait enfin sur elle. Il avait recouvré l'usage de la parole pour dire : « Maintenant ça suffit, on nous a à l'œil. » L'œil en question était celui de la mère de ma cousine, mais pendant qu'Anastassia rajustait sa culotte comme si elle sortait des toilettes, il avait ajouté : « Tu as vu qu'il ne s'est rien passé, petite sotte, n'empêche, tu n'en parles à personne. Tiens, prends un billet de dix pesos, comme ça, personne ne saura que tu en as perdu un. D'accord ? »

C'est à cause de ce billet-là qu'Anastassia Lizavetta s'était enfuie. Le soir, quand les policiers l'avaient ramenée chez elle, son oncle, qui avait joué aux cartes tout l'après-midi dans un café proche sans avoir la moindre idée de ce qui s'était passé, était devenu tout pâle et avait perdu sa belle assurance. Il tremblait à l'idée que sa nièce avait pu raconter leur tête-à-tête obscène et préparait un mensonge sur les enfants qui affabulent, sur ses efforts pour essayer de calmer la petite qui était paniquée parce qu'elle avait perdu dix pesos. Plus jamais il ne lui avait redemandé de lui montrer sa chose secrète et s'en était pris à une petite voisine. Un an après cet incident, l'oncle était mort d'une septicémie à l'hôpital de Clínicas et elle avait accompagné sa mère qui devait reconnaître le corps.

Anastassia a beau chercher partout sur le trottoir, elle ne voit aucun billet.

46

Entre mémoire et écriture les choses suivent leur cours. L'histoire fonctionne à la perfection, le mécanisme est bien huilé, aucun détail n'a été négligé. Au moment même où j'écris, ma chère cousine poursuit son voyage au bout de la journée du jeudi. À la première partie du roman de sa vie, à ses souvenirs métamorphosés par les terribles événements de ce matin vient s'ajouter la culpabilité. Le temps narratif s'écoule, indifférent au caractère traumatique des événements, c'est un temps qui se mesure en mots et en silences invitant à la réflexion.

Le parc Posadas se prépare sans le savoir au scandale qui va éclater dans quelques heures. Tous les jours et de différentes façons, je reçois l'onde de choc de ce meurtre que je reconstruis de manière imparfaite et je m'émeus en pensant que le bruit de l'ascenseur que j'entends alors que je termine ma phrase est le même que celui que ce matin-là a entendu ma chère cousine, changée à son réveil en une autre Anastassia Lizavetta, responsable de mon séjour ici et de ma délectable et inconfortable situation.

Elle ne prend pas la fuite, elle n'a aucune raison de le faire car elle n'a rien prémédité et a compris que c'était inutile et impossible. Simplement, elle s'éloigne de l'épicentre du scandale qui finira par la rattraper. Entre le lit où cette histoire a commencé et les environs de l'Institut des aveugles où elle s'achèvera dans quelques minutes, la distance n'est pas si grande. On peut même la parcourir en taxi. Douze heures seulement de la vie de ma bien-aimée cousine se sont écoulées, une demi-journée. Elle n'a même pas eu droit à un jour entier avant d'être catapultée sous les feux de l'actualité. Douze heures, le temps des premiers contre-coups d'un geste spontané et incompréhensible, intime et public, où le rêve tient une grand part. Douze heures de la vie ordinaire d'une citadine banale de Montevideo ; il lui faudra attendre demain matin pour prendre conscience de ce qui s'est passé, elle ne le croira vraiment que lorsqu'elle le lira dans la presse et que ses mains lui raconteront en détail le secret de cet égarement circonstanciel. Douze heures de la véritable histoire d'Anastassia Lizavetta, un tour de cadran durant lequel elle a cherché l'erreur et a essayé de s'en faire une idée juste. Non sans une petite pointe de cynisme, je pourrais dire qu'il s'est agi d'une décision quelque peu disproportionnée prise au cours de quelques minutes d'égarement pendant qu'elle préparait le petit déjeuner.

Ainsi sa brève mais terrible histoire n'est digne d'être racontée que parce qu'elle a décidé de s'emparer d'un couteau ; le reste n'est que lieux communs. Si les histoires avaient une fin et si, comme celles que l'on raconte aux enfants, elles n'avaient pas besoin d'explications, il ne resterait de celle-ci que les faits, la somme des petits événements qui peuvent se produire dans une tour L du parc Posadas. Je vais donc mettre un point final au manège des explications de la même manière que je vais en mettre un à ce récit. Les hypothèses que j'ai pu avancer n'auront servi qu'à m'apporter une tranquillité fallacieuse ; aucune n'est assez convaincante pour dissiper mes doutes, qui n'ont fait que grandir à mesure que j'avançais dans mon travail. Que peut-on dire de plus après un tel crime et une telle errance dans la ville, la seule part de vérité qui peut être racontée ? Si la fiction avait le pouvoir d'étendre la vie à l'infini, le drame de ma cousine exigerait un épilogue.

Ce jeudi a été une journée remplie d'expériences diverses, y compris la reconstruction que mon imagination en a faite, comme si je l'avais suivie pas à pas, à l'aide de lettres et de souvenirs édulcorés, de coupures de journaux et de témoignages imparfaits, de rumeurs, de déductions et de suppositions, après avoir flâné sur les lieux du drame dans l'espoir qu'ils pourraient me révéler eux aussi une part de vérité. Ce que j'ai constaté après avoir parcouru des dizaines de fois le même itinéraire, et tenté en vain de comprendre son crime chaque fois que nous nous sommes croisés elle et moi, ne m'a donné qu'une gueule de bois. Au parc Posadas, j'ai entendu bien des propos abjects et acquis la certitude qu'il y a une zone d'ombre que ni mon exagération, ni mon regard d'expert, ni ma plume d'amateur ne pourront éclaircir. Une journée bien remplie, comme je le disais ; entre instincts et souvenirs, aveux et fierté, culpabilité et fantasmes, les liens entre son moi profond et la réalité me semblent de plus en plus fragiles. Comme si la journée qu'elle avait vécue, loin d'être la plus réelle de toute sa vie n'était que l'invention d'un hurluberlu, le scénario délirant d'un film que personne ne tournera jamais. Mais l'imbroglio plus que probable entre les faits et leur récit, entre vérité et vraisemblance, ne saurait empêcher que tout cela a bel et bien eu lieu.

Curieusement, les gestes les plus banals et qui ne sauraient souffrir aucune interprétation, comme monter dans un taxi, boire un café, ont par moments échappé à mon contrôle pourtant très vigilant pour donner lieu à de multiples versions. Je me suis pourtant efforcé de garder une certaine objectivité, celle que l'on attribue en général à la prose journalistique. Si ma cousine était un personnage célèbre, une Mata Hari, les lecteurs me croiraient, mais l'horreur perpétrée par une femme ordinaire du parc Posadas ne méritera que la poubelle, et on la fera disparaître dans les égouts de l'oubli et le Grand Incinérateur de la mémoire. Si j'étais tout à fait honnête, je la laisserais raconter elle-même la fin de cette journée, je dirais que c'est elle qui a tout écrit depuis le début, depuis le bruit de l'ascenseur. En réalité ce sont ses gestes, ses actes, sa conduite qui ont écrit ce récit que je me suis contenté de traduire de manière imparfaite. Voilà donc ce que je vais faire : à partir de maintenant, je vais lui céder la parole, parler – ou plutôt écrire – comme si j'étais elle et, plus que me mettre simplement à sa place, considérer que c'est elle qui a écrit ce qui précède, depuis le moment où l'ascenseur s'est ébranlé, pour la première fois de la journée, au petit matin. Ma chère et tendre cousine a tout écrit à sa manière sans pareille, je n'ai fait que la traduire approximativement. Considérons que c'est fait, que je suis elle, et qu'elle est moi. Cédons-lui le terrain des suppositions, renonçons à mes prétentions, à toutes ces tentations, à toutes ces tentatives de chercher à expliquer ce qu'il y avait en elle, dans son esprit, à tel ou tel moment ; renonçons surtout à la prétendue objectivité et tenons-nous-en non pas à ses pensées (quel orgueil démesuré que le mien, quelle vanité...), qui ne pourraient qu'être trop diffuses, mais à leurs configurations.

Auparavant, revenons aux dernières lignes que j'ai écrites sur ce qu'a fait Anastassia Lizavetta, à ma transcription de ses paroles, qui rapporte fidèlement, peut-être même trop fidèlement, ce dont je veux la créditer pour pouvoir la sauver. Les pas qui la menaient hors de la ville étaient un retour angoissé à l'enfance. Le symptôme inquiétant de son désespoir était précisément de retourner physiquement sur ces lieux sans pouvoir se contenter d'évocations nostalgiques qui, normalement, ne sont jamais complètement coupées de la vie réelle. Anastassia Lizavetta avait décidé que son corps – celui qu'elle ne contrôlait plus depuis le moment où elle avait poignardé son mari – se transporterait dans le passé, pour créer un territoire neutre qui ne serait ni celui du présent ni celui du souvenir. Elle avait suscité de la sorte ce que j'appellerai un état non pas second, mais troisième, abolition de la dualité du corps et de l'esprit, superposition du souvenir et du présent, état destructeur entre tous, qui provoque un vertigineux tourbillon d'images et conduit souvent au suicide. C'est un état indicible (que je persiste pourtant à vouloir cerner, au risque de tomber dans la contradiction), qui situe le sujet dans un univers aux repères flottants ; par exemple : la dégradation du cadre de vie de son adolescence a été transfigurée quand, plongée dans cet « état troisième », elle a pénétré dans le quartier proche de la maison où elle avait vécu les moments décisifs de cette lointaine époque, en même temps que la peur déraisonnable d'être arrêtée (à ce moment et à cet endroit-là) lui a interdit de pousser jusqu'à cette maison.

Il ne faut pas oublier qu'on me recherche, que je suis non sans raison la principale suspecte d'un crime épouvantable, que l'évocation de mes souvenirs lointains – consolation, recherche des raisons profondes de mon acte, refuge dans la fuite ? – ne peut aucunement annuler ce qui s'est passé dans les cinquante premières pages de ce cahier, ni qu'une histoire comme la mienne ne peut que mal finir. J'ai raconté à mon cousin qu'en retournant aux rues de mon enfance j'avais pénétré dans un monde fantastique. Entre le conte de fées, le débordement d'imagination et la dégradation de la route de Maldonado, probablement sans remède, quelque chose est tout à coup devenu parfait. Du moins est-ce ainsi que je l'ai considéré, comme un retour à l'enfance. Je niais le présent et me sentais transportée dans un passé en apparence heureux, avant la première agression que j'ai gardée en mémoire.

Dans ma vision idéalisée de ce faubourg de Montevideo, le macadam était lisse et les voitures circulaient à vitesse prudente. Les trottoirs venaient d'être achevés, il ne manquait pas une dalle, les carrés de terre réservés aux arbres étaient propres comme si les balayeuses municipales venaient de tout nettoyer. Les arbres étaient les mêmes, mais plus feuillus, et le trottoir devant les portes impeccable. Il ne s'agissait pas d'argent, le quartier n'était pas plus riche, mais la mauvaise impression que m'avaient faite de nombreuses demeures du quartier avait disparu ; je n'avais plus le sentiment qu'en construisant ce quartier on avait commis une erreur, créé de faux espoirs, condamné ceux qui y vivent à ne jamais pouvoir en sortir. Je pense être capable de comprendre en partie ce qui m'est arrivé. J'avais effacé tous les signes de la décadence, fait de cette banlieue où j'ai passé mon enfance le décor d'un conte de fées et non celui de mes premiers souvenirs douloureux. Je l'ai dit plusieurs fois à mon cousin. Je lui ai dit que tous les contes pour enfants qu'on me racontait finissaient mal, et je crois que ce jour-là j'étais pour la première fois décidée à connaître mon histoire jusqu'au bout dans toute sa vérité et ses moindres détails, même s'ils me paraissaient totalement invraisemblables.

47

Ce que j'ai reconnu tout de suite c'est l'endroit d'où je m'étais enfuie, le chemin que j'avais parcouru en sandales jusqu'à l'épuisement, jusqu'à tomber de fatigue pour dissimuler au monde entier la perte du billet de dix pesos. Quand je m'en suis souvenue, un coup de klaxon a brisé l'enchantement. Une partie de ma conscience est revenue à la réalité. J'étais une femme désespérée, au bord des larmes, mais qui avait oublié le plus inquiétant, car rien de ce que j'avais fait pendant la journée ne pouvait me donner cette envie de pleurer. Quelques voitures avaient déjà allumé leurs phares, la nuit tombait et j'ai brusquement été surprise par le froid, ce froid des fins de mars, quand le vent souffle, annonciateur de l'hiver.

À cette heure-là, j'aurais dû être chez moi, occupée aux tâches ménagères. Le matin, j'avais fait un semblant de courses au marché, mais j'aurais pu m'arranger avec ce qu'il y avait dans le réfrigérateur. Les images de mon crime que j'avais écartées me sont revenues à l'esprit, comme la fin prévisible d'un mauvais film. Pour une raison que j'ignore, peut-être une certaine symétrie nécessaire aux récits et aux tableaux mais inexistante dans la vie, je revivais la fugue de mon enfance et je n'y pouvais rien. J'étais retournée dans le passé en niant le présent, et maintenant je forçais les limites du présent pour m'inscrire dans l'avenir. Tout ce que je regardais portait les traces de ce que j'avais fait ce matin, mais si je pouvais entrer dans l'avenir, personne ne me remarquerait.

Je m'étais bien habillée, j'avais pris un sac à main et quitté la tour L du parc Posadas, j'étais devenue blonde pour être remarquée, pour qu'on me suive des yeux à mon passage, pour ne plus être une femme quelconque et, en définitive, nul n'en voyait rien. Je n'étais ni une petite fille apeurée ni une criminelle, mais un être informe produit de la fusion de temps différents, une créature de fiction ou presque. Quelqu'un a dit à mon sujet, et il ne se trompait pas, que je cherchais refuge dans des endroits connus parce que je n'avais qu'une alternative : Londres ou le retour au foyer. Londres, bien sûr… L'enfance est le seul refuge possible quand on manque d'imagination. Celui qui a dit ça ne me connaît pas, il ne sait pas que l'endroit le plus sûr se trouve de l'autre côté du miroir qui finit toujours brisé en mille morceaux ; c'est le prix à payer pour connaître ce territoire qui doit rester mystérieux. Je me suis rendu compte avec une certaine fierté que, sans l'avoir voulu, j'avais jusque-là réussi à semer la police. Qu'on ne m'ait pas encore arrêtée me semblait miraculeux. Une erreur devait s'être glissée dans l'enchaînement des événements de la journée. J'ignorais être aussi douée dans l'art de la fugue. Les voitures de police passaient à côté de moi sans me voir, comme si je n'existais pas et n'étais que le fruit de mon imagination malade.

Peut-être cherchaient-ils avec acharnement celle que j'étais quelques minutes avant le lever du jour, avant de partir au marché, avant que l'idée d'aller chez le coiffeur me faire teindre en blonde ne me vienne à l'esprit. Peut-être cherchaient-ils la petite fille qui s'était enfuie de chez elle parce qu'elle avait perdu un billet de dix pesos tout neuf, de couleur violette. En réalité ils ne me voyaient pas, comme si ce que j'avais fait dans ma chambre était si épouvantable que l'auteur ne pouvait être qu'un ange déchu en fuite, un fou sanguinaire, un gorille de Bornéo, mais pas une femme comme moi, ou plus exactement une femme telle que la décriraient les voisins interrogés le lendemain.

Si quelqu'un comme moi a commis un tel meurtre, le monde ne sera plus jamais comme avant. Il me semble avoir vu les journaux avec la nouvelle en première page mais c'est sans doute un pur produit de mon imagination délirante. J'ai été tentée de les acheter mais à quoi bon, aucun d'entre eux ne pourra rendre compte de la vérité tout simplement parce qu'il n'y en a pas et que moi seule la connaîtrai un jour après avoir passé de longues années en prison à méditer sur la force qui m'a poussée à entrer dans la chambre. Nul ne peut imaginer tous les faits que ce crime recouvre ; pour les deviner, il m'a fallu vagabonder pendant douze heures, un nombre égal à celui des coups de couteau, aux années de psychanalyse inutile et aux semaines employées à mener à bien ce récit que j'ai par moments l'impression d'écrire sous la dictée de quelqu'un qui cherche à me nuire.

J'ai imaginé qu'on avait cloué aux arbres de grandes affiches avec ma photo et un appel à témoin. La photo était celle de ma dernière carte d'identité (il va falloir que j'en demande une nouvelle). Je croyais que la police n'utilisait plus ces procédés désuets pour retrouver les suspects. En comprenant qu'ils désespéraient de mettre la main sur moi, j'ai songé à me rendre. Prolonger cette fugue n'avait plus aucun sens, cela revenait à aller un peu plus loin vers nulle part, c'est tout. Peut-être aurais-je pu aller prendre une boisson fraîche au café El Hornero, puis entrer dans le premier poste de police que je trouverais sur mon chemin. J'ignorais ce que je dirais en me présentant devant l'agent.

Pendant toute cette journée, c'était comme si j'avais cessé d'exister et réclamé le droit à une seconde vie. Non pour connaître les raisons de mon acte situées dans ma vie antérieure, on a assez glosé là-dessus. Pas davantage pour mesurer l'intensité de l'émotion ressentie, de la préméditation ou le degré de folie dans cette avalanche des coups de couteau, mais pour retrouver un certain égoïsme après avoir mesuré les conséquences de mon acte et admis ma culpabilité. Que me restait-il à faire ? Ce qu'on attendait de moi en pareilles circonstances : jouer le jeu des médias, des médecins et même des juges. Puis reconnaître que la vie continue et qu'elle serait une série d'interrogations fascinantes, si j'arrive à me tirer des dangers immédiats.

Peut-être qu'en écrivant une lettre, en entretenant une longue et laborieuse correspondance je pourrais, quelques mois après les faits, reprendre contact avec le complice que je me suis fabriqué pour écrire cette histoire. Je sais que je ne puis l'aider comme je le voudrais, ni comme il le voudrait. Je le pourrais si j'étais malade, gravement malade. Mais je ne le suis pas, je suis la femme la plus lucide que je connaisse, suffisamment saine d'esprit en tout cas pour commettre un acte qui relève d'une sentence sacrée, prononcée non pas contre un mari, pas même contre tel ou tel homme, mais contre quelqu'un qui, à une certaine époque dont j'ignore tout, m'a fait voir, dans une fulgurante simultanéité, tous les souvenirs qui me sont revenus pendant ces douze heures. Je devrais lui en être reconnaissante. Toute une vie résumée en une demi-journée, elle-même réduite à cinq minutes d'agitation frénétique, reconsidérées en douze semaines de coma et payées à l'avance pendant de longues années. Je me sens complice et coupable, j'ai la sensation étrange que le crime incluait la chronique du crime et qu'il a été commis sur les lieux que j'ai décidé de parcourir avant de mourir. Je voulais que tout cela se passe dans le calme, pouvoir dormir une nuit entière sans me réveiller, et j'étais prête à accepter les faits dont on m'accusait. Je savais que pour l'opinion publique toujours avide ce serait insuffisant, on veut toujours savoir ce que sera la vie d'un assassin après un crime affreux. Les faits en eux-mêmes sont toujours simples, mais tout devient compliqué quand les gens se mettent à chercher ce qu'ils croient être les véritables raisons d'un meurtre alors qu'ils ne sont pas qualifiés pour le faire.

J'avais retrouvé la vie, le peu de vie qui me restait après avoir tué, comme si la mort que j'avais provoquée avait été pour moi une résurrection. La première journée a été d'une rare intensité, j'éprouvais une véritable euphorie à accomplir de petites choses inhabituelles, un certain vertige de la pensée, sans pouvoir pour autant cesser de m'interroger sur ceci ou sur cela. Dans mon cas, le plus évident était peut-être que je n'étais plus amoureuse. Par les temps qui courent, cela ne saurait justifier un meurtre. Si, peut-être. Peut-être autrefois, au début du siècle dernier. Peut-être que cet homme mort de mort si violente était l'agent d'une escroquerie majeure, que la vie l'avait choisi pour détruire une à une toutes les illusions capables de me faire oublier les multiples humiliations que j'avais subies depuis l'enfance.

Si les causes paraissent simples, sans doute mes juges s'en tiendront-ils à une explication simple, par exemple la folie, et nulle part n'apparaîtront les salons de La Liguria par un samedi du mois de juin. Ce qui nous échappe n'est pas l'incompréhensible mais l'inacceptable. J'étais persuadée qu'on s'en tiendrait à un moment de folie, et tel a été le cas, à la concentration fulgurante en l'espace de quelques minutes de forces destructrices et négatives. Même s'il manquait une explication de la sauvagerie déployée dans la tour L du parc Posadas. Mais je me pense en patiente et non telle que je suis, parce que j'ai décidé que mon personnage, celui qui écrit l'histoire de cette journée et qui était présent à l'anniversaire de mes quinze ans dans les salons de La Liguria, serait ce cousin timide qui m'adorait et avait été un des derniers à m'inviter à danser.

48

La scène finale sera brève, ainsi en ai-je décidé. Je l'ai vu venir de loin alors que j'approchais de l'Institut des aveugles, sans savoir que j'étais là pour frapper à la porte et demander de l'aide. C'était un autocar marron appartenant à la compagnie coopérative de Pando qui faisait le trajet entre la capitale et le département de Canelones. Un autocar comme ceux que je regardais passer quand j'étais petite, si différents des autobus de Montevideo, ce qui me faisait croire qu'ils venaient d'un pays lointain et mystérieux, et que mon quartier était à peine un passage, un raccourci vers des villes que je ne connaîtrais jamais. Quand je l'ai aperçu, la rue est tout à coup devenue un désert sans aucune oasis à l'horizon. L'autocar avançait lentement, comme un mirage, char d'un dieu généreux ayant pour mission de venir me chercher, me sauver, me tirer de cette épouvantable situation. Tout en moi était déréglé, mon corps, mes mains, ma mémoire, je délirais et je ne doutais pas un seul instant qu'il venait pour moi. Sa carrosserie me rappelait les vieux autocars figés dans mon souvenir. Le passé s'avançait vers moi sous l'apparence d'un véhicule public et populaire et moi, qui étais en plein délire, j'ai décidé de le transformer et de l'adapter à ma soif de fuite et de bonheur.

Dans un autocar pareil à celui-ci j'avais si souvent rêvé d'un autre destin. C'était pendant l'été de mes quinze ans, quelques mois après la fête de mon anniversaire, en janvier, alors que je me rendais chez une de mes tantes (une vraie) qui vivait à Shangrila, au bord du fleuve. Le souvenir m'est revenu avec précision. Je voulais me présenter à un concours de beauté, et j'en ai fait part à ma tante sans toutefois lui dire toute la vérité. C'était pour moi le seul but dans la vie qui en valait la peine, même si je devais échouer lamentablement et le payer jusqu'à ma mort. Des idées de gamine. Les détails de ce rêve importent peu, mais alors que la fin approchait, je voyais l'autocar pareil à celui qui devait me conduire sur la côte et, me souvenant de l'épisode, je commençais à entrevoir ce qui s'était passé : j'avais trouvé l'extrémité du fil et cela m'était insupportable. À quinze ans, j'avais voulu être le temps d'un été la plus belle Miss Shangrila jamais élue et j'avais honte de me l'avouer. Une stupidité, après tout c'est vrai que j'ai été une femme qui n'a pas exigé grand-chose de la vie. Bizarrement, pendant des années j'ai oublié l'histoire de Shangrila, mais vers la fin, elle m'est apparue à la fois comme mon vœu le plus cher et le plus secret et comme la déception dont je ne me suis jamais vraiment remise.

Quelque chose de grave a dû se produire le soir de l'élection, quelque chose de désagréable qui m'a empêchée de me présenter, de défiler et de gagner, parce que je n'avais aucun doute sur l'issue du concours. Je n'ai jamais su ce qui s'était passé, et si je l'ai su je l'ai oublié de toutes mes forces, comme si quelqu'un de la famille était mort subitement et m'avait obligée à transformer ma nuit de gloire en veillée funèbre, comme si mon corps programmé pour être admiré avait décidé du contraire, s'était rebellé en vomissant et en faisant monter ma température pour contrarier mes désirs. Si ce samedi soir j'avais pu aller jusqu'au club social de Shangrila avec ma tante, qui m'avait donné son accord et même des conseils, si j'avais défilé en maillot de bain sur la passerelle d'un pas triomphal comme une jeune fille sur la plage d'Ipanema, si j'avais été finaliste et élue en ce mois de janvier 1973, ma vie n'aurait pas été la même. Ce récit aurait une autre fin ou peut-être n'aurait-il jamais été. Pour écrire une page sur cette blessure jamais refermée, j'ai dû tuer.

Shangrila a modifié mon projet de vie en rendant possible cette confession tardive, impertinente eu égard à la gravité de mon acte. Au moins en ce qui concerne les douze heures de la journée pendant lesquelles je me suis tenu compagnie. En m'inventant un ange gardien qui prend des notes ou un secrétaire pour raconter mon malheur, et une famille comme n'importe quelle autre. Si je n'avais pas tué, ces douze heures auraient été différentes, elles se seraient perdues dans le néant comme douze heures d'un jeudi quelconque. Quelque chose de déterminant aurait pu être différent, c'est ce que j'aimerais croire, mais je n'en suis pas très sûre.

L'autocar approchait. Cette fois je ne voulais pas perdre mon billet pour Shangrila comme lorsque j'avais perdu le billet de dix pesos couleur lilas, et alors, en le voyant grossir, j'ai couru comme une petite fille qui aurait tenu un chaton dans ses bras pour traverser l'avenue. Sans faire attention aux automobiles qui roulaient dans les deux sens à cette heure de grande circulation, sans voir la Hiunday rouge qui venait à ma rencontre depuis le parc Posadas, à toute allure, conduite par un aveugle et faisant un bruit d'ascenseur cassé. Depuis le choc je ne sens plus rien mais j'ai toute ma tête. On m'a renversée comme une chienne affamée. J'entends tout ce qu'on dit. On dit que je suis morte mais je m'entends donner ma version des faits, que personne n'a pu confirmer. Je suppose que ce qu'ils disent est vrai. Je suis morte ou en route vers la mort, et c'est peut-être mieux pour tout le monde. Dommage pour mon fils.

Du même auteur

Le Centre de Carène
récit
Arcane 17 et MEET, 1991

« Petit nocturne pour Libertad Lamarque »
Le Serpent à plumes n° 22, 1994

« Papillon sous anesthésie »
in Amérique latine, trente ans après
La Nouvelle Revue française, n° 528, 1997

Droit de réponse
MEET n° 2, 1998
Revue de la Maison des écrivains
et des traducteurs de Saint-Nazaire

Asa Saint-Nazaire
récit
MEET, 1998

« Monologue de la Mamma »
in Aimer sa mère
théâtre
Actes Sud-Papiers, 1998

Oriana à Montevideo
roman
Seuil, 2002

« La nuit où Gilda a chanté *Amado mío* »
in Queen Mary 2 & Saint-Nazaire
MEET, 2003

Le Principe de Van Helsing
nouvelles
Seuil, 2004

« Montevideo/71 »
in Avoir vingt ans
MEET, 2007

Préface à :
Olivier Föllmi
Hommage à l'Amérique latine
La Martinière, 2007

« Le Capitaine »
in Marie-Claude de Brunhoff
Les Théâtres immobiles
Seuil, 2008

Le Seuil s'engage pour la protection de l'environnement

Cet ouvrage a été imprimé sur papier FSC (www.fsc.org) bouffant Médiopaque.
Le FSC est une association d'utilité publique internationale qui s'engage pour une exploitation durable des forêts.
Elle est soutenue par toutes les grandes organisations environnementales, par des organisations engagées sur le plan social et des organisations de l'économie forestière et du bois.
Elle est indépendante et ne poursuit en aucun cas des intérêts financiers.

Ce livre a été imprimé chez un imprimeur labellisé Imprim'Vert, marque créée en partenariat avec l'Agence de l'Eau, l'ADEME (Agence de l'Environnement et de la Maîtrise de l'Énergie) et la FICG (Fédération de l'Imprimerie et de la Communication Graphique).
La marque Imprim'Vert apporte trois garanties essentielles :

- la suppression totale de l'utilisation de produits toxiques ;
- la sécurisation des stockages de produits et de déchets dangereux ;
- la collecte et le traitement des produits dangereux.

RÉALISATION : IGS-CP À L'ISLE-D'ESPAGNAC
IMPRESSION : NORMANDIE ROTO S.A.S. À LONRAI
DÉPÔT LÉGAL : FÉVRIER 2010. N° 97521 (100337)
Imprimé en France